Orang-oetans drijven niet

Stephan ter Borg

ORANG-OETANS DRIJVEN NIET

2012 Prometheus Amsterdam

Voor Henk en Barbara

© 2012 Stephan ter Borg
Omslagontwerp Suzan Beijer
Foto omslag plainpicture/Peperonihaus/нн
Foto auteur Bob Bronshoff
Zetwerk Mat-Zet bv, Soest
www.uitgeverijprometheus.nl
ISBN 978 90 446 1868 6

1

Ze zeggen dat je het aan de ogen kunt zien. Met de kleur en structuur zat het wel goed, aan het formaat kon het ook niet liggen. Ondanks het feit dat Ernst meer dan een maand te vroeg geboren werd, woog hij een indrukwekkende elf pond. Alsof er anabolen door de navelstreng stroomden. De dokter vertelde mijn moeder dat als de weeën niet die lentedag begonnen waren, het kind een Nederlands record had kunnen vestigen. Misschien zelfs een Europees. In Bangladesh kwamen gevallen als deze vaker voor, zei hij. Rederijen laten daar hun afgedankte schepen op het strand achter en betalen de lokale bevolking om met hun blote handen de giftige delen eruit te slopen. Die bezigheid resulteert in een ongekende variatie in het gewicht bij geboorte. Een fascinerend oord voor gynaecologen, Bangladesh. Maar statistici komen er meestal krankzinnig van terug.

'Ik geloof dat ik moet bevallen,' zei mijn moeder die avond.

Mijn vader telde de maanden op zijn vingers. 'Je beeldt het je in,' zei hij.

Mijn moeder lag op dat moment languit op de bank, zoals dat al vanaf de twaalfde week het geval was. Mijn vader had van nature een lage tolerantie voor luiheid, en hoewel hij weinig waarde hechtte aan de mededeling van mijn moeder, koesterde hij ergens de hoop dat ze de waarheid sprak, zodat het nu eens gedaan kon zijn met dat gelanterfant.

'Ik meen het,' zei ze. 'Voel maar.'

Mijn vader legde met tegenzin zijn hand op de buik van mijn moeder, die inderdaad onheilspellend rommelde. Maar daar had hij zelf ook wel eens last van.

'Wat hebben we gegeten gisteren?' vroeg hij.

'Hoe bedoel je, wat hebben we gegeten? De weeën zijn begonnen!'

'Indisch,' zei mijn vader triomfantelijk. 'Het is gewoon je buik.'

Mijn moeder zei dat ze geen behoefte had om hierover in discussie te gaan. Ze was, zo zei ze, prima in staat om het verschil te voelen tussen de komst van een baby en de nasleep van een rijsttafel. Ze vertelde mijn vader dat hij haar moest geloven, het kind kwam eraan. Hij wilde er niets van weten.

'Je houdt het maar even op,' zei hij.

Mijn moeder is toen zelf opgestaan, heeft een taxi gebeld, en liet zich naar het ziekenhuis rijden. Mijn vader liep naar de keuken, waar hij wat toastjes voor zichzelf smeerde. Hij was er niet bij toen Ernst geboren werd. Hij wilde het pas geloven toen oma hem huilend opbelde om hem te feliciteren. Hij had op dat moment al twee verloskundigen en een arts aan de lijn gehad, die hij allemaal voor leugenaars en fantasten had uitgemaakt. Van medici moest hij niets hebben.

Je kunt veel zeggen over het beoordelingsvermogen van mijn vader, maar hij was wel de eerste die het zag. Met een onderweg gekochte knuffel stapte hij de kraamkamer binnen. Mijn moeder lag daar als een spook, doorzichtig bijna, op bed met de baby aan haar borst geklemd. Het bloedverlies had haar een eigen kamer opgeleverd, die nu al, luttele uren na de bevalling, vol stond met teddyberen en pluchen giraffes. Ik weet zeker dat mijn vader op dat moment heeft overwogen om zijn geschenk weer te ruilen, maar dat deed hij niet. Hij liep op het bed af, en stond daar zeker een minuut naar het kind te kijken. Hij pakte het op, fronste, leek aangenaam verrast door het gewicht, en legde het weer op mijn moeder. Die kende hem te goed om een verontschuldiging voor zijn gedrag eerder die avond te verwachten, en pakte zijn hand.

'Het klopt niet,' zei mijn vader. 'Hij is nog niet af.'

Daar had hij gelijk in. Dat het kind die eerste uren niet gehuild had, was geen blijk van een bovenmatig incasseringsvermogen of een mediterraan aandoend machismo. Hij wilde ook niet eten, lachen, of anderszins bewegen. Hij lag daar maar. De verpleegsters hadden nog nooit zo'n grote baby in de couveuse hoeven leggen. Een paar pond erbij en ze hadden de binnenkant met margarine moeten invetten om hem überhaupt te laten passen. Op de couveuse zat een alarm dat begon te piepen als iemand de deksel eraf haalde. Een paar jaar daarvoor had iemand een kind gestolen, en sindsdien had het ziekenhuis de beveiliging op de kraamafdeling flink aangescherpt. De verpleegsters waren verbaasd dat iemand besloten had om uitgerekend een ziek kind te stelen. Er waren tijden dat zulke baby's in een oude krant werden gewikkeld en aan de pastoor werden meegegeven. Dat iemand zo'n kind de moeite van het stelen waard achtte, vonden ze op een vreemde manier ontroerend. De ouders dachten er waarschijnlijk anders over.

Twintig volle dagen heeft Ernst uiteindelijk in de couveuse gelegen. Als een Fabergé-ei in z'n vitrine, waarbij het altijd maar de vraag blijft of de glazen bescherming er is vanwege de waarde van het object, of voor de breekbaarheid ervan. Mijn ouders hebben al die tijd naast hem gezeten. Soms in wisselbeurten, vaker zaten ze er dagenlang met z'n tweeën. Om tien uur 's avonds moesten ze de afdeling af, het ziekenhuis had een kamer in de oude vleugel beschikbaar gesteld waar ze konden slapen. Om zeven uur mochten ze dan weer naar binnen. Ze waren toeschouwers. Er hoefden nog net geen kaartjes te worden gekocht. Vijf vreemde vingers in een washandje maakten hun kind schoon, een plastic buisje deed de voedselvoorziening. Na drie weken paste Ernst niet meer in de couveuse. Hij en mijn moeder zijn nog drie dagen in het ziekenhuis gebleven ter observatie. Mijn vader ging naar huis om de kinderkamer blauw te verven. Ze kregen kraamzorg aangeboden, maar die werd door mijn vader afgeslagen. 'We hebben al genoeg gekeken,' zei hij.

Ernst werd met de ambulance thuisbezorgd. Halverwege de rit zette de chauffeur de sirenes aan, hij had een druk schema. Volgens mijn moeder heeft Ernst toen voor het eerst gelachen. 'Het is een vrolijk kind,' besloot ze.

Aan de ogen kon je zien dat het complexer lag.

2

'Hij is een beetje achter,' zei mijn moeder altijd. Ontkenning is ook een vorm van acceptatie. Het was onschuldig. Of ze het nou aanvaardde of niet, aan de situatie van Ernst zou niets veranderen. Bovendien: de tijd zou vanzelf met deze illusie afrekenen. Tijdens de eerste jaren was het gemakkelijk om de problemen te ontkennen. Ernst huilde weliswaar niet, maar dat kwam ieders nachtrust ten goede. Dat hij, zelfs voor een couveusekind, een uitzonderlijk gammele motoriek had, was evident. Met name zijn aanhoudende onkunde wat borstvoeding betreft, was een punt van zorg, maar in ieder geval werden de tepels van mijn moeder niet afgekloven als een goedkope ballpoint. Het enige wat Ernst naar behoren deed, was groeien. Alsof hij met zijn formaat al het andere wilde compenseren. Hoe weinig hij ook at, Ernst bleef groeien met een snelheid die hem, zonder ingrijpen, omstreeks de leeftijd van elf jaar de tweemetergrens zou doen doorbreken. De huisarts liet een tabel zien met daarop het normale groeiproces van kinderen. Ernst liep voor op schema, ver voor, en dat was niet de bedoeling. De dokter wilde hem groeiremmers geven. 'Het was onnatuurlijk,' zei hij. Niemand kon verklaren waarom een te vroeg geboren kind zo groeide. In theorie moest het een scharminkel zijn, een veredelde rivierkreeft. Bij een volgende afspraak wilde de dokter Ernst meenemen naar een internationaal congres dat in de jaarbeurs plaatsvond. Een uitstekend plan vond mijn vader dat. Hij mocht de buggy het podium op rijden en zijn zoon aan het gezelschap tonen. De huisarts vertelde de artsen de echte leeftijd van het kind. Een Letse arts weigerde het te geloven, hij dacht dat zijn collega's hem in het ootje namen. Hij wilde per se het geboortecertificaat zien. Toen hij overtuigd was van de authenticiteit van het document, wilde hij Ernst meenemen naar Letland, hij vond dat iedereen het moest zien. Op de borrel na afloop vertelde mijn vader aan iedereen die het maar wilde horen dat zijn zoon bokser zou worden, en dat hij nog voor het bereiken van de vruchtbare leeftijd volwassen mannen tegen de grond zou slaan met de kracht van een meteoriet. Hij heeft zeker een uur met een diëtist staan praten over de geschikte leeftijd om te beginnen met proteïneshakes.

Toen Ernst vijf werd, mocht hij eindelijk bij een sportvereniging. Voor boksen was hij nog te jong, maar omdat mijn ouders het erover eens waren dat hij toch vriendjes moest maken, deden ze hem op voetbal. Hij kon op dat moment nog steeds niet praten. Geen probleem, vond mijn moeder. Voetballers zijn wel vaker een beetje achter. Gezien zijn formaat werd Ernst op goal gezet. Dat was geen onverdeeld succes, hij wist niet wat hij met de bal moest aanvangen. Zodra dat ding aan kwam rollen, deed hij een stap opzij. Ze probeerden hem in de verdediging, op het middenveld, in de spits, maar uiteindelijk moest zelfs mijn vader toegeven dat de bank voor Ernst de meest geschikte plek was.

Na voetbal werd het judo. Daar was hij aanzienlijk beter voor toegerust. Bijna alle wedstrijden eindigden in een gelijkspel. De andere jongens slaagden er simpelweg niet in om Ernst op de grond te krijgen. Soms won hij ook een wedstrijd, zijn tegenstander begon dan zo enthousiast aan hem te sjorren dat hij er na een tijdje zelf bij omviel. Het duurde even voordat de scheidsrechters doorkregen dat deze strategie geen bewijs van groot tactisch vernuft was. In het vervolg werd hij elke partij gediskwalificeerd vanwege passief spel.

Ondertussen was het mijn ouders beginnen op te vallen dat Ernst meer was dan alleen een beetje achter. Dus werd er een beroep gedaan op de professionals.

De logopedist zei: 'Dit lijkt mij een probleem voor de kinderpsycholoog.'

De kinderpsycholoog zei: 'Dit lijkt mij een probleem voor de neuroloog.'

De neuroloog zei: 'Inderdaad.'

De neuroloog heette dr. Zegers. Hij ontving mijn ouders in zijn kantoor. Hij had een witte jas aan en beschikte over allerlei instrumenten en testjes, die hij geen van alle nodig had. Hij zag het meteen. Het was van hem dat mijn ouders het hoorden. Dat hun zoon nooit zijn duikbrevet zou halen. Dat er voor hem geen toekomst was in het onderwijs, de metaalbranche of de hogere kunsten. Dat zijn leven constante zorg zou vergen.

'Het spijt me,' zei hij.

Mijn ouders zwegen. Ze moeten het beseft hebben, mijn vader zeker. Maar toch. Hoe accepteer je dat je kind al bij zijn geboorte op de piek van zijn ontwikkeling was? Hij zou nooit met een goed, middelmatig of slecht rapport thuiskomen, mijn ouders zouden hem nooit op vakantie naar de Costa Brava zien gaan en heimelijk zijn toilettas vol met condooms hoeven proppen, hij zou nooit zijn eigen bruidstaart aansnijden.

'Wat doen we nu?' vroeg mijn moeder.

'U moet serieus nadenken over hoe dit verder moet,' zei de neuroloog. 'U kunt thuis voor hem zorgen. Dat voelt ongetwijfeld het beste. Hij zal af en toe lachen en u zult denken dat hij gelukkig is. Maar weet dat het zwaar wordt. Ernst zal het verstandelijke niveau van een baby nooit ontgroeien.'

'Wat is het alternatief?'

'Er bestaat gespecialiseerde zorg voor kinderen zoals Ernst. Instellingen waar ze oog hebben voor zijn behoeftes. Ze hebben er grote tuinen waar hij kan rondlopen. Er zijn er zelfs die een kinderboerderij hebben. Er werken geduldige mensen die hem verschonen en zijn brood snijden. Hij kan er vrienden maken, kinderen zoals hij. Ik kan u wel een aantal instellingen aanbevelen.' De neuroloog pakte een stapeltje brochures uit zijn bureaulade en schoof deze richting mijn vader. Hij inspecteerde de vellen met daarop namen als 'De Regenboog' en 'De Vlinderhoeve'. Aan de binnenzijde stonden afbeeldingen van mensen zoals Ernst aan de ontbijttafel, in een schone badkamer, rijdend op een paard, van de trap roetsjend, aandachtig lezend in een prentenboek. Hoe kleurig en beloftevol ze ook waren, hoe mooi de begeleidende verhalen over *excellente dienstverlening* ook mochten klinken, het was voor mijn ouders geen optie. Ze overwogen het niet eens. Ernst was voor hen geen kapotte walkman die je weg kon brengen en vergeten. Voor al wat er aan hem mankeerde, hij was nog steeds hun zoon. Zijn gebreken waren hun verantwoordelijkheid, en er was geen Regenboog die daar verandering in kon brengen.

'Nee,' zei mijn vader. 'Hij gaat met ons mee.'

'U moet weten dat Ernst onherroepelijk in een instelling zal eindigen. Baby's zijn schattig, maar niet als ze twee meter zijn.'

Mijn ouders gaven de neuroloog een hand en gingen naar huis. Negen maanden later werd ik geboren.

3

Het ergste aan opgroeien met een gehandicapte broer was niet het gevoel op de tweede plaats te komen. Dat was een gegeven, ik vatte het niet persoonlijk op. Het was het medelijden. Het was overal, het was verstikkend, het was de smog over mijn bestaan. Je kunt er niet aan ontsnappen. Het ergst waren de geknakte blikken. Mensen liepen voorbij, keken om, zagen het, en richtten dan snel hun blik weer op de grond. Er waren mensen die spontaan aanboden om een dagje met hem naar het pretpark te gaan, slagers met hun plakjes worst, ouders die bij het passeren hun kinderen omstandig uitlegden dat die jongen niet eng was, alleen verkeerd geboren. Buren die je niet kende, kwamen wekelijks op de koffie om te vertellen dat je aan Ernst kon zien dat hij 'ondanks alles zo'n mooie persoonlijkheid had'.

Als kind heb ik ooit met vriendjes de planten uit de voortuin van een buurvrouw getrokken. Het was niet eens mijn idee. Ze betrapte me. Ik was er gloeiend bij, dacht ik. Mijn vingers waren nog bruin van de potgrond. Ik hoopte op een reprimande, een draai om de oren misschien, maar ik had het kunnen weten: de buurvrouw legde begripvol haar hand op mijn schouder en zei dat ze begreep hoe moeilijk we het hadden thuis. Als ik even wilde praten, kon ik altijd bij haar terecht. Ernst is ouder dan ik, maar ik ben altijd zijn grote broer geweest. Hij was mijn verantwoordelijkheid. Als ik naar buiten ging dan moest hij mee. Mijn ouders geloofden dat het goed was voor zijn ontwikkeling. Dat als je iemand normaal behandelde, hij zich uiteindelijk ook zo ging gedragen. Ze schijnen het ook met tbs'ers te doen. Een normale jeugd moest hij hebben, met normale vriendjes, normale hobby's. Misschien dat hij, als hij maar vaak genoeg zou voetballen en overgooien en hinkelen, allerlei vaardigheden zou opdoen zodat hij later, als het meezat, alsnog naar de mavo kon. Ik wist zeker dat mijn moeder op meer hoopte. Ik zag het aan de verbetenheid waarmee ze ons de deur uit schopte om buiten te gaan spelen. Er zat een gedachte achter. Ze vertrouwde erop dat Ernst vroeg of laat een bal tegen zijn hoofd zou krijgen en dat hij dan net zoals in films zou opkrabbelen en, eventueel voorafgegaan door een korte fase van geheugenverlies, na een poosje weer volkomen normaal, jawel, zelfs uitstekend zou functioneren en een scriptie van negentig kantjes over de schaduweconomie van een land met veel zon en weinig toekomst zou schrijven. Als Ernst met schrammen thuiskwam, kreeg ik nooit op mijn donder. Hij werd op een stoel gehesen, waarna het grote vragen begon.

'Ben je daar?'

'Hoor je mij?'

'Hoeveel vingers steek ik op?'

Wist hij veel. Hij zat daar maar.

Schuin tegenover ons huis was een schoolplein met een basketbalpaal waar ik Ernst vaak mee naartoe nam. Er waren betere speelplekken in de buurt, maar deze was het meest dichtbij. Niet meer dan vijftig meter lopen. Soms struikelde hij over de tegels met een gat erin, waar de kinderen knikkerden. De school viel uit de toon bij de rest van de straat. Het was een oud gebouw met een rieten dak. Voordat het als school in gebruik werd genomen, heeft het jarenlang leeggestaan. Er zaten krakers in. Tot verbazing van staf en leerlingen werden er de maanden na opening nog regelmatig slapende krakers aangetroffen in de opslagruimte en het kopieerhok. De laatste (voor zover ze wisten) hadden ze pas een jaar na opening getraceerd, toen hij zich meldde voor de jaarlijkse luizencontrole in de gymzaal. Ze hebben hem een baantje als conciërge gegeven, in ruil daarvoor mocht hij een leeg lokaal op zolder betrekken. Onno heette hij. De hele dag zat hij in zijn glazen cabine voor zich uit te roken, weinig geïnteresseerd in wat er op het plein voor hem gebeurde. Brandaris zware shag, een joint in de krokus-vakantie. Net als de kinderen was hij in de loop der jaren aan Ernst gewend geraakt. De traktaties die jarige kinderen op zijn bureau achterlieten, kwam hij soms aan het eind van de middag naar buiten brengen. En ik maar uitleggen waarom Ernst nu weer onder de kruimels zat.

Meestal stond Ernst geduldig aan de zijlijn terwijl ik een paar keer de bal door de ring gooide. Soms rolde er een bal van spelende kinderen zijn kant uit. In het begin durfden ze niet in zijn buurt te komen. Dan moest ik hem gaan halen. 'Hoe heet hij?' vroegen ze. 'Wat is er met hem aan de hand?' Nieuwsgierigheid is minder kwaadaardig dan medelijden. Later wisten ze dat ze hem niet hoefden te vrezen. Ze beschouwden hem als een ruimtelijk object, net als de glijbaan en de wip. Je liep eromheen, meer niet. Als de kinderen onstuimig tegen hem opbotsten bij het tikkertje spelen, zeiden ze: 'Sorry, Ernst.' Dan keek hij naar beneden alsof er een horzel tegen zijn borst was gevlogen, als hij een goede bui had ontblootte hij zijn tanden. Als zijn broer kon ik op enig respect rekenen. Op mijn bevel ging hij mee naar huis, of liep hij achter me aan naar de supermarkt verderop. Ze zagen mij als zijn dompteur. De andere kinderen kregen hem niet in beweging, ze hebben hem wel eens als doelpaal gebruikt.

Op de hoek van het pleintje zaten de rotjongens. We moesten uit hun buurt blijven van onze ouders. Ze rookten en ze blowden en ze hadden scooters. Bovendien gingen ze altijd pontificaal op het trapje bij de ingang van de school zitten, recht onder het hok van de conciërge. Zodra de leraren klaar waren met hun werk, probeerden ze zo snel mogelijk langs het groepje pubers te komen. Als het glad was, gingen ze massaal onderuit. De buurtagent kon er niet zoveel tegen doen, heel veel meer dan zich zitten vervelen deden ze gewoonlijk niet. Waarom dat in de publieke ruimte moest, snapte niemand. Een statement, misschien.

De rotjongens hadden een hiërarchische organisatie. Een van hen was altijd een kwartier te vroeg. Hij kwam aan op zijn brommer, ging op het trapje zitten, en begon geconcentreerd een grote plas speeksel te vervaardigen, voor hem op de grond. Een interesse die hij met zijn vrienden deelde. Zij kwamen meestal pas als hij er al een deciliter op had zitten. Ik vroeg me wel eens af of hij zijn spiegelbeeld erin kon zien. Van de overgebleven drie bleef er altijd een op zijn scooter zitten met zijn helm tot op zijn voorhoofd omhoog geschoven. Hij begreep geloof ik niet dat de acne op zijn gezicht heel wat minder zou zijn als hij die helm zou afzetten. Soms liep een van de andere jongens op hem toe en gaf hem een stomp tegen zijn schouder. Hij begon dan zenuwachtig te lachen, riep 'kankerlijers', en als er niemand keek dan wreef hij bezorgd over zijn schouders.

De andere twee waren de alfamannetjes. Niemand stompte hen op de schouder. Een van hen omdat hij de sterkste was (ik heb hem wel eens met blote handen een prullenbak uit de grond zien trekken) en de ander omdat hij een aangeboren charisma leek te bezitten, de rotjongens deden nooit iets zonder dat hij zijn fiat had gegeven. Zo nu en dan hadden ze meisjes bij zich. Voor zover ik weet waren er geen stelletjes, ze waren gemeenschappelijk goed. Een wittefietsenplan. Voor zover de pikorde dat toeliet, natuurlijk.

De kinderen hadden betrekkelijk weinig last van de rotjongens. Af en toe rende een van hen het veldje op en trapte de bal weg, om zich grinnikend weer bij zijn vrienden te voegen. Los daarvan bemoeiden ze zich vooral met hun eigen zaken. Tot ze Ernst in de gaten kregen.

Ze hadden hem ongetwijfeld eerder gezien op het pleintje, maar het duurde enige tijd voordat ook zij doorkregen dat er iets bijzonders met hem aan de hand was. Vanaf dat moment had hij iets onweerstaanbaars, ze konden er niet van afblijven. Het schoolplein was een lege kamer met een grote rode knop geworden.

Het begon op een woensdag. Aan het eind van de middag was ik met Ernst naar het pleintje gegaan. Ik gooide de bal een paar keer via het bord door de ring. Ernst stond ernaast. Het begon te regenen. Eerst zachtjes, daarna harder. Ik liep naar het afdakje dat het hok van de conciërge overdekte. De rotjongens stonden er ook, maar aan de andere kant. Twee van hen deelden een sigaret, ze leken in een goede bui. Misschien vonden ze de regen gezellig. 'Jij daar,' zei een van hen. 'Wat is zijn probleem?' Hij knikte richting Ernst, die zich van de nattigheid niets aantrok en bleef staan waar hij al stond.

'Hij is gehandicapt,' zei ik. 'Hij heeft geen boodschap aan de regen.'

'Hoe bedoel je, gehandicapt? Hij zit toch niet in een rolstoel?'

'Geestelijk. Hij is anders dan andere mensen. Dommer, denk ik.'

'Hij ziet er niet dom uit,' zei een van de rotjongens, en ik wist beter dan te zeggen dat zulke dingen altijd relatief zijn. Ondertussen stond Ernst daar steeds natter te worden. Normaal liep hij altijd achter me aan, de buurman noemde ons altijd de broertjes Polonaise. Ik vermoedde dat hij een pedofiel was. Om wat voor reden dan ook verkoos Ernst vandaag de regen boven mijn gezelschap. Ik zou gezeik krijgen met mijn moeder als ik hem in deze toestand thuis zou brengen.

'Ernst, kom hier,' zei ik. 'Je wordt nat!' Hij richtte zijn hoofd even op, keek wat om zich heen, en bleef gewoon staan. De rotjongens begonnen zich er ook mee te bemoeien.

'Hé Ernst!' riepen ze. 'Kom hier, man! Je bent toch geen homo?' Toen dat niet hielp, begonnen ze op hun vingers te fluiten. Ik geloof dat zijn onverschilligheid hen fascineerde. Andere mensen versnelden hun pas wanneer ze langs de rotjongens moesten, als het even kon liepen ze er met een grote boog omheen. Rond oud en nieuw helemaal. Zodra het vuurwerk in de voorverkoop ging, deed de halve buurt hier rennend boodschappen. Maar Ernst kon het simpelweg niet bommen. Het gefluit en gejoel van de rotjongens had op hem net zo veel impact als het rustgevende klateren van een waterval, of een cassettebandje met bosgeluiden. Dat hypnotiseerde ze. Ze waren het simpelweg niet meer gewend dat hun aanwezigheid vergezeld ging van desinteresse.

Toen de intensiteit van de regen wat verminderde, liepen ze met zijn allen naar Ernst. Van dichtbij waren ze zichtbaar onder de indruk van zijn lengte. 'Wat eet hij?' vroeg de jongen die het laagst in de pikorde stond. De rest lachte.

'Gewoon,' zei ik. 'Groente en vlees en zo.'

'Wil hij misschien een sigaret?' vroeg het sterke alfamannetje. De manier waarop het water van zijn polyester trainingspak rolde, deed me denken aan een eend.

'Nee, dat mag hij niet,' zei ik. Zijn vrienden riepen van wel.

Hij viste een pakje Marlboro uit zijn zak, haalde er een sigaret uit en stopte die in zijn mond om hem aan te steken. Eerst nam hij zelf een hijs. Daarna stopte hij hem, gelukkig heel voorzichtig, in de mond van Ernst. Hij zag er stoer uit zoals hij daar stond, met zijn haar in natte slierten voor zijn gezicht en de sigaret die als een onervaren rotsklimmer aan zijn onderlip bungelde. Hij leek wel een verzopen cowboy. Ik durfde de sigaret niet uit zijn mond te halen. Bang dat de rotjongens me in een plas zouden duwen of in elkaar zouden slaan. Uiteindelijk pakte het tweede alfamannetje de sigaret uit zijn mond. 'Zo is het wel leuk geweest, jongens. Hij inhaleert toch niet.'

Zonder iets te zeggen liep ik naar huis, Ernst volgde. Bij het eten zei mijn moeder dat ik naar rook stonk. Ik zei dat ze het zich verbeeldde. Dat ze een gek wijf was.

4

Welke bankmedewerker ooit zijn handtekening op het formulier heeft gezet om mijn vader een lening te verstrekken, het is mij een raadsel. Andere tijden, denk ik. Misschien dat hij het even snel wilde afhandelen voor zijn lunchpauze, of hij kreeg medelijden omdat mijn vader gedurende het hele gesprek met een pasfoto van zijn gehandicapte zoontje bleef zwaaien. Ik zie hem ervoor aan. Mijn vader had het plan opgevat om een café te openen. Hij zag er markt voor. Mijn moeder overtuigde hij met de woorden: 'Dan kan ik overdag vaak thuis zijn. Voor de kinderen.' Het lijkt me evident dat hij zich tijdens het gesprek met deze kantoorklerk geuit heeft in het horecajargon dat ik hem in de jaren daarna nog vele, vele malen heb horen bezigen.

'Hoeren hebben klanten, cafés hebben gasten.'

'U betaalt voor de drankjes. De belevenis is gratis.'

'Liever één gast in de tent dan tien bij de concurrent.'

De arme bankemployé kan het onmogelijk langer dan drie kwartier hebben aangehoord voordat hij mijn vader met een enorme zak geld de deur uit werkte, met de toevoeging dat hij eventuele vervolgleningen toch vooral schriftelijk moest afhandelen.

Van het geld kocht mijn vader een pand in een winkelstraat vijf minuten van het centrum. Dat was een ideale ligging, vond hij. Het lag op een weg die naar het stadscentrum leidde, en mensen die daar naartoe onderweg waren zouden, geconfronteerd met de gevel van deze nieuwe zaak, hun plannen direct omgooien. Thuis had vader een grote blauwe map met daarin al zijn ideeën. Ik heb die eens geopend. Op het eerste vel papier stond in blokletters DOELGROEP. Daaronder een beschrijving:

> De gasten van Yacht Club Madeira hebben veel geld. Ze houden van mooie dingen zoals rode sportauto's, exotische planten en vissen, breedbeeldtelevisies en dik tapijt. Ze mijden het traditionele uitgaansgebied omdat daar te weinig mooie dingen zijn. De doelgroep eist klasse. Onze cliënten wonen in een vrijstaand huis. Ze gaan minstens twee keer per jaar op vakantie met het vliegtuig of de helikopter. Ze hebben bij voorkeur sluik haar en zijn twintig tot veertig jaar oud. Ontevreden met het huidige horeca-aanbod in Hilversum, biedt Yacht Club Madeira hun een unieke en exclusieve plek om stoom af te blazen na een dag hard werken als directeur van iets belangrijks.

Zo ging dat twee kantjes door. Mijn vader geloofde in de mythe, de mythe van Hilversum. Mensen van buiten de stad denken dat je in Hilversum over de glamour struikelt. Ze geloven dat publieke toiletten er een gouden bril hebben, dat alle kinderen op hun zesde verjaardag een pony krijgen en dat ieder gezin op elk moment van de dag een butler met smetteloos witte handschoenen kan laten opdraven. Voor alle andere dorpen in het Gooi staat Hilversum niet veel hoger aangeschreven dan Velp, Zaltbommel of Nieuwegein. Het is bedrog. De echte kakkers wonen in Laren of Blaricum, Naarden desnoods. De televisiesterren bleven gewoon in de Jordaan. De enigen die de status van Hilversum als mediastad, *Hillywood* – er waren echt mensen die dat zeiden, en elke keer hoopte ik dat ze een grapje maakten –, serieus leken te nemen, waren de radiopresentatoren. Maar die moesten vroeg op. De rest van de stad deed verwoede pogingen om de mythe in stand te houden. Ze kamden hun haar dezelfde kant op, kochten dezelfde pastelkleurige overhemden, spraken met dezelfde hete opperdoezer in de keel. Ze zeiden: 'Waar ik vandaan kom is arbeider nog gewoon een scheldwoord.' En, met het prijskaartje nog aan de schoenen: 'In het Gooi praten we niet over geld.'

Het was een klucht, een permanente opvoering door het lokale amateurtoneel. Verwant aan dat van Volendam, waar men elke keer dat er een bus toeristen stopt en masse de palingfuiken te drogen legt en een spraakgebrek veinst. Ik trapte daar niet in. Niemand, nou ja, bijna niemand, trapte erin. Het was surrogaat. De fout die mijn vader maakte, was dat hij in de mythe geloofde. Hij wist zeker dat Hilversum over een enorme gemeenschap van vermogende mensen beschikte, die allemaal driftig op zoek waren naar een geschikt café waar ze in een stijlvolle omgeving met stijlvolle mensen veel te dure drankjes achterover konden slaan. Het café zou worden ingericht als een *yacht club*. Rijke, stijlvolle mensen hielden van zeilen, had hij ergens gelezen. Die moest hij hebben.

Mijn vader had vier klussers ingehuurd. Nederlandse jongens. Omdat het pand daarvoor een bloemenwinkel was geweest, ging op de eerste dag de helft van de ploeg allergisch naar huis. In het midden liet hij een ronde bar bouwen, verspreid over de ruimte zette hij grote leren bankstellen met glazen tafeltjes ervoor. Alles in nautisch blauw-wit. Aan de muren hingen reddingsbanden met daarop de namen van zeilers die de afgelopen twintig jaar waren omgekomen, die van de Scandinavische zeelui waren verkeerd gespeld. Dit café ademde klasse, elegantie. Een oase van beschaving, met zeepokken op de deur.

Twee maanden nadat mijn vader de lening had afgesloten, stond de *grand opening* op het programma. Er hingen ballonnen voor de ingang. Hij had grote verwachtingen, dus huurde mijn vader zes man personeel via het uitzendbureau. De zaak zou om 21:00 uur openen, maar ze werden al om 19:00 uur verwacht. Nadat mijn vader ze hun uniformen had overhandigd, gaf hij ze ieder afzonderlijk een preek over de ideale wijze om efficiëntie en gastvrijheid te combineren. Vier meisjes en twee jongens waren het. De hapjes waren gratis, de drankjes niet. De meisjes deden de bar, de twee jongens moesten de hele avond rondlopen met grote zilveren schalen met daarop zeevruchten en verse gamba's. De uitzendkrachten hadden allemaal een perfect gesteven blauwe broek aan, met een witte blouse erboven. De naam van het café was er met de hand op gestikt. Voor zichzelf had mijn vader een kapiteinsuniform gekocht.

Ondanks alles kostte de catering meer dan de aankleding. Het spektakelstuk was een enorme Atlantische zalm die mijn vader die ochtend hoogstpersoonlijk bij de visopslag had opgehaald. Negen kilo woog dat ding. De twee jongens moesten de zalm beurtelings door het café dragen. Ze moesten er trots bij kijken, alsof ze hem net gevangen hadden. Mijn vader deed het eerst een paar keer voor. Het rondje begon in de kleine keuken, ging vervolgens om de bar heen, via de nooduitgang naar buiten (om nieuwsgierige mensen over de streep te trekken), en langs dezelfde route weer terug naar de keuken. Daar werd de zalm in een grote bak ijs gelegd zodat hij vers bleef, en het ritueel nog tot laat op de avond herhaald kon worden. De jongens, niet ouder dan twintig, deden braaf wat hun werd opgedragen. Draag hem alsof je hem net gevangen hebt, had mijn vader gezegd. Dat leek hem authentiek. Ik weet niet of de mensen die in het voorbijgaan een staartvin of een vissenkop tegen hun beste overhemd voelden schuren daar ook zo over zouden denken. Er zijn wel caféruzies om minder begonnen.

Een grote uitsmijter moest dat soort toestanden voorkomen. Een professional was het, daar had mijn vader specifiek om gevraagd. Nigel heette hij. Een Surinamer die in ruststand een zekere sereniteit uitstraalde, maar zo nodig venijnig kon trappen. Hij had een vreemde kleur. Volkoren. 'Een goede uitsmijter gebruikt zijn handen zo min mogelijk,' vertelde hij bij zijn sollicitatie. Hij liet mijn vader aan zijn handpalmen voelen. 'Zacht als een konijntje,' fluisterde hij, en hij grijnsde. 'Ik heb alleen eelt op mijn voeten.'

Mijn vader zei aan het begin van de avond tegen hem: 'U moet geen mensen toelaten die hier niet thuishoren.'

Hij had braaf geknikt. Yacht Club Madeira ging om 21:00 uur op een vrijdagavond open. Om 21:10 ging mijn vader kijken waarom er nog niemand binnen was.

'Rustige avond, baas,' zei de uitsmijter.

'Dat zie ik. Waar blijven alle mensen?'

'Ze wachten nog even. Het is nog vroeg.'

'Maar we zijn al open.'

'Veel mensen gaan pas om een uur of elf de deur uit. Ze willen eerst thuis wat drinken en televisiekijken.'

'Elf uur, zei je?'

'Elf uur, baas,' zei Nigel. Mijn vader ging weer naar binnen. Hij liep naar de toiletruimte omdat hij niet kon aanzien dat zijn personeel betaald stond te luieren. Daar ging hij achter het tafeltje van de toiletjuffrouw zitten, die had hij nog niet nodig op deze openingsavond.

'Vanavond zijn de toiletten gratis,' zei mijn vader in zichzelf. 'Vanavond is het feest.'

Om elf uur was er nog steeds niemand binnengekomen. Het personeel deed geen moeite meer om de schijn van bedrijvigheid op te houden. De eerste uren hadden ze de tap, gloednieuw, schoongemaakt, en de bar, gloednieuw, met vaatdoekjes opgepoetst. Daarna waren ze onrustig gaan rondlopen, dan deden ze tenminste nog íets voor hun geld. Nu zaten ze met elkaar te praten op een van de banken, van al dat gewandel kregen ze blaren. Het volgende stadium zou eruit bestaan dat ze zelf al het bier zouden opdrinken en dronken de reddingsbanden van de muur rukten om ermee te hoelahoepen. Zoveel was zeker.

Ach, dacht mijn vader, de mensen komen vanzelf. Vandaag, morgen, overmorgen. Ze moeten nog wennen aan de aanwezigheid van een stijlvol café in hun stad. Via mond-tot-mondreclame zullen ze er hoe dan ook van horen. Een tweede café zal volgen. Een restaurant, wie weet. Over tien jaar zou mijn vader minstens de helft van alle horeca, van alle stijlvolle horeca, in de stad tot zijn imperium kunnen rekenen. De mensen zullen hem de koning van Hilversum noemen.

'Baas,' hoorde hij. Mijn vader schrok op uit zijn overpeinzing.

'Er zijn klanten,' zei Nigel. Hij keek op zijn horloge. Het was twee uur 's nachts.

'Gasten,' corrigeerde hij. 'Er zijn gasten.'

Buiten stonden drie jongens die niet binnen de doelgroep vielen. Ze waren dronken, dat ten eerste. Mijn vader vermoedde dat ze terugkwamen van een ander café, in het centrum. Ze hadden niet de juiste kleding, niet de juiste kapsels, niet de juiste schoenen. Sterker nog: ze droegen alle drie maar één schoen. Een van hen was kletsnat. Ze legden Nigel uit dat iemand hun schoenen in de vijver bij het Laapersveld had gesmeten. Daarna hadden ze geloot wie ze moest gaan halen. Tegen de tijd dat ze tot een beslissing waren gekomen, was hun schoeisel al gezonken.

'Jullie zijn niet correct gekleed,' zei Nigel. 'Dit is een café voor stijlvolle mensen.'

De jongens drongen aan.

'Even wachten, heren,' zei hij. De uitsmijter wenkte mijn vader.

'Ik adviseer dat ze naar binnen mogen, baas. Ze horen hier niet thuis, maar misschien dat ze nog wat drankjes bestellen. Ik heb vanavond ook nog geen fooi verdiend.' Even verderop begon de natte jongen tegen de gevel van de naastgelegen snackbar te urineren. Een van zijn maten ging achter hem liggen en probeerde zijn been weg te trekken.

'Jullie voldoen niet aan de dresscode, heren,' zei mijn vader. 'Maar weten jullie wat? Vandaag is het feest. We vieren de opening van een nieuw etablissement, voor stijlvolle mensen. Daarom kan ik een uitzondering maken. Ik heet jullie van harte welkom.' Hij zwaaide de deur open en nam zijn kapiteinspet af voor de nachtelijke gasten die joelend hun entree maakten.

Ze bestelden allemaal een pitcher bier. 'Zijn de hapjes gratis?' informeerden ze. De uitzendkrachten knikten alle zes. Zonder al te veel ontzag voor de maritieme etiquette begonnen ze de gamba's open te scheuren. De bakjes citroenwater om de vingers mee schoon te maken, dronken ze leeg. Mijn vader gaf het sein om de zalm het café rond te dragen. Hij begon al te ruiken. De jongens wisten niet wat ze meemaakten. De eerste paar rondjes keken ze vol ontzag naar het zeemonster. Daarna ging het mis. Een van hen wist de zalm te pakken te krijgen, klemde die tussen zijn benen en sprong de zaak door, roepend dat hij een zeemeermin was. Zijn vrienden gierden het uit. Een paar van de uitzendkrachten probeerden in te grijpen en het beest te heroveren. Zo ontstond er vlak voor sluitingstijd een trekpartij met de vis als inzet. De dronken jongens sjorden opvallend gecoördineerd aan de staart, terwijl een paar barmeisjes hun nagels in de kop zetten. Een van hun collega's plantte zijn vingers in de kieuwen voor een betere grip.

Mijn vader stond er al die tijd bij te twijfelen. De jongens hadden al voor dertig euro aan bier gedronken, in die zin waren het goede klanten. Als ze nog wat langer bleven, kon hij misschien één van zijn personeelsleden betalen. Aan de andere kant: moest hij dit gedrag zomaar tolereren? Yacht Club Madeira was een nette tent.

Uiteindelijk was het Nigel die de knoop doorhakte. Met grote stappen beende hij naar binnen, duwde de uitzendkrachten aan de kant, rukte moeiteloos de vis uit handen van de andere partij, en slingerde die vervolgens met een vloeiende beweging tegen het gezicht van de dichtstbijzijnde dronkenlap. Die vloog zeker twee meter achterover, tegen een barkruk die acuut doormidden brak. Zijn vrienden hielden het bijna niet meer van het lachen. Toen Nigel ook dreigend op hen kwam afgestapt, raapten ze hun kameraad op en droegen hem proestend naar buiten. Hun voor driekwart opgedronken pitchers bleven op de bar staan. Terwijl ze de straat uit liepen hoorde mijn vader de natte jongen nog verklaren dat dit de beste avond van zijn leven was.

5

Voor mijn moeder begon iedere dag met zorgen. Om halfacht opende ze het slot op de deur van Ernst zijn kamer. Dat hing er om te voorkomen dat hij 's nachts ging dwalen. Ik was een keer midden in de nacht wakker geworden omdat Ernst over me heen stond gebogen. Hij keek naar de wereldbol op mijn nachtkastje. Er kwam een gedimd licht van af, ik sliep niet zonder. Daar keek hij naar. Ik gilde en mijn moeder kwam. Ze bracht hem terug naar zijn kamer, en dat was dat. De dagen erop werd ik elke nacht wel een keer wakker omdat hij naar de wereldbol stond te turen. Het verontrustte mij niet meer. Zijn aanwezigheid had iets kalmerends, alsof hij over me waakte.

Door zijn nachtelijk dwalen viel hij overdag nogal eens in slaap op onvoorziene momenten. Tussen de middag nam mijn moeder hem vaak mee voor een wandeling door de buurt, dat was goed voor hem. Soms, als de zon scheen, liep hij naar een grasveldje of tuin en ging daar liggen. Als hij eenmaal sliep, was hij bijna niet meer wakker te krijgen. Dan moest mijn moeder hem door elkaar schudden en in zijn oor roepen. Vaak was zelfs dat niet voldoende om hem te wekken, en dus ging ze nooit van huis zonder een foliedeken tegen de onderkoeling mee te nemen. Die legde ze over hem heen tot zich een sterke voorbijganger aandiende die kon helpen hem naar huis te dragen. Met een gehandicapt kind verleer je de schaamte al snel. Een dokter had Ernst gediagnosticeerd met narcolepsie. 'Ook dat nog,' zei mijn vader. Mijn moeder geloofde het

26

niet. De gedachte dat Ernst niet één-, maar tweemaal door het onrecht getroffen was, strookte wat haar betreft niet met de wetten van het universum. Ze accepteerde het niet, en ze kreeg gelijk.

Op een avond bleef mijn moeder de hele nacht op om achter de waarheid te komen. Rond tweeën hoorde ze hem. Je hoefde geen seismoloog te zijn om in het gestamp op de overloop de betonnen tred van Ernst te herkennen. Boven, op zolder, betrapte ze hem in mijn kamer. 'Aha,' zei ze. Ernst keek naar Midden-Amerika. Het was die versmalling, die fascineerde hem. Mijn moeder gaf mij de schuld. Ik begreep niet hoe ernstig dit was. Ik had de nachtrust van Ernst gesaboteerd. Ik moest me schamen. De dag erop kocht ze een slot voor op zijn kamerdeur. Ze had ook een wereldbol voor hem kunnen kopen.

Elke ochtend opende mijn moeder het slot zodat Ernst naar beneden kon komen. Aan de ontbijttafel smeerde ze zes boterhammen voor hem. Als ze die in stukjes had gesneden, zesendertig in totaal, was hij in staat om die zelfstandig in zijn mond te stoppen. Niemand mocht samen met Ernst aan tafel ontbijten. Ik deed dat voor de televisie, soms onderweg naar school. Het risico was te groot dat hij een belangstelling voor andermans koffie of thee zou ontwikkelen. Hete dranken werden niet geserveerd in zijn bijzijn. Hij dronk melk. Als er iets op tafel stond wat hij nog niet kende, pakte hij het op en stopte het zonder nadenken in zijn mond. Dat deed hij overigens alleen met eetbare dingen, volgens mijn vader een teken dat die jongen zo achterlijk nog niet was. De schroeiplekken op zijn tong die een hete kan koffie eerder had aangericht, bewezen wat mij betreft het tegendeel.

Na het ontbijt zette mijn moeder Ernst onder de douche. Ze deed zijn nachtluier uit, bracht het water op temperatuur en zette hem onder de warme straal. Daar stond hij dan tien minuten lang met zijn ogen het washandje te volgen. Ze droogde hem af, poetste zijn tanden, deed hem een nieuwe luier om, en dan zijn kleren aan. Elke dag vers. Ze spoot deodorant onder zijn oksels en smeerde gel in zijn haar. Hij had schouderlang haar omdat de kapper zei dat je daar veel mee kunt. 'Mijn prinsje moet wel een beetje bij de tijd zijn,' zei ze. Mijn moeder was plaatsvervangend ijdel. Ze ging graag met Ernst winkelen, in volgens mijn vader veel te dure winkels. De verkopers waren gek op hem. Mijn moeder incasseerde gretig de complimenten die ze hem gaven. Het moet gezegd: voor een gehandicapt iemand zag hij er niet slecht uit. Geen rundertong, proportioneel gebouwd. Met een beetje fantasie kon je hem zelfs knap noemen. Nadat ze hem ook nog eau de toilette achter de oren had gespoten, zette mijn moeder Ernst achter de televisie om tekenfilms te kijken. Anderhalf uur na het opstaan kon ze zelf ontbijten.

Er zijn mensen die geloven dat de bereidwilligheid om voor onze zwakkeren te zorgen datgene is wat ons menselijk maakt. Vogels gooien zwakke kuikens uit het nest, zeggen ze dan. We zijn menselijker dan vogels. Fantastisch. De gedachte dat we voor onze zwakkeren zorgen uit goedheid, uit een *menselijke* goedheid, is van een grote perversiteit. Het impliceert dat we ergens een keuze hebben gemaakt. Mijn moeder heeft er niet voor gekozen om zichzelf elke dag weer weg te cijferen. Ze heeft niet gekozen voor een bestaan als verpleegster, niet gekozen om de verantwoordelijkheid te dragen voor een volwassen man die elk uur van de dag zorg nodig heeft. Om te doen alsof dat normaal is, omdat het er nu eenmaal bij hoort. Die keuze is voor haar gemaakt. Ze is geen heilige, ze is een veroordeelde. Altruïsme is een belediging voor de mensen die nooit de keuze hebben gehad. En altijd als ik het zie, als ik weer eens hoor over een gelukkig stelletje dat een bestelwagen vol Haïtiaanse kindertjes heeft geadopteerd, of besloten heeft een doofstom weesje onder z'n vleugels te nemen omdat niemand anders dat wilde, dan bid ik op mijn blote knieën dat zich een grote zwerm vogels aandient, die in al hun gevederde rechtvaardigheid het nieuwbakken pleeggezin de ogen uitpikken. Er bestaat geen goedheid, slechts berusting.

Welbeschouwd is Ernst het product van een ongeluk. De som van twee genenpakketten die op zichzelf geen kwaad kunnen, allicht zelfs bloedjes van kinderen hadden opgeleverd, maar met elkaar gecombineerd wel tot dit resultaat moesten leiden. Twee auto's in een frontale botsing. Ze hadden een andere route kunnen nemen, vijf minuten later kunnen vertrekken. Dan was het misschien anders gelopen. Maar dat deden ze niet. Een crash was onvermijdelijk, vanaf het moment dat mijn ouders elkaar ontmoetten. Dat was op het strand van Bergen aan Zee, tijdens een gedenkwaardig hete september. Mijn vader liep op mijn moeder af, hij had een frisbee in zijn rechterhand. Hij zei: 'Wat zie jij er mooi uit. Ben je jarig?' Zo onomwonden had nog nooit iemand mijn moeder versierd. Ze had een t-shirt aan, waarin ze gezwommen had. Van de zon kreeg ze vlekken. 'Ik ben niet jarig vandaag,' zei ze bedachtzaam. 'Ook al zie ik er misschien wel zo uit.' Daarna wist ze niet meer wat ze moest zeggen. Ze stond op een sliert zeewier, maar ze durfde niet te bewegen, uit angst dat het als een afwijzing geïnterpreteerd zou worden. Mijn vader vroeg of ze na het zwemmen mee uit eten ging, er zat een voortreffelijk steakhouse in de buurt. 'Ja,' antwoordde ze. 'Dat lijkt me gezellig.'

De manier waarop mijn vader at, was nieuw voor haar. Zo had ze een man nog nooit zien eten. Het voorgerecht at hij zoals normale mensen dat nu eenmaal doen. Hij prikte geduldig in zijn salade en stelde vragen over haar familie en haar hobby's. Over zichzelf sprak hij weinig. Toen zijn hoofdgerecht arriveerde, een Argentijnse biefstuk van driehonderd gram, begon hij eerst de bijbehorende frieten met zijn vork door het vleesnat te slepen. Daarna bracht hij ze per drie à vier naar zijn mond. Eenmaal door zijn frieten heen, veranderde zijn ademhaling. Nog steeds geconcentreerd, maar gejaagder dan voorheen. Ritmisch, alsof hij een aanloop nam. Hij sprak niet meer, stelde geen vragen. Hij staarde alleen naar zijn bord. Mijn moeder probeerde het gesprek nog gaande te houden, ze zei iets over de oorlog in Vietnam. Dat vond ze maar niks. Mijn vader liet zich niet van de wijs brengen. Zonder aankondiging pakte hij de biefstuk met beide handen beet en begon te schrokken. Hij at als een jakhals die weet dat er een troep leeuwen in de buurt is. Alle hens aan dek, geen tijd te verliezen. Binnen twee minuten werkte hij dit eersteklas Argentijnse rund naar binnen. Het was spectaculair om iemand met zo veel bezieling te zien eten. Toen hij klaar was veegde hij zijn mond af en zei dat de Vietnamezen het er zelf naar hadden gemaakt.

Na het eten was ze met hem mee naar huis gegaan. Hij huurde een vakantiebungalow op loopafstand. Het was niet haar gewoonte, maar iets aan deze man betoverde haar. Ze was weerloos. Zijn lompe, boerse manieren, het gebrek aan gêne daarvoor, het bracht onmiskenbaar een primitieve begeerte in haar naar boven. Het maakte haar week. Een oerman was hij, een neanderthaler, nog eeuwen verwijderd van de ijzertijd. Eenmaal binnen verdeed hij zijn tijd niet met liefkozingen, zoete woordjes en andere beleefdheden. Mijn vader had een volmacht tot handelen. Hij trok haar laarzen uit en sloopte een rits. Het kon haar niets schelen. Hij scheurde haar beha in tweeën. Ze kocht wel een nieuwe. Geen voorspel, geen gedoe. Zijn geslacht gebruikte hij als een vijzel, alsof hij nootmuskaat aan het stampen was. Er zat bloed op zijn mond, ze kon het proeven. Dode koe. Zijn bewegingen waren doorwrocht van effectbejag: korte ploegende dreunen. 'Neuk me, holbewoner,' steunde ze. 'Sleep me mee naar je grot.' Hij draaide haar om, voerde het tempo op. Er ontstond wrijving, ze zou zweren dat ze het voelde smeulen beneden. Brandlucht. Hij was vuur aan het maken! De holbewoner had een sensationele ontdekking gedaan! Toen hij klaar was, rolde hij van haar af. 'Ik ga een boterham smeren,' zei hij. 'Wil je er ook een?'
Ze had haar kleren bijeen kunnen rapen en zonder bericht door het raam kunnen verdwijnen. Ze had hem kunnen bedanken voor de leuke avond, en verder niets. Het waren de jaren zestig, dat kon. Die eerste keer, het was een ongeluk dat zonder consequenties kon blijven. De genen waren uitgewisseld, maar zonder gevolgen. Maar iets deed mijn moeder die avond besluiten om de boterham te accepteren, om te blijven. Ze kroop dicht tegen hem aan, viel in slaap, en maakte de uitkomst onafwendbaar. Ze bleef doorrijden met blikschade.

6

Nieuwbouw in Hilversum wordt vrijwel altijd geconstrueerd in de geest van Dudok. Iedereen heeft recht op zijn mislukkingen, maar als ze tot ver na je dood worden gereproduceerd dan komt het moment dat iemand er iets van moet zeggen. In Hilversum wordt zijn erfenis nog altijd in de vorm van rechtgelijnde, modernistisch-kitscherige gezinswoningen over de stad verdeeld. Zo ook bij ons in de straat. De huizen die er vroeger stonden, waren te duur. Het waren villa's die, toen ze in de jaren dertig gebouwd werden, over de heide uitkeken. Nu keken ze uit op andere huizen, en een schoolplein vol probleemjeugd. De bovenlaag wilde er niet meer wonen, laat staan ervoor betalen. De realisten namen hun verlies en verkochten ver onder de marktprijs, het merendeel van de villa's stond al jaren leeg. Omdat de gemeente doodsbang was dat er net als in het schoolgebouw krakers in zouden trekken, werd er een nieuw bestemmingsplan bedacht. Geheel conform de stijl van Willem Dudok. De wethouder kwam zijn plannen hoogstpersoonlijk toelichten, deur voor deur.

De huizen aan de overkant zouden gesloopt worden. In plaats daarvan kwamen nieuwe woningen, met een bescheiden prijskaartje zodat ook jonge gezinnen zich die konden veroorloven. De wethouder ging alle huizen in de straat langs met een maquette onder zijn arm. Hij hechtte duidelijk waarde aan een dialoog met de burger. Mijn vader vertrouwde de boel niet. De bouw zou overlast geven, en belangrijker: hij wilde inspraak in de aanstelling van nieuwe bewoners. Als er twaalf nieuwe gezinnen kwamen wonen, zo was zijn stellige overtuiging, dan dicteerden de wetten van de logica dat zeker drie daarvan niet deugden. Een paar buren wist hij van de urgentie te overtuigen. Zij hielpen hem bij het verzet. Omdat zijn café pas 's avonds openging, had hij de hele dag om bezwaarschriften voor te bereiden en mensen te overreden om zich bij zijn initiatief aan te sluiten. Hij ging de deuren langs met zelfgemaakte flyers waarin hij in ronkende volzinnen beargumenteerde waarom de woningen er onder geen beding mochten komen.

Mijn vader zoog zich als een teek vast in de gemeentelijke procedures. Hij schreef brieven aan de raad, wist een paar vermogende buren ervan te overtuigen de rechtszaak te financieren en overwoog een fakkeltocht te organiseren in de straat van de verantwoordelijke wethouder, een idee dat hij vanwege een gebrek aan belangstelling al snel liet varen. Het was allemaal tevergeefs. Die woningen zouden er hoe dan ook komen. De gemeente had er te veel geld in gestoken om zich nu nog terug te laten drijven door mijn vader. De burgemeester zelf ontbood mijn vader op het raadhuis voor een gesprek. De blokkendoos die in Hilversum voor gemeentehuis doorgaat, is ook van Dudok. Maar mijn vader had andere dingen aan zijn hoofd dan architectuur. Hij kwam hier voor resultaten. In zijn binnenzak stak een papiertje met daarop al zijn eisen. Ze zouden niet eens op tafel komen. De burgemeester was voornemens hem op de knieën te dwingen. Het was David tegen Goliath, Pinkeltje versus Godzilla. Hij was in de val gelopen.

'Een creatieve oplossing,' zei de burgemeester. Speciaal voor deze ontmoeting had hij zijn ambtsketting omgehangen. Hij hoopte dat het niet zo lang zou duren, hij kreeg er pijn van aan zijn nek.

'Deze woningen komen er gewoon, daar ben ik heel eerlijk in,' zei hij. De bedoeling was om mijn vader snel onder druk te zetten. 'Maar ik heb er alle begrip voor dat u uw verzet niet kunt staken zonder een concreet resultaat. Nietwaar?'

Mijn vader knikte wat onwillig.

'Nu weet ik dat u voorzitter wilt worden van een…' – hij keek even op zijn papier – 'selectiecommissie. U wilt graag bepalen wie de nieuwe bewoners worden. Daar heb ik begrip voor. Werkelijk hoor, alle begrip. Niemand wil toch crapuul in de wijk? Het probleem is echter dat het in strijd is met het woonrecht. We kunnen mensen niet preventief gaan weren, dat begrijpt u toch wel?'

Mijn vader maakte aanstalten om iets te zeggen, maar werd onderbroken.

'Daarom, ik zeg het gewoon nog een keer: een creatieve oplossing. Dat lijkt me voor iedereen het allerbeste. U heeft een veldje naast uw huis. Gebeurt het wel eens, en ik zeg het maar gewoon zoals het in mij opkomt, dat honden daar hun behoefte doen?'

'Ja!' riep mijn vader. 'Dat gebeurt regelmatig.'

'Wat zou u ervan zeggen als we dat veldje weghalen. Alsof het er nooit gelegen heeft. En in plaats daarvan graven we een vijver. Een mooie, deftige vijver met riet en waterlelies erin. Een eend, waarom ook niet.'

'Dat klink alleszins rede–'

'En dat we u dan tot speciaal beheerder van die vijver maken. U krijgt een bodywarmer van mij, van de burgemeester. Bevoegdheden, macht. De vijver zal onlosmakelijk met uw naam verbonden zijn. Men zal u respecteren.'

Die middag nam mijn vader tevreden afscheid van zijn burgemeester. Hij verliet het gemeentehuis als een winnaar.

De week nadien kwamen de bouwvakkers. De vijver groeven ze pas toen ze met de huizen bijna klaar waren, ze wilden zeker weten dat mijn vader zich koest zou houden. Hij hield woord. In plaats van zich verder te verzetten, koos hij voor de zachte hand. Zijn selectiecommissie maakte plaats voor een welkomstcomité. Bij de nieuwe bewoners ging hij op bezoek om te kijken of het goed volk was. Hij nam spek mee voor de man des huizes; dikke lappen van de ambachtelijke slager, gewikkeld in grauw papier. Bloemen, als hij vermoedde dat de vrouw het thuis voor het zeggen had. Wat hij aantrof viel hem mee.

De nieuwe bewoners leefden gelijk het op Dudok geïnspireerde baksteen waarin ze resideerden: fantasieloos, correct. Ongemerkt wegzakkend in de Gooise zandgronden. Van hen zou hij geen last hebben.

Mijn vader begroette ze allemaal even vriendelijk en voorkomend. De verhuiswagens kwamen gelijktijdig, de hele straat stond er vol mee. Hij gooide zijn café een paar dagen dicht, wat voor de omzet niets uitmaakte, zodat hij de tijd had om bij iedereen aan te bellen. De meeste bewoners konden op zijn goedkeuring rekenen. Ze accepteerden het spek, riepen hun vrouw en kinderen erbij. Ze zeiden dingen als 'dank u vriendelijk' en 'wat ontzettend lief van u'. Een paar dagen later kwamen ze langs met een zelfgebakken taart, of ze organiseerden een housewarming waar mijn vader eregast was. De echte wijsneuzen complimenteerden hem met de vijver. Na een week of wat was mijn vader vergeten dat hij überhaupt ooit tegen de nieuwe woningen geweest was. Hij had een eigen vijver en een hoop nieuwe vrienden. Hij had gewonnen.

Er was maar één gezin dat de test niet doorstaan had. De Chinezen, schuin tegenover ons. Als alle Chinezen eerlijk over de aarde verdeeld waren, dan hadden we meer dan één gezin mogen verwelkomen. Misschien was dat wat mijn vader verontrustte: de belofte van meer. Bij het zien van hun verhuiswagen was hij in verwarring geraakt. Ze hadden geen professionele verhuizers in de arm genomen, maar zelf een vrachtwagen gehuurd. De kinderen moesten ook helpen met sjouwen. De Chinezen waren sneller klaar met uitladen dan alle andere verhuizers in de straat, terwijl die er toch goed geld voor kregen. Mijn vader was zich gaan voorstellen, net als bij alle andere gezinnen. Hij wist niet of bloemen dan wel spek acceptabel waren in hun cultuur, dus kocht hij een vaas bij de Blokker. Met een blauwe draak erop. De deur werd geopend en mijn vader trok een vriendelijk gezicht.

'Goedemiddag,' zei hij. 'Ik zie dat u nieuw bent hier. Vandaar dat ik dacht: ik kom me even netjes voorstellen.'

De Chinees keek hem aan alsof hij een marskramer was.

Mijn vader stak zijn hand uit. In plaats van die te accepteren, draaide de Chinees zich om en blafte enkele bevelen in het Mandarijn de huiskamer in. Drie kinderen, in leeftijd variërend van pakweg vier tot elf jaar, verschenen bij de voordeur en stelden zich op in een rij van groot naar klein. Hun vader wees ze één voor één aan, en slaakte daarbij enkele kreten waarvan mijn vader vermoedde dat het hun namen waren. Daarna draaide hij zich weer om en zei: 'Yao Fang.' Ze schudden elkaar de hand.

'Ik heb een geschenk voor u meegebracht. Dat is gebruikelijk, hier in Holland. Het is een traditionele vaas. Ik hoop dat u hem mooi vindt.' Hij maakte er een lichte buiging bij, en hield de vaas met beide handen omvat voor zich.

Yao pakte hem aan en zei: 'Dank u wel.'

Vervolgens, zonder verder nog iets te zeggen, had hij de deur gesloten. Zachtjes, beleefd bijna. Mijn vader dacht er even over om nog een keer aan te bellen. Hij had de vrouw nog niet gezien. Maar dat zou nog wel gebeuren, daar was hij van overtuigd.

De dagen erop stond hij overdag uit het raam te loeren. Wachtend tot de vrouw boodschappen ging doen, tot ze op haar lotusvoetjes naar de supermarkt zou zwalken. Ze kwam niet. De kinderen gingen buiten spelen, maar nooit langer dan een uur en nooit verder dan een meter of vijftig van huis. De man zag hij ook niet. Was hij werkloos of vertrok hij via de achterdeur?

Het observeren van mijn vader werd steeds schaamtelozer. Overdag ging hij vaak een uur of twee als een Amerikaanse politieagent in zijn auto zitten, die stond dichter bij het huis van de Chinezen. Met een thermoskan koffie op het dashboard. Voor hij 's avonds het café opengooide, liep hij altijd even langs om naar binnen te kijken. Verloren moeite, de gordijnen waren dicht. Op een dag werd de suspense hem te veel. 'Kom,' zei hij tegen me toen ik uit school kwam. 'Maak jezelf eens nuttig.' Ik volgde hem door het steegje dat naar de achtertuinen van de huizen tegenover ons leidde. Bij een van de schuttingen hield hij stil en maakte van zijn handen een kommetje. Ik stapte erin en liet me omhoog hijsen.

'Wat zie je?' vroeg hij.

Ik strekte me uit zodat mijn ogen net boven het hout uit kwamen.

'Is ze er? Is zijn vrouw er?'

Aan de andere kant van de schutting lag de Chinese man languit op een tuinstoel. Zijn vrouw was er inderdaad. Ze had haar handen in een teiltje met, naar het zich liet aanzien, warm water. Dat schepte ze over de ontblote voeten van haar echtgenoot, en wreef. Met een föhn maakte ze die vervolgens weer droog. Tussen zijn tenen deed ze watten. Ze knipte de nagels en stopte de oogst in een vaas die naast haar op de grond stond. Ik vertelde mijn vader wat ik zag.

'Naar beneden,' zei hij. 'Ga op je handen en knieën zitten.' Aan de toon van zijn stem kon ik horen dat ik maar beter kon doen wat mij gevraagd werd. Hij stapte op mijn rug en ging op zijn tenen staan, waarmee al zijn gewicht op een paar vierkante centimeter werd gedrukt. Ik hoorde het kraken.

'Ze smeert zalf op zijn voeten,' hijgde hij. 'Ik wist het.'

Ik voelde het zwaartepunt van mijn vader verschuiven, omhoog, richting topzwaar. Het bloed steeg naar zijn hoofd. 'Mijn vaas,' zei hij. 'Wat doen ze met mijn vaas?'

In de tuin was de Chinese vrouw begonnen met het lospulken van likdoorns en andere oneffenheden. Al wat losraakte, stopte ze in de vaas met de draak. Ze gebruikte hem als biobak voor haar pedicure. Verslagen stapte mijn vader van me af, en liep weer naar huis. Hij had de Chinezen spek moeten geven.

7

Sinds de jongens op het plein Ernst kenden, vroegen ze altijd of hij erbij kwam staan. Als ik zonder hem wilde basketballen vroegen ze waar hij bleef, en zeiden ze dat ik hem moest gaan halen. Ik vermoedde dat hij alle aandacht wel waardeerde, niemand is daar ongevoelig voor. Vroeger liep hij alleen maar achter mij aan. Later liep hij direct door naar de groep mensen onder het afdakje. Hij nam, zelfs voor zijn lengte, bewonderenswaardig grote stappen. Alsof hij over een met kwallen bezaaid strand liep. 'Hé Ernst!' riepen ze dan. 'Loop eens normaal, man!' Ze gaven hem snoep en soms een hamburger, als ze naar de snackbar waren geweest. Ernst had het jaar daarvoor de tandarts gebeten en was sindsdien niet geweest. Ik vreesde dat hij de volgende keer heel wat uit te leggen had. De rotjongens koesterden een oprechte waardering voor Ernst, hij was meer dan een rariteit. Het was hetzelfde mechanisme dat in werking treedt bij het houden van huisdieren. Het is makkelijk om iets lief te hebben wat nooit terugpraat. Wiens loyaliteit direct verband houdt met het aantal toegediende calorieën. Een trouwe mensenvriend, heet dat dan.

Voor hangjongeren in Hilversum gelden andere regels dan voor hangjongeren in de grote stad. Die krijgen geen buurtwerkers en straatcoaches. Hun ouders zijn verpleegsters of werken achter het gemeenteloket, die moeten in staat zijn om hun eigen kinderen in het gareel te houden. Dat ze in Amsterdam de hele dag op straat rondhangen, wijt men aan verveling. Ze bouwen er hele wijken vol met buurthuizen, jeugdhonken en trapveldjes. Ze denken dat als je die jongens maar een flipperkast en een sjoeltafel geeft, ze dan plotseling inzien hoe leeg hun levens zijn. Dat ze dan hun huiswerk gaan maken en modelburgers worden. Het is de schuld van de maatschappij, wij hebben de verveling niet effectief bestreden. We hebben niet voldoende draaimolens en achtbanen binnen de bebouwde kom neergezet, en onze jeugd is er het slachtoffer van.

Je zou het ironie kunnen noemen: alleen in onze hoofdstad bestaan zo veel slachtoffers van de verveling. In Hilversum valt schijnbaar genoeg te beleven. Buiten de stadsgrenzen van Amsterdam verlopen smoesjes als zuivel op een strandstoel. Daar is verveling je eigen verantwoordelijkheid. Het is iets waarvoor je kiest, niemand die beweert dat het de schuld van de maatschappij is. Wie de jongens op het plein ooit aan het werk heeft gezien, ongeacht de weersomstandigheden of wat er op televisie is, weet: dit is een ambacht. Dit waren vakmensen. Dit waren vervelingskunstenaars.

De leider van het stel heette Kaiser. Zonder zijn goedkeuring gebeurde er niets. Ik vermoedde dat zijn vrienden meer wisten dan ik. Zijn overwicht kon moeilijk voortkomen uit zijn fysiek, hij was aan de dunne kant. Af en toe hoorde je verhalen over hem. Altijd via via, nooit uit eerste hand. Niemand die ooit durfde te vragen naar het waarheidsgehalte. Zijn ouders zouden zijn omgekomen bij een mysterieus duikbootongeluk. Hij zou al twee kinderen hebben, bij verschillende vrouwen. Kaiser zou in negen landen gezocht worden, onder andere in Singapore, voor wildplassen. Het enige wat ik zeker wist, was dat hij in de derde klas van school was gestuurd. Volgens onbevestigde bronnen omdat hij de muziekleraar uit het raam van de eerste verdieping zou hebben gehangen na de zoveelste klassikale uitvoering van 'Hey Jude' (in de volledige versie van zeven minuten). Wat het ook was, het was voor zijn vrienden genoeg reden om zijn gezag te respecteren. Hij was de baas, zoveel was zeker.

De jongen met acne had eens geprobeerd om Ernst apfelkorn te voeren. Ik zei dat Ernst medicijnen gebruikte, dat het hem fataal kon worden. Ik blufte. 'Eén slokje maar,' gierde die gespikkelde aap. Kaiser was opgestaan, had de fles uit zijn handen gerukt en stukgegooid tegen de muur. Daarna pakte hij de helm van de jongen, als altijd vergroeid met zijn hoofd, met beide handen beet en trok die van zijn gezicht. Beheerst zette hij het ding op de grond, en met de vlakke hand sloeg hij zijn vriend drie keer in het gezicht. Daarna pakte hij de helm weer op en trok die met een ferme ruk over zijn hoofd. 'Als ik je dat nog een keer zie doen, zul je die helm nodig hebben,' zei Kaiser. Niemand zei iets, niemand protesteerde. Het was zwijgen met voorkennis.

Vlak bij het pleintje was een klein winkelcentrum, waar iedereen zijn doordeweekse boodschappen deed. Zaterdags ging men naar het grote winkelcentrum. Alle winkels in het overdekte halletje gingen bijna failliet door de aanwezigheid van een supermarkt. De mensen kochten hun brood bij de supermarkt en niet bij de bakker, hun vlees bij de supermarkt en niet bij de slager, hun groente bij de supermarkt en niet bij de groenteboer. En allemaal overleefden ze door de aanwezigheid van diezelfde supermarkt, omdat ze profiteerden van de constante stroom klanten. Ze vlijden zich tegen de borst van hun eigen ondergang.

Ik ging regelmatig met Ernst naar de supermarkt. Volgens mijn moeder was het goed voor hem. Hij mocht het mandje dragen terwijl ik de lijst afwerkte. De caissières kenden hem allemaal. De jongere meisjes voelden zich er zichtbaar onprettig bij. De oudere dames noemden hem 'fijne knul' en 'lieve schat', en altijd vroeg ik me weer af of ze dat ook tegen andere jongens van zijn leeftijd zeiden.

Die dag was ik er niet om melk en brood voor mijn moeder te halen. Ik was er met Kaiser, drie van zijn jongens en een meisje. Tiffany heette ze, geloof ik. Van alle meisjes die ze meenamen naar het plein, was zij de meest constante factor. Ze had vrolijke, kleine meisjestietjes en een immense bos donkere krullen. Ik wilde er een kussensloop mee vullen en er elke nacht op slapen. De supermarkt was zo ongeveer het enige waarvoor de rotjongens onder hun afdakje vandaan kwamen. Dat, en hun tweewekelijkse Kliko Grand Prix. Daarbij raceten ze op donderdagmiddag een vooraf afgesproken parcours door de buurt op de scooter, waarbij de bijrijder achterop zo veel mogelijk kliko's omver moest trekken. Het persoonlijk record van Kaiser was veertien groene bakken in twee minuut acht.

We liepen de supermarkt binnen. De muziek binnen is speciaal gekozen om mensen kalm te houden, er is over nagedacht. Zoals de kleur van het behang in een gevangenis. Bij een grote kruidenier in Duitsland, waar anders, hebben ze ooit een experiment gedaan. Elke vijf minuten sloten ze een kassa, waardoor de rijen steeds langer werden. Tegelijkertijd had elk ingestart liedje een steeds hoger tempo. De mensen werden gek. Ze braken de tent af. Ze gingen elkaar te lijf met komkommers, smeten met pakken suiker en ontbijtgranen naar het personeel. Na een halfuur hebben ze het experiment moeten staken. De betrokken universiteit bood publiekelijk excuses aan. Het was een wonder dat er geen doden waren gevallen.

Ik liep voorop, Ernst volgde. Achter hem de rotjongens. Ik wist niet wat ik daar moest. Omdat Ernst hun gezelschap wel leek te waarderen, zou mijn eerste antwoord zijn. Maar dat was mijn interpretatie. Ik had niets beters te doen, als ik heel eerlijk ben. Slecht gezelschap, maar gezelschap niettemin. De rotjongens wendden zich nooit rechtstreeks tot mij. Alleen wanneer ze vragen over Ernst hadden. Het was ze om hem te doen, ik was bijvangst. Een oude schoen in het schepnetje. Die dag wilden ze per se dat hij met ze meeging naar de supermarkt. Waarschijnlijk om hem snoep te voeren. De jongen in het eeuwige trainingspak deed een zak drop (voor Ernst) en wat blikjes in zijn mandje. Kon ik straks weer uitleggen waarom hij een zwarte mond had. We liepen door naar de afdeling waar bier en wijn en mixdrankjes stonden.

'Doe zijn jas open,' zei Kaiser. Ernst droeg een jas van een bekend sportmerk. In de winter bevestigde mijn moeder met schoenveters wanten aan de mouwen. Dan raakte hij ze niet kwijt.

'Waarom?' vroeg ik, maar ik wist het antwoord al. Ze gingen Ernst als een *mule* gebruiken. Ik dacht dat het alleen meisjes overkwam. Die werden verliefd op een man met mooie kleren en stapten dan met een koffer vol cocaïne aan boord van het vliegtuig van Santo Domingo naar Amsterdam. Nadat zo'n meisje was gearresteerd, deden haar ouders huilend hun verhaal, en zei iedereen dat ze zo makkelijk te manipuleren was. Is dat niet de essentie van verliefdheid? De bereidheid om je zand in de ogen te laten strooien, desnoods door een zonnebankbruine patjepeeër in een veel te dure auto?

'Ernst gaat boodschappen doen,' zei Kaiser. 'Zonder te betalen.'

'Niet,' ontkende ik. Hij zuchtte.

'Wat kan er nou misgaan? Ernst kunnen ze niets verwijten, want die is gek. Zie het zo: hij maakt een mooi avontuur mee, zonder enig risico te lopen.'

Daar had hij een punt. Als mijn jeugd mij iets geleerd heeft, dan is het wel dat Ernst een zekere onschendbaarheid geniet. Hij zou voor de VN moeten werken.

'Los daarvan,' zei Kaiser. 'Kijk daar.' Bij kassa twee had een van de dames Ernst opgemerkt, ze begon wild te zwaaien en zei allerlei, ongetwijfeld lieve, dingen door geluidloos haar lippen te bewegen. Verrassend veel mensen denken dat gehandicapten doof zijn en adresseren ze onnodig luid, of, zoals deze mevrouw, vermoeden in hen geoefende liplezers te treffen.

Ik zwaaide beleefd terug. Kaiser had gelijk. Ernst was hier een bekend gezicht. Niemand zou hem ooit van winkeldiefstal betichten. Onmogelijk. En toch, ik kon het niet laten gebeuren. Zelfs de kleinste kans, een kans van moleculaire afmetingen, moest vermeden worden. Als mijn moeder hier ooit achter zou komen dan zou mijn vader patat van me maken.

'Nee,' zei ik beslist. 'Hij is een eerzame burger.'

Ik stelde me het ergste scenario voor. De filiaalmanager ziet ons. De groep stuift uiteen. Ernst raakt achterop, wordt door een stel vakkenvullers in de kraag gevat en aan de politie overgedragen. Op het bureau doet hij een beroep op zijn zwijgrecht, hij kan zich niet identificeren. Hij wordt overgedragen aan de vreemdelingenpolitie, die hem uitzet naar een land dat bij zijn gelaatstrekken aansluit (Noorwegen). En ik moet thuis alles uitleggen. Aan de andere kant: was het niet kortzichtig om Ernst onze wetten op te leggen? Hij had geen enkele notie van bezit. In zijn wereld was diefstal een niet-bestaand vergrijp. Ik twijfelde.

Kaiser zag het. Met een knikje gaf hij zijn vrienden het signaal om de mouwen en binnenzakken van Ernst vol te laden met blikjes bier en mixdrank. Ze stonden in een halve cirkel om hem heen de caissières het zicht te belemmeren. Ik was op dat moment blij dat Ernst zo groot was. De jassen voor mensen zoals hij waren standaard vormloze zakken, hoe frustrerend mijn moeder dat ook vond. Ze verkopen geen elegante wintermode voor mensen boven de twee meter, er is geen markt voor. Ernst had een bescheiden exoplaneet onder zijn jas naar buiten kunnen smokkelen, en niemand die het zou merken. We gingen in de rij staan. Ik vooraan, met het geld dat ze me hadden gegeven. Ernst achter me. De rotjongens liepen gewoonweg via een onbemande kassa naar buiten en wachtten op ons naast een grote bak met kartonnen dozen. Nog twee mensen voor ons. Nog een en ze moesten nog een kassa erbij openen. Ik zweette op onvermoede plekken. Ernst volgde onverstoorbaar de producten op de band. Nog één iemand voor ons. Drop en cola, drop en cola, drop en cola. We waren aan de beurt.

'Hallo,' zei ik.

'Goedemiddag,' zei de caissière. 'Hoe is het met de grote vriendelijke reus?'

Ik haatte het als mensen hem zo noemden.

'Prima hoor. Hij is in een vrolijke bui.'

Soms als ik dat zei dan lachte hij even. Ik wist dat het toeval was, dat hij waarschijnlijk naar een insect keek of iets dergelijks, maar de mensen vonden het prachtig.

'Dat is fijn om te horen, jongen. Doe je de groeten aan je moeder?'

NEE, wilde ik roepen. Donder op met je groeten, reken af, neem dit geld, kruip in een gat en crepeer, laat me gaan.

'Dat zal ik zeker doen, mevrouw. Dank u vriendelijk.'

Ik rekende af en stopte de goederen waarvoor betaald was in een plastic tasje. Ernst liep achter me aan naar de uitgang. Als je goed luisterde, kon je hem horen rammelen. Hij klonk als de tinnen soldaat. En toen stonden we buiten. Geen klaroengeschal, geen erehaag. We hadden iets gedaan wat elke dag gebeurt. Een verplicht onderdeel van iedere jeugd, net als cowboy spelen en boomhutten bouwen. We hadden iets gestolen. Het voelde makkelijk, het voelde *goed*. Kaiser sloeg Ernst op zijn schouders. Die keek erbij als een labrador die met zijn kop uit het autoraam hangt. Het was gissen naar wat hij voelde. Maar ik denk dat we die dag zijn leven richting hebben gegeven. Welbeschouwd was hij voor het eerst meer dan een gehandicapte, meer dan een bron van zorg alleen. Hij was een dader.

Terwijl Ernst werd uitgeladen, kwam Tiffany bij ons staan. Ze wilde Ernst een zoen geven, maar kwam zelfs op haar tenen niet voorbij zijn schouders en wreef uiteindelijk maar een paar keer over zijn rug. 'Ik vind het heel dapper wat jullie hebben gedaan,' zei ze. Daarna kuste ze me op mijn wang. Ze rook naar zomerfruit en sigaretten, ze rook naar meer.

8

De eerste keer dat ik mijn ouders teleurstelde, was bij de Citotoets. 536 punten, net genoeg voor de havo. Ernst heeft de luxe van een leven zonder verwachtingen. Hij is een op de markt gekochte stereotoren, een visrestaurant vijfhonderd kilometer van zee. Alles wat hij ooit bereikt heeft, is pure winst. Iemand zonder perspectief voldoet altijd. Van mij werden dubbele resultaten geëist. Ik moest presteren voor twee. Ik was nageboorte met een verwachtingspatroon.

Ze stuurden me naar het Comenius College, de beste school van het Gooi. Op open dagen vertelde de rector over zijn uitmuntende docenten, de eersteklas faciliteiten, en noemde zonder spieken de namen van alle prominenten die er ooit onderwijs hadden genoten. Maar het argument dat altijd weer de doorslag gaf, was het bos. Een rustige en stabiele leeromgeving, veilig bovendien. Het Comenius lag midden in het Corversbos, de dichtstbijzijnde bebouwing was een villawijk aan de oostkant. Het was een plek zonder verleidingen, waar iedereen zich kon richten op de schoolprestaties alleen. In de wintertijd fietste je door een donker bos naar school, en als je moest nablijven fietste je ook in het donker weer terug. Met die veiligheid werd dan ook vooral gedoeld op het feit dat de dichtstbijzijnde coffeeshop ruim twee kilometer verderop lag. Mijn ouders vonden het ideaal.

De grootste groep leerlingen bestond uit de kakkers. Ze droegen Tommy Hilfiger, Ralph Lauren en Lacoste. Tijdens de pauze speelden ze tafelvoetbal, na de laatste les vertrokken ze naar hockeytraining. Bij 't Spandersbosch natuurlijk, want HC Hilversum was voor paupers. Ze deden amicaal tegen iedereen, en niet in de laatste plaats tegen docenten, want hun vaders zaten in de ondernemingsraad. Allemaal heetten ze Frits, Alexander en Jan-David, maar niettemin gebruikten ze steevast 'pik' als aanspreekvorm. Hun vriendinnen en zussen wilden later rechten studeren of psychologie, en dat zou nog een hele kluif worden gezien het feit dat ze de helft van de lessen voor de ingang doorbrachten, onder het roken van een zorgvuldig geselecteerde dosis mentholsigaretten om een optimale mate van heesheid te ontwikkelen, zodat ze in de smaak zouden vallen bij hun toekomstige dispuutgenoten. Soms als ik ze zag staan, dacht ik dat ik me het inbeeldde. Ze voldeden zo perfect aan het stereotype dat ze wel mentale projecties moesten zijn, optische illusies. Ze waren te cliché om waar te zijn.

Dan waren er de boeren. Van hen wist ik zeker dat ik ze niet inbeeldde: je kon ze ruiken. Elke ochtend kwamen ze met zo'n honderd man, meisjes achterop, in colonne aan op hun brommers. Met de fiets was het bijna een uur, zelfs voor deze gezonde Hollandse zonen iets te veel van het goede. Ze rookten geen sigaretten maar shag, en ik weet zeker dat als ik vijf jaar eerder was geboren nog had kunnen meemaken dat ze pruimtabak consumeerden. Naar het eindejaarsgala kwamen ze op de tractor, en elk jaar speelde iedereen weer netjes mee en deden we alsof het een unieke vondst was. Omdat het Comenius op papier christelijk onderwijs verzorgde, was er ook nog een gereformeerde populatie. Hoewel talrijk, behoorden al deze leerlingen tot een stuk of vijf gezinnen. De kleinste familie had acht kinderen in de schoolgaande leeftijd, de meest omvangrijke vijftien. Leraren die lang bij het Comenius werken, hebben een en dezelfde ribbroek al zeker zes keer van eigenaar zien wisselen. Voor zo'n gezin zorgen is bijna een militaire operatie. Ze moesten hun sla in de badkuip wassen.

De kleinere fracties waren de sjonnies (ook het Comenius had een mavo), de meisjes die later op televisie wilden (en daar vaak ook in slaagden), de asielzoekers (bedeesde bruine jongens, twee in getal), de alto's, de kneusjes, de muzikale types, de mensen die verder nergens bij hoorden, en ikzelf.

Het gezelschap van al deze groepen probeerde ik tot een minimum te beperken. De pauze bracht ik altijd in het bos door. Tijdens gym, techniek, handenarbeid, wiskunde en verzorging was ik daar meestal ook. De meeste tijd spendeerde ik in een hut die door een scoutingvereniging was achtergelaten. Goed werk, na al die jaren nog steeds niet ingestort. De hut had de vorm van een wigwam en was geheel bedekt met bladeren. Het rotte en het lekte, maar ik vond het prima want niemand kon me zien. Mijn schuilplaats lag op honderd meter van de poort, in het donkerste stukje bos. Ik zat in een auto met getinte ruiten. Niemand kon mij zien, ik zag alles. Binnen had ik een dekentje liggen, en wat boeken in een plastic tas. Dan hoefde ik geen borg voor een kluisje te betalen. Eén keer heb ik gemerkt dat er indringers in mijn hut kwamen. Er lag een gebruikt condoom op de grond. De rest van de week ben ik er niet geweest. Wel heb ik er een dode vos neergelegd, gestikt in het landbouwgif van een naburige boer. Daarna is er bij mijn weten niet meer geneukt.

Dikwijls ontbeet ik in de hut. Onderweg naar school kocht ik een blikje cola en een kaascroissant. Alleen als het sneeuwde en koud was ging ik naar de eerste les, al was het maar omdat ik niet wist hoe ik vuur moest maken. Vanuit het comfort van mijn bubbel kon ik mijn medeleerlingen langzaam binnen zien druppelen. De conciërge stond bij de poort, en bij iedere laatkomer werd de frons op zijn gezicht groter. Het leukst waren de dinsdagen. Dan hadden de brugklassen 's morgens gymles. Ze moesten twee rondjes van zo'n negenhonderd meter door het bos rennen. Pas daarna mochten ze voetballen of speerwerpen. De atletische kinderen deden er zeven of acht minuten over, negen à tien was gemiddeld. De motorisch getroebleerde achterhoede trok er bijna een kwartier voor uit.

Van elke brugklas wist ik wie de langzaamste was. Ik wachtte tot hij, gek genoeg was het bijna altijd een hij, langshobbelde en sloop naar de rand van de dichtste begroeiing. Dan pakte ik een paar dennenappels of wat eikels en mikte die op zijn achterhoofd. En altijd als ik zo'n biggetje wist te raken, als ik hem wist te motiveren om zijn vetreserves aan te spreken en het gillend op een lopen te zetten, dan voelde ik een meest welkome gloed van tevredenheid op me neerdalen, en wist ik voor heel even dat het waar is wat ze zeggen: dat je schooltijd de leukste tijd van je leven is.

Om halfelf ging de poort dicht, dan moest je omfietsen en via de hoofdingang naar binnen. Ik kon precies zien wanneer de conciërge met zijn sleutelbos kwam aanlopen, dus vijf voor halfelf kwam ik uit de bosrand vandaan en liep via het laatste stukje fietspad het schoolterrein op. De hoofdschuddende conciërge passerend. Die dag zou ik de les van elf uur, economie, niet halen. Ik moest in slaap gevallen zijn, want ik werd wakker. Twee mensen in gesprek, vlak bij mijn met berkenblad beklede onderkomen. De eerste stem herkende ik meteen. Het aandoenlijke Nederlands was dat van meneer Malik, assistent van de docent scheikunde. Wanneer de docent uitlegde, deed hij alle proefjes stapsgewijs voor. Een klas vol havoscholieren heeft meer dan één paar ogen nodig wanneer er met branders en zwavelzuur wordt gewerkt. Hij kwam uit Pakistan, waar hij naar verluidt een gerespecteerd wetenschapper was. Hij kwam naar Nederland voor een uitdagende baan in de chemie, maar sinds de Pakistaanse diefstal van atoomgeheimen uit Almelo lukte het hem niet om ook maar bij de lokale drogist te solliciteren zonder dat de BVD voor de deur stond. Bij toetsen en examens werd hij ingezet als surveillant, en hij was verantwoordelijk voor de collectie slangenembryo's en muizen op sterk water van de sectie biologie. Tijdens al deze bezigheden droeg hij zijn lange witte laboratoriumjas die onderhand zo onder de chemicaliën moest zitten dat het rampenplan meteen in werking kon worden gesteld als hij dat ding ooit op de verwarming te drogen zou leggen.

'Dit lijkt mij wel een geschikte plek,' zei de andere stem. Ik herkende de stem niet direct, en moest voorzichtig mijn hoofd tussen de takken leggen om te zien wie het was. Meneer Terpstra. Docent geschiedenis. Zijn vrouw was het jaar daarvoor overleden. Iemand uit een andere klas heb ik ooit horen zeggen dat hij op haar begrafenis gezworen heeft om nooit meer te lachen. Ik wist niet of dat waar was, maar feit is dat ik hem dat inderdaad nog nooit heb zien doen. Wel had hij een nieuwe vriendin, die nam hij mee naar het laatste schoolfeest.

'Dit is goede plek,' vond ook Malik.

Ik was erbij op de grond gaan liggen. Aan de onderkant van de hut zat minder isolatie, daar kon ik beter doorheen kijken. Ik waande mij een verkenner achter vijandelijke linies.

Meneer Terpstra keek argwanend om zich heen. Hij zag de hut, maar niet de inhoud. Nadat hij zich ervan verzekerd had dat er niemand was, haalde hij zijn geslacht uit zijn broek. Meneer Malik ging op zijn knieën zitten. Zijn witte jas hing over de grond als een op de tast gekocht gordijn.

'Na Mariannes dood heb ik het erg zwaar gehad,' zei Terpstra.

Malik slobberde een eind weg.

'De eerste dagen leef je in een roes. Alles wat je hoort, ziet, voelt, het glijdt langs je heen. Je kunt je er niet aan onttrekken. De dood legt een sluier over je bestaan.'

Malik knikte. Ik hoopte bevestigend, maar mogelijk ook als onderdeel van de service.

'Na haar begrafenis heb ik een vakantie genomen. Naar Sardinië. Ik dacht: als ik nu gewoon even voor mezelf kies, de kinderen een tijdje bij oma onderbreng. Misschien dat ik dan een doorstart kan maken.'

Malik gebruikte nu ook zijn handen.

'Zodra ik thuiskwam wist ik dat ik mezelf voor de gek had gehouden. Het hele huis rook nog naar haar. Je kunt de geur van een vrouw niet zomaar verdrijven. Onmogelijk. De eerste week heb ik toiletverfrisser door het hele huis gespoten. Het hielp niets.'

Malik haalde de penis van Terpstra uit zijn mondholte en zei: 'Daar moet je mee oppassen. Er zitten veel drijfgassen in.'

Terpstra knikte afwezig. Malik ging verder waar hij mee bezig was.

'Wist je dat ik alleen van mevrouw Cornelisse een rouwkaart heb gehad? Het is jammer dat er iemand moet overlijden om erachter te komen wie je echte vrienden zijn. Van de school kreeg ik bloemen, uit de onderwijspot.'

Malik pakte de bleke gereformeerde billen van Terpstra met beide handen beet en trok zijn eigen gezicht zo ver naar voren dat zijn neus de navel raakte. Hij maakte daarbij een geluid alsof hij stikte, onaangename klanken, afgesloten met een tevreden zucht uit de onbezoedelde mond van de docent geschiedenis. Voordat hij zijn mannelijkheid weer wegstopte, veegde Terpstra haar af aan de witte jas van Malik.

'Verdomme,' vloekte hij. 'Dat brandt.'

In mei van dat jaar heb ik aan de verwachtingen van mijn ouders voldaan. Ze zaten vooraan bij de diploma-uitreiking, met Ernst in galakleding naast zich. Ik slaagde. Ze konden trots zijn: op mijn eindlijst prijkten veel zevens, een enkele acht, en een tien voor geschiedenis en scheikunde.

9

Vijf maanden, zo lang heeft Yacht Club Madeira nog bestaan. Elke avond maakte mijn vader verlies. Elke ochtend smeekte mijn moeder hem om ermee op te houden. Om zijn oude baan weer op te pakken, desnoods een nieuwe zaak te beginnen – een lunchroom, een boetiek, een tijdschriftenkiosk. Mijn vader wilde er niet aan. 'Het is heel normaal om het eerste jaar verlies te maken,' zei hij. 'De mensen komen vanzelf.' Mijn moeder schreeuwde dan dat er inderdaad mensen zouden komen. Over een paar maanden zou de hele tent vol zitten, met deurwaarders. Ergens bewonderde ik mijn vader wel, zijn volharding en ondernemerschap. Zijn wereld bestond uit winnaars en verliezers. De verliezers waren zij die genoegen namen met middelmaat, die nooit risico's namen en andermans bevelen opvolgden. De winnaar, dat was hij. Weliswaar had zijn café te kampen met wat kinderziektes, maar hij durfde tenminste.

Eén ding was zeker: mijn vader zou nooit meer voor een ander werken. Voordat hij besloot om voor zichzelf te beginnen, werkte hij voor een grote verzekeringsmaatschappij. Zijn taak was om te beoordelen of de ingediende claims legitiem waren. Elke dag kreeg hij zeker twintig dossiers in handen, minstens de helft was kolder. Vaak waren ze bewonderenswaardig vindingrijk. Mensen schoren hun kat kaal, smeten hem tegen de muur, en dachten aanspraak te maken op een royale uitkering voor de tragische dood voor hun even zeldzame als kostbare huisdier.

Het waren nooit steuntrekkers en clochards die het deden. Het waren mensen die het zat waren om elke dag uit bed te komen voor een man met een stropdas. Het waren mensen zoals hij. Deden ze het niet voor het geld, dan deden ze het voor de kick. Voor het gevoel een risico te nemen, ermee weg te komen. Mijn vader wist dat als hij nog een paar jaar op kantoor zou zitten, hij een van hen zou worden. De fantasie van een beter, spannender leven zou zich als een uitheemse parasiet in zijn brein nestelen. Hij zou met een plan op de proppen komen dat hem met de dag realistischer zou voorkomen, en via uitvoerbaar en kansrijk tot briljant bestempeld zou worden. Mijn vader zette een inbraak in scène, liet zichzelf knevelen door de buurman, incasseerde een paar klappen omwille van de geloofwaardigheid (niet te hard), maakte een lijst van alle ontbrekende juwelen, en stuurde de foto's van zijn gehavende gezicht naar de verzekeringsmaatschappij, waar ze zouden belanden op het bureau van een arme drommel die net als hij het bedrog meteen zou doorzien. En ook hij zou denken: waarom doe ik dit nog? Waar is het misgegaan?

Ik denk dat hij er verstandig aan heeft gedaan om zijn eigen zaak te beginnen. Het was dan ook niet het ondernemerschap zelf dat mijn vader viel kwalijk te nemen. Hij sloeg erin door. Elke deugd wordt een zonde in de handen van een extremist. De enige reden dat Yacht Club Madeira niet zijn ondergang werd, was de voorzienigheid. Het lot besliste. Mijn vader had de opmerkelijke gave om rampspoed om te zetten in succes. Vroeger was hij amateurwielrenner geweest. In één koers was hij eens vier keer gevallen. De laatste twee keer in de afsluitende tien kilometer. Hij kreeg die ronde de Gouden Greppel, een prijs voor de meest ongelukkige wielrenner. Driehonderd gulden en een bos bloemen, voor een disfunctioneel evenwichtsorgaan. Een vergelijkbaar incident deed zich voor met het café. Mijn vader was net zijn schulden aan het inventariseren, toen op een woensdagavond de telefoon ging. Een redacteur van RTV Noord-Holland, hij was bezig met een reportagereeks over horeca in slaapsteden en vroeg zich af of ze in de Yacht Club mochten filmen. Of vrijdagavond uitkwam. Het zou een gedenkwaardige uitzending worden.

Mijn vader zat in zijn leren fauteuil. Ik zat links op de bank, mijn moeder zat rechts, Ernst tussen ons in. De uitzending was om negen uur 's avonds. Mijn vader opende een uur later, dit kon hij niet missen. Hij vertrouwde mijn moeder niet met de videorecorder. De hele week verheugde hij zich al op het programma. Hij was ervan overtuigd dat het een einde zou maken aan de malaise. Na vandaag zouden ze ook in Hoorn weten wie hij was. In Purmerend, Krommenie en Knollendam. Een provincie van tweeënhalf miljoen mensen aan zijn voeten. Mijn vader verstijfde bij het horen van de begintune van *Harko op stap*. Een luchtig en relatief goed bekeken programma, gepresenteerd door Harko Leibowitz, de vileine sterverslaggever van de zender. Een ijdele druif met akelig gecoiffeerd haar, een eigen styliste, niet gebruikelijk bij de lokale omroep, en een half baardje (op haar aanraden) dat de brutale fonkeling in zijn ogen accentueerde. Al vroeg in zijn carrière had hij de overstap naar de commerciële televisie gemaakt, maar de eerste keer dat hij een spelprogramma mocht presenteren, kreeg hij een paniekaanval tijdens de uitzending. De kandidaten in verbijstering achterlatend, was hij nog tijdens het introductierondje naar achteren gerend om daar volledig in te storten. Een van de showmeisjes had de resterende vijfentwintig minuten vol gemaakt, terwijl Harko verborgen achter een decorstuk zijn adem probeerde terug te vinden in een plastic zak. Daarna maakte hij alleen regionale televisie, dat beviel hem het best.

In het eerste shot stond Harko voor de ingang. Hij vertelde over een recent geopende Yacht Club in Hilversum. Op de achtergrond stond Nigel op wacht. Hij werkte nog steeds voor mijn vader, ondanks het gebrek aan publiek. Ik denk dat mijn vader aan hem gehecht was geraakt. Hij had zijn handen gevouwen en keek wantrouwig de straat in. De barbaren konden elk moment komen. Hij deed een stap opzij toen de camera Harko naar binnen volgde.

Daar stond mijn vader te grijnzen met een blad champagne.

'Wat een traktatie,' kirde de verslaggever.

'Deze is van de kapitein,' zei mijn vader. Ik hoorde hem gnuiven om zijn eigen vondst. Er volgden beelden van de reddingsbanden aan de muur en alle andere nautische decoraties. Het moest de kijker inmiddels opgevallen zijn dat er maar vijf gasten aanwezig waren die avond. Helemaal in de hoek zat een stelletje. Ze keken verdrietig. Yacht Club Madeira was een uitstekende plek om het uit te maken, want het was er doorgaans te stil om een scène te schoppen en de uitvalswegen waren perfect. De interviewer maakte een praatje met ze. Tijdens het gesprek was mijn vader tussen ze in gaan zitten, hij had zijn armen stevig om hun schouders geslagen. De jongen plukte passief-agressief een bierviltje aan stukken. Het meisje had een trillende onderlip, het was een wonder dat ze niet in huilen uitbarstte. Ze moest stopverf in haar traanbuizen hebben. Zonder de context zou men denken dat het hier om een losgeldvideo ging. Dat mijn vader ze zou dwingen om de krant van die dag omhoog te houden.

'Het is hier erg gezellig,' zei het meisje.

'Een leuke plek om samen wat te drinken zonder gestoord te worden,' zei de jongen. Ik keek naar mijn vader op zijn fauteuil, het sarcasme ontging hem voor de tweede keer.

'En stijlvol,' zei mijn vader. 'Een eiland van klasse in een zee van wansmaak.' Jezus, hoe verzon hij het. Het volgende beeld was dat van de overige drie bezoekers. Drie jongens die nieuwsgierig waren geworden naar het nieuwe café, en daar nu al spijt van hadden.

'Wilt u ons niet filmen?' vroeg de een.

'Mogen wij de rekening?' vroeg de ander.

Ze hadden er al twee keer eerder om verzocht. Mijn vader bood ze een gratis consumptie aan, maar dat sloegen ze af. 'Wat een ballentent,' zei een van hen toen ze naar buiten liepen. Mijn vader deed alsof hij het niet hoorde.

Het gesprekje dat volgde was zowaar geslaagd. Een soepele conversatie met twee meisjes die het uitermate naar hun zin hadden. Ze praatten honderduit over de noodzaak van een echte Yacht Club in het Gooi, over de smaakvolle inrichting en het elegante clientèle. Mijn vader bracht ze gin-tonic en zoete witte wijn. Harko deed alsof hij het niet zag. De ontmaskering liet hij over aan de cameraman. Die zoomde in op de schorten van de twee meisjes, grotendeels onder het tafelblad verborgen. Dat voorkwam niet dat het logo van hun werkgever duidelijk in beeld kwam. Een anker, Y.C.M. Als je het geluid maar hard genoeg zette, kon je mijn vader nog aanwijzingen horen fluisteren ook. Het bloed trok uit zijn gezicht weg, hij zag zo wit als een Luikse worst. Hij wist dat hij betrapt was. Ik keek naar hem en wist zeker dat hij de consumpties van hun loon ging aftrekken. Het laatste beeld was zo'n shot dat je wel eens van een zonsopgang ziet, of van een ontknoppende bloem. Honderd, misschien wel duizend keer versneld. We zagen de ingang van het café, onder in beeld liep een klok mee. Van middernacht tot sluitingstijd, drie uur later, kwam er niemand meer binnen. Om halfvier sloot mijn vader zelf af. Hij zwaaide nog even naar de camera.

De reportage was een ramp, maar het was de ramp die hij nodig had. De volgende dag trok de herhaling om twaalf uur 's nachts meer kijkers dan de oorspronkelijke uitzending. RTV Noord-Holland besloot een tweede herhaling te programmeren, een derde. Mensen uit heel de provincie kwamen een kijkje nemen in het café van mijn vader. Ze dronken de bar leeg en wilden massaal met hem op de foto. Een enkeling vroeg om een handtekening. Voor het eerst sinds opening maakte het café van mijn vader winst. Een paar weken na de uitzending belde de Kamer van Koophandel. De man aan de andere kant van de lijn probeerde het niet eens te verhullen: ze waren bezig met een instructiefilm voor jonge ondernemers, en ze vonden het programma over mijn vader een even geestige als leerzame casus om hen te behoeden voor het maken van beginnersfouten. De video zou vertoond worden als dagsluiting, vlak voordat ze de bitterballen lieten aanrukken. Een lichtvoetig einde van een lange cursusdag met daarin breedsprakige verhandelingen over belastingen, vergunningen en jaarverslagen.

Mijn vader nam de meest rationele beslissing: hij zette zijn trots om in contanten. Hij werkte mee aan de film, in ruil voor een vorstelijk bedrag. Zodra het op zijn rekening stond, verkocht hij zijn hele inboedel. De leren banken, de te dure lampen, zelfs de reddingsbanden moesten eraan geloven. Van zijn nieuwe fortuin kocht hij tweedehands barkrukken, discobollen die niet meer wilden draaien, en een geluidssysteem op orkaankracht. Yacht Club Madeira verdween van de gevel en maakt plaats voor Jungle Fever: feestcafé. Het schijnt dat ze de film van mijn vader nog steeds gebruiken.

10

Mijn vader was nog steeds niet terug. We zaten bij de gate te wachten tot het boarden kon beginnen, als dat op tijd was: over vijf minuten. We gingen die dag op vakantie naar Gran Canaria. Een kwartier daarvoor was mijn vader naar het toilet gegaan, want dat deed hij liever niet in de lucht. Ondertussen werd de balie al bemand door frisse, blonde juffen in het bekende blauw. Ernst mocht altijd als eerste aan boord. Nog voor de ouderen, zieken en kinderen zonder begeleiding. 'Ga eens kijken waar je vader blijft,' zei mijn moeder. Ik liep naar de toiletten. Na Zuidoost moeten in de toiletten van Schiphol de meeste Ghanezen te vinden zijn. Er wordt vierentwintig uur per dag schoongemaakt, en toch is het er altijd vies. Ik voel me altijd een beetje opgelaten om te roepen op het toilet, maar zei toch: 'Pap? Ben je daar? We moeten zo aan boord.'

'Wacht even,' klonk het uit het buitenste hokje.

'Schiet op,' zei ik, en ik ging mijn handen wassen.

Iemand naast me poetste zijn tanden. Op de wasbak had hij alvast een katrol flosdraad gezet.

'Er – er is een probleem,' zei mijn vader. 'Hij wil niet doortrekken.'

'Druk gewoon op de knop.'

'Er is geen knop. Hij trekt automatisch door,' zei mijn vader. Hij klonk ontgoocheld.

Op Schiphol hebben ze toiletten die met sensoren werken. Zodra je opstaat, trekt hij door. De technologie is doorgeschoten. Soms, als je onverwachte bewegingen maakt, gaat-ie te vroeg. Dan is het een bidet.

'Probeer duidelijker te bewegen. De sensor moet het kunnen opvangen.'

Aan het gerinkel van zijn riem hoorde ik dat mijn vader met zijn benen schopte.

'Niets. Hij doet niets!'

De man met de tandenborstel was inmiddels een paar wasbakken verderop gaan staan en plensde water in zijn gezicht. Ik keek op mijn horloge en wist dat het boarden begonnen moest zijn. Haast was geboden.

'Luister,' zei ik. 'De sensor staat waarschijnlijk verkeerd afgesteld. Te hoog, of te ver naar achter. Sta op en waaier je ledematen uit. Alsof je een sneeuwengel maakt. Probeer de hele ruimte te bestrijken.'

Ik grinnikte bij de gedachte aan mijn vader die zich met de broek op de enkels als een aerobicsinstructeur probeerde te bewegen. Maar ik hoorde niets spoelen. De tijd drong.

'We moeten gaan. Ernst zit waarschijnlijk al in het vliegtuig.'

'Ga maar vast. Ik kom zo.'

'Laat het gewoon achter. Het is niets om je voor te schamen. Die schoonmakers worden er goed voor betaald.'

Ik begon aan de deur te rammelen. Hij moest zich niet zo aanstellen.

Op de intercom klonk de *last call.*

'Nu of nooit,' zei ik. Vanaf het toilet hoorde ik een gedempt vloeken. Ik liep terug naar de gate, haalde het paspoort uit mijn achterzak en checkte in.

Een halfuur later zaten we in de lucht. Met een lege stoel naast het gangpad.

Mijn moeder reageerde kalm. Ieder ander zou het verhaal vol ongeloof aangehoord hebben, maar zij onderging het gelaten. Opgelucht bijna. Ik geloof niet dat ze ooit eerder de kans had gekregen om een week zonder mijn vader door te brengen. Het was de eerste keer in jaren dat we op vakantie gingen. Vroeger hadden we een caravan, maar Ernst stootte zijn hoofd altijd. De laatste keer dat we hem gebruikten, reden we naar Barcelona. Daar heeft Ernst voor het eerst een lotgenoot gezien. We liepen over de Ramblas toen hij het opmerkte. Een zwartgesluierde zigeunermoeder met naast haar een lodderig uit zijn ogen kijkende jongen in een rolstoel. Voor hem stond een bakje met daarin wat kleingeld. Hij zag er onverzorgd uit. Er zaten blaasjes rond zijn mond en er kwam een geur van belegen zweet van zijn shirt af. Hij droeg het binnenstebuiten, daar was over nagedacht. Zigeuners zijn het enige volk waar kinderen, weduwen en gehandicapten economisch rendabel zijn. Het mag een wonder heten dat zo'n vernuftig volk niet meer uit het leven weet te halen. Een verspilling van talent, dat is het.

Nog altijd verbaas ik me over de vanzelfsprekendheid waarmee Ernst hun verwantschap opmerkte. Hij stond de hele dag al op scherp. Barcelona is een stad naar zijn hart. De smalle steegjes, het kleurige wasgoed dat tussen de balkons te drogen hangt, balletje-balletje in het toeristische centrum, waar Ernst, tot hilariteit van de omstanders, drie keer op rij de juiste beker wist aan te wijzen, Park Güell. Maar geen van die zaken lokte een respons uit zoals deze jongen dat deed. Ernst keek als een aap die voor het eerst een spiegel ziet. Er schuilde medelijden in zijn blik. Misschien dat hij besefte hoe goed hij het had. Dat zijn moeder zo nu en dan een warme spons over zijn gezicht haalde, dat ze hem niet in de Catalaanse zon zette met een kartonnen bordje met GRACIAS om zijn nek, hoe goed ze het geld ook kon gebruiken. Ernst staarde met open mond naar de jongen, die op identieke wijze terugkeek. Mijn moeder trok Ernst aan zijn shirt, ze wilde niet dat hij het zag. Ze wilde het zelf niet zien. De zigeunermoeder wees naar het bakje. Mijn moeder gaf Ernst een paar peseta's, die hij er zelf in mocht leggen. Ernst had alleen oog voor zijn collega, en liet het muntgeld direct op de grond kletteren. De vrouw zakte door haar knieën, raapte het geduldig op, en kieperde het in haar bakje. Ze lachte vriendelijk, en terwijl we wegliepen pakte ze even de pols van Ernst beet. Mijn moeder zag het niet. Ik draaide me om en zei in het Nederlands dat ik haar de strot zou afsnijden als ze dat nog een keer zou doen. 'Gracias,' zei ze. 'Muchas gracias.'

Ons hotel op Gran Canaria had drie sterren en heette Casa del Sol. Er was een zwembad en een eetzaal, en er werden allerlei activiteiten georganiseerd voor de kinderen. Gelukkig was het strand op loopafstand, want de enige reisgenoot met rijbewijs was op het vliegveld achtergebleven. Mensen gaan zo graag naar een eiland op vakantie omdat het een afgebakende plek is. Er is geen ruimte voor improvisatie. De voortzetting van het alledaagse met andere middelen. In het laagseizoen spoelen er op de Canarische Eilanden regelmatig bootvluchtelingen aan, alsof ze de toeristen er niet mee willen vermoeien. Er bestaat een foto van een stervende Afrikaan op het strand van Tenerife, terwijl een paar meter verderop twee gezette Duitsers elkaar insmeren. Ik vraag me af wat zijn laatste gedachte is geweest. Het gebeurde regelmatig dat wanneer zo'n vluchteling aanspoelde, zijn eerste contact met blanken bestond uit de vraag of ze bij hem een strandstoel konden huren of een blikje cola kopen. Daar stonden ze dan, nat en ziltig, in het land van melk en honing. Sommigen doken gelijk terug de branding in om terug naar Mali te zwemmen.

Ook Ernst werd snel bruin, hoe vaak mijn moeder hem ook marineerde in factor dertig. Het was een leuke vakantie. We zaten de hele dag op het strand, dat was ook wel eens fijn. Niemand zeurde. Ik was dankbaar dat mijn vader er niet was, die kan niet stilliggen. Daarvan wordt hij opstandig. Meteen na aankomst had mijn moeder hem gebeld. Hij nam niet op, vermoedelijk omdat zijn locatie nog ongewijzigd was. De tweede dag lukte het wel. Mijn vader zei dat het hem speet. Mijn moeder dat het niet erg was. Dat loog ze, maar ze wilde geen ruzie op vakantie. Zelfs niet telefonisch. Hij beschuldigde de toiletten op Schiphol ervan kafkaësk te zijn. Ik denk dat hij daar gelijk in had. Hij ging een officiële klacht indienen bij de luchtvaartautoriteiten. Mijn moeder zei dat het een goed idee was en hing op.

Op de laatste avond van onze vakantie gingen we uit eten in het restaurant van ons hotel. Mijn moeder at paella, ik spaghetti. Ernst had twee kindermenu's. Bij het buffet stonden de mensen te dringen als bij voedselhulp vanaf de laadklep van een vrachtwagen. Op het podium stond een kwartet dat flamenco-uitvoeringen van popklassiekers speelde. Het was erg authentiek. De gitarist plukte aan zijn snaren alsof hij zijn instrument aan het vlooien was. 'Hotel California'. Mijn moeder nam een gamba op haar vork, hij zag eruit alsof hij een mooi leven had gehad.

'Ik wil hier niet weg,' zei ze met het gezicht naar haar bord. Ik zag dat ze huilde. Ernst schrokte met veel geweld een kipfilet naar binnen.

'Mam,' zei ik.

'Ik wil geen weerwoord, ik wil je begrip.'

Dat hoefde ze mij niet te vragen. Ik had er alle begrip voor. Mijn moeder was gevallen voor het dierlijke in mijn vader. Voor zijn gulzigheid, zijn onbehouwen manier van doen. Hij had haar bijzonder geleken, maar na al die tijd bleef daar niets van over. Het waren de eigenschappen die haar betoverd hadden waar ze zich nu aan ergerde, elke dag weer. Ze voelde zich bekocht, al jaren.

'Je bent melancholisch omdat de vakantie op zijn eind loopt,' zei ik. 'Dat is heel natuurlijk.'

Ik schoof behoedzaam de fles wijn van haar af. Er klommen drie vadsige Engelse wijven het podium op. Het avondlijke karaokeprogramma kon ieder moment beginnen. Plotseling greep mijn moeder over de broodmand heen mijn hand beet.

'Ik wou dat ik hier altijd kon blijven,' fluisterde ze. 'Hier is het paradijs.'

Ik kneep even in haar hand, en probeerde de mijne toen los te wringen. Eerlijk gezegd was ik verbaasd dat we dit gesprek nooit eerder hadden gevoerd. Cliché maar waar: thuis kon ik de spanning voelen. Ik kreeg er hoofdpijn van. Zo moeten mensen zich voelen die naast een zendmast wonen. Sinds kort sliepen mijn ouders in een stapelbed. Mijn vader werkte vaak 's nachts in het café, hij vond het onzin om nog langer hetzelfde bed te delen. Hun bioritme was niet langer compatibel, verklaarde hij. Hij timmerde het in één middag helemaal zelf in elkaar. Mijn vader lag boven zodat hij kon doorslapen wanneer mijn moeder ontwaakte. Natuurlijk, zijn nachtelijk smakken en koude tenen kon ze missen als kiespijn. Ze sliep beter dan ooit. Maar dat nam niet weg dat ze zich schaamde. De deur van de slaapkamer hield ze te allen tijde gesloten, bang als ze was dat een toevallige bezoeker het zou zien. Dit mocht nooit uitkomen. Mijn vader had daar minder moeite mee. Hij kon het iedereen aanraden.

'Als je morgen terugvliegt,' zei mijn moeder, 'vertel hem dan dat ik in zee gelopen ben. Zeg hem dat ik nog geroepen heb dat ik van hem hield terwijl de golven me meenamen. Weet ik veel, verzin wat.'

Ik wist dat ze het niet zou doen. Dat ze morgen zou opstaan en dat lobbige, zongebruinde hoofd van Ernst zou zien en wist dat ze hem nooit alleen kon laten. Maar ik knikte. 'Maak je dromen waar nu het nog kan,' zei ik. Iedereen heeft recht op zijn illusies.

11

Terwijl mijn klasgenoten na hun eindexamen over het Middellandse Zeegebied uitwaaierden, werkte ik. Dat bracht meer op, en zo kon ik nog eens rustig nadenken over de toekomst. Op de fiets, als postbode. Ik had me nog niet ingeschreven voor een vervolgopleiding, eerlijk gezegd had ik ook geen idee waarvoor ik geschikt zou zijn. In de vierde moesten alle leerlingen bij de decaan komen voor een beroepskeuzetest. Dan kreeg je een omvangrijke lijst met daarop allerlei stellingen.

1 Ik vind het leuk om met mensen te werken.
2 Ik vind het interessant hoe machines functioneren.
3 Ik vind het fijn om onregelmatige uren te maken.

Nadat ik de lijst had ingeleverd moest ik op gesprek komen. Ze maakten zich zorgen omdat ik bij alle zestig proposities 'deze stelling is niet op mij van toepassing' had aangekruist. De decaan vroeg zich af wat ik dan wel leuk vond. Wist ik het zelf maar. Ik geloof dat ze op school dachten dat ik de boel saboteerde, maar ik had gewoon geen idee. Tientallen folders van hogescholen heb ik doorgenomen. Allemaal met dezelfde onzinnige kreten voor studietrajecten die zonder uitzondering leidden naar middelmaat of minder. De decaan opperde dat ik misschien wel naar het vwo kon, als ik goed mijn best deed. Daarvoor bedankte ik beleefd. Vijf jaar school was meer dan genoeg. Nu maakte ik de zomer vol als postbode, hopend dat de frisse buitenlucht een toekomstvisioen zou weten los te weken.

Mijn beslissing om te solliciteren bij de post was een strategische misser. Bij ons in de straat werd de post altijd pas rond een uur of drie rondgebracht. Dat hebben ze goed bekeken, dacht ik. Beginnen rond het middaguur, brieven in de tas, boterhammetjes voor onderweg, zonnebrand mee, en voor het avondeten weer thuis. Bovendien waren de zomers in Hilversum nooit overdreven heet of nat. Ik zou een paar aangename maanden post bezorgen, en tegen de tijd dat het kwik begon te dalen een nieuw baantje zoeken, binnen, met een kruik onder mijn trui. Maar uitgerekend deze zomer was ondraaglijk. De ene week was het vijfendertig graden en kon ik al na een kwartiertje het zweet uit mijn door de posterijen toch zo vriendelijk verschafte poloshirt wringen. De andere week kon ik mijn polo ook uitwringen, maar dan omdat er onaangekondigd een moesson boven mijn wijk was losgebarsten.

Ook de uren vielen tegen. Acht uur 's morgens werd ik verwacht. Zeven uur als er temperaturen boven de dertig graden werden voorspeld, dan gold er een hitterooster. De eerste keer dat ze dat instelden kwam ik gewoon om acht uur. Ik dacht dat ze een grapje maakten. De ochtenden waren een catastrofe. Het probleem was dat ik niet kon slapen als ik wist dat ik moest opstaan. Dan telde ik af. Acht uur tot de wekker, zeven uur tot de wekker, zes uur tot de wekker. Bij de drogisterij haalde ik melatonine. Het enige slaapmiddel dat zonder recept verkrijgbaar is, waarschijnlijk omdat het niet werkt. Ik functioneerde simpelweg niet de eerste uren. Vermoedelijk leed ik aan een ochtendlijke vorm van alzheimer. Ik goot karnemelk over mijn cornflakes, roerde gehaktkruiden door mijn koffie, stopte de krant in de broodrooster. De kans dat Ernst op dat tijdstip een geslaagd ontbijt wist uit te serveren was groter dan dat ik dat deed.

Het romantische beeld dat van postkantoren bestaat is incorrect. De locatie, ten eerste. Dat was geen fraai pand in het stadscentrum, maar een metalen loods die tegen Loosdrecht aan lag. Binnenin stonden bestelbussen die naar de omringende dorpen gingen, en een armada aan fietsen met zadeltassen. Die werden pas tegen het middaguur gebruikt. De ochtend diende om de post te sorteren. Iedereen kreeg een krat – ook het idee dat postbodes altijd maar met juten zakken lopen te sjouwen is een misvatting – waarvan de inhoud zo snel mogelijk over een kast met vakjes voor verschillende postcodes verdeeld moest worden. Eerst op cijfers, daarna op letters, dan het volgende krat. Er mocht niet gepraat worden, maar om te voorkomen dat er ongemakkelijke stiltes vielen, stond de radio aan. De loods had de akoestiek van een echoput, waardoor je de grappen en jingles van de dienstdoende dj altijd twee keer moest aanhoren.

Mijn collega's waren op te delen in twee groepen: de echte postbodes en de uitzendkrachten. Die laatste categorie kon weer opgesplitst worden in scholieren en Polen. De postbodes waren van mening dat wat zij deden een echt beroep was, dat door vakmensen diende te worden uitgeoefend. Daar waren hun werkgevers het niet mee eens. Zodra er een met pensioen ging, werd die vervangen door een uitzendkracht. Die kregen geen vast contract, als ze niet presteerden kon je ze op straat zetten. Helaas voor de postbodes was dat zelden het geval.

Midden in de loods stond een sorteerkast die we de Berlijnse Muur noemden. Aan de ene kant werkten de Nederlandse postbodes, aan de andere kant die uit het voormalige Oostblok. Ze boften. De postbodes met vaste contracten praatten onder geen beding met hen. Afgunst. Taalbarrière. Ik, daarentegen, moest ochtend na ochtend preken aanhoren over hoe ervaring en passie verder reikten dan marktwerking. Met name de Polen bewezen het ongelijk van deze bewering. Ze waren sterker, sneller en slimmer. Zwijgend stonden ze hun post te sorteren. Hun vingers bewogen gedachteloos van vakje naar vakje, als de zetten van een geoefende simultaandammer. Met het eerste deel van hun job waren ze standaard een uur sneller klaar dan de rest. Ze zouden kunnen pauzeren, maar in plaats daarvan stapten ze direct op de fiets en brachten hun vers gesorteerde enveloppen rond. Vaak waren ze zo vroeg klaar dat ze terugkwamen voor een tweede ronde. In tegenstelling tot de vaste krachten werden ze per stuk betaald. Het maakte ze gretig. Toen de postbodes in vaste dienst er lucht van kregen dat de Polen op die manier soms meer verdienden dan zij, waren ze woedend. Ze gingen naar de bedrijfsleider en eisten dat de Polen een lagere stukprijs zouden krijgen. De Nederlandse arbeidsmarkt: mensen kwalijk nemen dat ze te hard werken.

Anders dan de Polen was ik geen uitblinker. Ik was er voor de zomer, als er in september weer snellere en beter gemotiveerde krachten beschikbaar waren, vloog ik eruit. Het sorteren ging nog wel. Kwestie van het juiste krat kiezen. Je ontwikkelt al snel een oog voor grote partijen bulkpost van postorderbedrijven, loterijen en andere organisaties die het zich kunnen veroorloven om iedereen in Nederland aan te schrijven. Die post was meestal al goed geordend voordat ze in de loods aankwam, zodat je weinig meer hoefde te doen dan dikke stapels over de vakjes te verdelen. Als de bedrijfsleider zag dat je altijd de makkelijke kratten voor jezelf opeiste, zorgde hij ervoor dat je in de middag een lastige wijk kreeg. Liefst een winkelcentrum. Daar staan zelden duidelijk nummers op de deur vermeld, waardoor ik altijd maar op goed geluk enveloppen door de gleuf schoof. Ik wist dat tegen de tijd dat de klachten door het hoofdkantoor verwerkt zouden zijn, mijn tijd bij de posterijen er al op zou zitten.

Het was dus zaak om nooit met een hand vol catalogi betrapt te worden, want mijn favoriete wijk was mijn eigen. Een naburige voldeed ook. Zo kon ik halverwege mijn ronde even langs huis om wat te drinken. Een biertje in de tuin, als het woensdag was dan haalde ik een tijdschrift uit het folie. Genieten. Daarna maakte ik mijn werk af, om als laatste werknemer mijn fiets weer in te leveren bij de loods.

De kaartjes uit het buitenland hield ik altijd voor mezelf. Of eigenlijk: voor Ernst, die kon er uren naar kijken. Ik kwam elke dag wel met een stapeltje van tien of twintig ansichtkaarten thuis. Het was verbazingwekkend hoe weinig mensen te melden hadden op vakantie. Verder dan 'Het is hier erg warm' en 'Groetjes aan Henk' kwamen ze meestal niet. Soms plakten ze er zelfs een spoedzegel op.

Interessanter dan dat waren de blanco enveloppen. Dat kon maar drie dingen betekenen: een nieuwe pincode, een creditcardrekening of de uitslag van een mammografie. Allemaal dingen waarvan je met recht kon betogen dat het mijn zaak niet was. Ik bekeek de inhoud dan ook niet. Wel maakte ik de brieven open, slordig, en deed ze dan alsnog in de brievenbus. Wanneer mensen dan vroegen hoe het kwam dat hun post geopend werd, zei ik: 'Uw post geopend? Er stond toch niets belangrijks in, hoop ik?'

Hoe langer ik werkte, hoe minder. Ik zette de brievenbussen op een dieet. Eerst besloot ik om de post geadresseerd aan 'de bewoners van dit pand' niet meer te bezorgen. Dat was vervangbaar. Daarna de post aan 'de heer of mevrouw'. Dat was van bedrijven die een adressenbestand hadden gekocht. Zelfs nadat ik de commerciële post negeerde, bestond het merendeel van dat wat restte nog uit loonstrookjes, afschriften en brieven van belastingdienst of overheid. Niets was nog persoonlijk, niets was nog handgeschreven. Alleen de ansichtkaarten, maar die waren voor Ernst.

Driekwart van de middag bracht ik in de tuin door. Met volle zadeltassen verliet ik de loods. Daarna fietste ik eerst naar de andere kant van het industrieterrein. Daar stond een leegstaand gebouw met aan de achterkant een branduitgang die waarschijnlijk al lange tijd niet gebruikt was, want de ontsnappingsroute was bijna dichtgegroeid met struiken en over een jaar of wat zou je het pand in geval van nood niet kunnen verlaten zonder een machete op zak. Voor de nooddeur dumpte ik mijn overtollige ballast. Voor elke kilo echte post kon ik er vijf à zes aan commerciële zooi weggooien. Na een paar weken lag er een ontzagwekkende berg van papier. Nog even en je kon het vanuit de ruimte zien. Het werd een probleem.

De avond erop ging ik naar het verlaten gebouw. Het schemerde. Industrieterreinen zijn overdag deprimerend en 's avonds eng. De weerman zei dat het de volgende dag ging regenen. Dan werd het pap. Dit was mijn laatste kans. Uit mijn zak haalde ik een aansteker en ik hield de vlam onder aan de stapel papier. Het wilde niet. Er lagen te veel glossy's. Die branden niet, die smelten. Ik pakte wat goedkoper materiaal, van bouwmarkten, scheurde er reepjes van af, en maakte een nestje onder aan de papierberg. Nadat ik dat had aangestoken, blies ik in de beginnende vlammen. Dat hielp. Binnen enkele ogenblikken maaide het vuur om zich heen, heel even was ik bang dat het gebouw in de fik zou vliegen. Daarvoor was het inferno te kort, na een paar minuten was het feest voorbij. Tevreden inspecteerde ik het resultaat: de deur was zwartgeblakerd, plaatselijk zelfs verkoold. Op de grond lag de oogst, een paar kilo aan zwarte confetti. Ik vroeg me af hoeveel euro aan marketingbudget dat was. Zittend op een boomstronk wachtte ik tot de as was afgekoeld, daarna veegde ik de restanten van mijn vreugdevuur met stoffer en blik bijeen en leegde die in een plastic tas.

De volgende dag fietste ik op tijd naar mijn werk. Tijdens het sorteren vroeg ik of ik naar het toilet mocht. Dat mocht, want het was de eerste keer die ochtend. Ik liep direct door naar de kantine. Er was niemand. De koffiemachine zag er weerloos uit, gewillig bijna. Aan de zijkant opende ik een schuif waarachter de gemalen koffie zat. Ik opende mijn rugzak, haalde er de plastic tas uit, en schudde die leeg in de machine. Daarna schoof ik de klep weer dicht, liep de trap af, en stapte zonder afscheid te nemen op de fiets naar huis. In de tuin wachtte ik tot ik gebeld werd. Nog geen uur later had ik een meisje van Personeelszaken aan de lijn, van mijn diensten zouden ze niet langer gebruikmaken. Ik sliep uitstekend die nacht.

12

Dode bunzing.
Zwavelpoel.
Napels in de zomer.

Allemaal ruiken ze prettiger dan het ziekenhuis. Daar hangt een klinische, maskerende geur. Doelbewust penetrant om te verhullen waar het werkelijk naar ruikt: pus, bloed, angstzweet, dood. Ik ken iemand die elke maand in de wachtkamer van een polikliniek gaat zitten, hij zegt dat hij zo de buitenlucht beter leert te waarderen.

Ik moest regelmatig naar het ziekenhuis. Niet voor mezelf, voor Ernst. Hij moest elk halfjaar een grondig lichamelijk onderzoek ondergaan. Mensen zoals Ernst kunnen niet aangeven waar ze pijn hebben, of ze zich niet lekker voelen. Het is gokken, een medisch spelletje hints. Ernst heeft eens twee weken met een ingegroeide teennagel rondgelopen, hij gaf geen krimp. Mijn moeder merkte het pas op toen zijn ene grote teen twee keer zo groot was als de andere, en de kleur had van een toverbal.

Sindsdien ging hij twee keer per jaar naar het ziekenhuis waar hij van zijn tenen tot aan zijn kruin werd doorgelicht. Ik moest mee. Mijn moeder hechtte er waarde aan dat hij op momenten als deze zo veel mogelijk vertrouwde gezichten om zich heen had. Het had wel iets komisch, hoe de overbezorgdheid van mijn moeder contrasteerde met de desinteresse van Ernst. In de auto naar het ziekenhuis mocht hij voorin zitten en mijn moeder zei onophoudelijk dat het wel goed zou komen, dat zulke dingen nu eenmaal bij het leven horen. Ernst keek uit het raam en kraaide als hij een mooie auto zag. Er was meer voor nodig dan een ziekenhuis om Ernst van zijn à propos te brengen. Ik betwijfel of het überhaupt mogelijk is.

Voor de ingang van het ziekenhuis stond een pluk patiënten te roken. Altijd als we daar langs liepen, was ik bang dat Ernst nieuwsgierig zou raken en met zijn enorme klauwen in een infuuszak zou knijpen. Binnen was een winkel waar ze kaarten verkochten, en bloemen. Nooit dingen waar de zieken echt behoefte aan hebben. Pornografie, alcohol, een laatste wens.

Ik geloof dat Ernst tot het schaarse slag mensen behoort dat ziekenhuisbezoek waardeert. Het is de aandacht, een dag lang draait alles om hem. Mijn moeder plande vaak al het achterstallig onderhoud op een dag in. Praktisch. Dan stuurde ze hem 's morgens naar de kapper, daarna naar de tandarts, waarna hij de rest van de dag in het ziekenhuis onderzocht werd. Merkwaardig genoeg vond hij de kapper het ergst. Vooral als ze zijn haar nat maakten met de verstuiver, dan moesten we hem met drie man in zijn stoel gedrukt houden.

De tandarts vond hij al veel minder naar. Na het bijtincident was de tandarts doodsbang voor Ernst. Ik denk dat hij dat aanvoelde. Bij zijn eerstvolgende bezoek aan de tandarts kreeg hij een fluoridebehandeling tegen gaatjes. Halverwege de behandeling had Ernst besloten om op te staan. Met zijn schuimrubberen bitje nog in en de blauwe gel – muntsmaak – uit zijn mondhoeken druipend had hij inderdaad wat griezeligs. De tandarts was langzaam achteruitgelopen, zoals je dat behoort te doen wanneer je een beer tegenkomt in het bos, en had de behandelkamer verlaten. 'Bekijk het maar,' hoorden we hem zeggen op de gang. Zijn assistente maakte uiteindelijk het karwei af.

Het ziekenhuis vond Ernst ronduit leuk. Eerst ging hij naar het laboratorium om bloed te laten prikken, dat voelde hij niet eens.

Hij keek gebiologeerd toe hoe het zijn lichaam verliet. Mijn moeder kneep in zijn vrije hand en fluisterde troostende woorden. Ik zat naast hem, met een hand voor mijn ogen geslagen. Na het prikken kreeg hij een operatiehemd voor het tweede deel van de procedure. In de wachtkamer zat hij wijdbeens.

Het belangrijkste onderdeel van het onderzoek was een *full body scan*. 'In de oven,' noemde mijn moeder dat. Zo'n scan heeft volgens de meeste artsen geen toegevoegde waarde. Bij ieder lichaam, hoe gezond ook, verschijnt wel een vlekje of een verkleuring op het scherm. De stress die door de uiteindelijke diagnose (gepresenteerd in een overzichtelijk rapport van vijf kantjes, met daarin eervolle vermeldingen voor alle aangetroffen stronkjes wild vlees en kropjes overtollig weefsel) werd veroorzaakt, doet meestal meer kwaad dan de aangetroffen aberraties. De meeste bonafide artsen doen hun patiënten een *full body scan* niet aan. Sommige mensen kweken nog in de oven een cyste van pure ellende.

Ernst onderging het allemaal gelaten. Het grootste probleem was nog om hem in de scanner te krijgen, en te houden. Hij is twee meter tien, en dankzij de scan van een halfjaar daarvoor wisten we dat hij aan zijn maximum zat. Patiënten worden op een soort rodelslee de scanner in geschoven, speciaal voor Ernst hebben ze een verlengstuk moeten maken. Het is van groot belang om binnen niet te bewegen, dat vertekent de resultaten. Voor Ernst een hele opgave. Zodra hij naar binnen werd gerold, probeerde hij er linea recta weer uit te kruipen. Probeer hem dan maar eens duidelijk te maken dat het voor zijn eigen bestwil is.

Voor kinderen hadden ze een visueel programma in de scanner. Aan de bovenkant werden beelden geprojecteerd die ze dusdanig moesten kalmeren dat ze bleven liggen. Het populairste programma was dat van de vlindertuin. Daarmee werd de patiënt omringd door duizenden feestelijk gekleurde vlinders. Heideblauwtjes, apollovlinders, kleine vossen, dambordjes, keizersmantels, Spaanse vlaggen. Zelfs volwassenen vroegen er wel eens om. Bij Ernst was het geen succes. Zodra de arts het programma activeerde, begon hij naar de insecten te grijpen. Hij kreeg ze nooit te pakken. Uiteindelijk had hij het meeste baat bij een programma waarin overvliegende vliegtuigen tegen een hortensiablauwe hemel werden geprojecteerd. Daar kon hij uren naar kijken, maar na tien minuten moest hij eruit. Dan stribbelde hij wat tegen.

Die dag hadden ze in het ziekenhuis een verrassing voor Ernst. Na de gebruikelijke scan zouden aan het eind van de middag zijn amandelen geknipt worden. Vanwege zijn onvermogen om op een behoorlijke manier duidelijk te maken waar de pijn zat, werden overbodige en in de toekomst mogelijk problematische lichaamsdelen preventief verwijderd. Zijn verstandskiezen waren er al uit, zijn blinde darm ook. Nu was het de beurt aan zijn amandelen. Ze roofden hem leeg als het graf van de farao.

De ingreep werd uitgevoerd door dokter Zagt. Hij was van huis uit kinderarts, gehandicapten deed hij erbij. Ik wist dat mijn moeder verliefd op hem was, ze begon te zwijmelen zodra ze hem zag. Fascinerend hoe makkelijk vrouwen vallen voor mannen die in kinderen prikken. Zagt leek zo weggelopen uit een damesroman. Donker haar, grijs aan de slapen. Een kaaklijn om een geodriehoek tegenaan te leggen. En de ideale kinderarts: hij kon verschrikkelijke dingen met ze doen, maar ze gingen altijd lachend weer weg. Dat had alles te maken met zijn joviale omgangsvormen. Dokter Zagt lachte altijd, en als hij dat niet deed dan legde hij wel een hand op je schouder of knie. Wanneer hij Ernst zag, zei hij altijd dingen als: 'Ernst! Ouwe reus! Hoe is het met mijn maatje?' Mijn moeder zei dat Ernst als was in zijn handen was. Ik geloof dat ze zichzelf wel eens met Ernst verwarde.

Dokter Zagt leek die dag extra vrolijk. 'Als we zo je amandelen geknipt hebben, mag je lekker de hele week ijsjes eten,' lachte hij, en hij leek zich vooral zelf op dat vooruitzicht te verheugen. Wanneer Ernst ijs eet, schept hij veel te veel op zijn lepel, die hij dan met één machtige hap zijn mond in schuift. Dan grijpt hij twee seconden later met beide handen naar zijn slapen en tast volkomen in het duister naar wat er gebeurt. Er zijn weinig dingen wreder dan een gehandicapte ijs laten eten. Mijn moeder en ik mochten de ingreep bijwonen in de operatiekamer. Het was maar een knipje. Ernst was nog bij toen ze hem naar binnen reden. Toen de anesthesist zag hoe groot hij was, grapte ze dat ze een spuit ging halen bij de dierentuin. Dokter Zagt bulderlachte. Met onze schorten, haarnetjes en mondkapjes waren mijn moeder en ik niet van het personeel te onderscheiden. Normaal gesproken is de operatiezaal verboden terrein voor familie, maar voor iemand als Ernst maakten ze graag een uitzondering.

Het schijnt dat sommige patiënten bij het ziekenhuis vragen of ze ook een video van hun operatie kunnen krijgen. Zoals je in het pretpark achteraf ook een foto van jezelf in de achtbaan kunt kopen. Die bekijken ze dan thuis op de bank, met hun vrouw.

De anesthesist zette een kap op het gezicht van Ernst, hij leek op een straaljagerpiloot. Hij keek verbaasd voordat hij wegviel. Alsof iemand een goocheltruc voor hem opvoerde. Nadat de roes was ingetreden, stopte de verpleegster een grote slang in zijn keel. 'Om het slijm weg te zuigen,' legde dokter Zagt uit. Het klonk alsof iemand het moeras probeerde leeg te zuigen met een kruimeldief. Ik werd er misselijk van. De dokter koos een schaar uit de selectie van instrumenten die op het tafeltje naast hem lagen. Meer nijptang dan schaar, eigenlijk. Een scherpe, dat wel. Ik voelde het zweet op mijn rug. De operatiekleding zoog zich vast aan mijn lijf. Mijn moeder keek geconcentreerd naar haar zoon op tafel. Haar ogen verraadden niets, maar ze ademde zwaar. Het lapje voor haar gezicht verdween half tussen haar lippen. De dokter manoeuvreerde zijn gereedschap de mondholte van Ernst binnen. Ik voelde mijn hoofd licht worden, het vulde zich met helium. Mijn mond was droog, zelfs mijn tong voelde aan als een grindtegel. Ik proefde veevoer. Ik moest daar weg. Toen hoorde ik een klik, als een deur die in het slot valt. Ik wilde niet kijken. Ik mocht niet kijken, ik deed er niet verstandig aan. Maar het moest. Dokter Zagt hield triomfantelijk iets omhoog, mijn moeder gilde. De verpleegster duwde opnieuw een slang naar binnen, deze keer om het bloed weg te zuigen. Dat geluid. Dat *afgrijselijke* geluid. Een granaat explodeerde onder mijn schedel.

Toen ik wakker werd, zei de dokter dat ik moest blijven liggen, iemand depte mijn voorhoofd. Mijn moeder stond over me heen gebogen. Dat doet ze anders nooit, dacht ik nog. Zodra ik Ernst zag liggen, wist ik het weer. Ik probeerde me op te richten, maar mijn hoofd voelde nog licht en ik viel om voordat ik stond. Vlak voor me, op de steriele vloer, lag een eigenaardig rood klompje. Van tafel gevallen. En duizelig of niet, ik zou zweren dat het bewoog. Dat het spartelde.

13

Ook nadat Ernst zijn winkeldiefstal had gepleegd, moest ik regelmatig met hem naar de supermarkt. Ik was bang dat hij de smaak te pakken had gekregen, dat er snel meer misdrijven zouden volgen. Geen moment verloor ik hem uit het oog. Mijn vrees bleek ongegrond. Hij gedroeg zich keurig, en het personeel bleef hem met evenveel liefde en aandacht tegemoet treden als voorheen. Alsof het nooit gebeurd was. Soms gaven ze me aan het eind van de middag boodschappen mee die afgeprijsd waren en toch niet meer verkocht zouden worden. 'Dank u wel,' zei ik dan. 'Dat wordt smullen. Ernst stelt erg op prijs wat jullie voor hem doen.' Thuis gooide ik het direct in de vuilnisbak. We waren de voedselbank niet.

Voor de supermarkt stond al een paar jaar een vrouw die de daklozenkrant verkocht. Ze kwam uit Roemenië, denk ik. Moldavië misschien. De kranten die ze verkocht waren een dekmantel voor haar gebedel. Mensen gaven haar vijf euro, kregen geen wisselgeld, en moesten nadrukkelijk vragen of ze ook nog zo'n krantje kregen. Ik snap niet waarom ze niet werd weggestuurd. Waarschijnlijk omdat ze zo ontzettend vriendelijk was. Het telt pas als overlast als je er niet bij glimlacht. Aan het eind van de dag hielp ze het personeel van de supermarkt de winkelwagens mee naar binnen te rijden. Kreupele klanten hielp ze de volle tassen naar de auto te dragen. Maar het ergste was haar volhardende neiging tot groeten, er was werkelijk geen ontkomen aan. Wanneer je door de schuifdeuren naar binnen kwam lopen, was het meteen 'goedemiddag' met een lach en een knikje en al wat er nog meer bij komt kijken. Het was opdringerig, een inbreuk in mijn persoonlijke ruimte. Ik groette terug. Dat was nu eenmaal wat de sociale code voorschreef. Wanneer je de supermarkt weer uit kwam, groette ze nog een keer. Luider. Soms, als er geen rij stond en je alleen een pak melk moest hebben, zaten er amper twee minuten tussen de twee begroetingen. Waanzin.

Ik wist niet wat ik moest doen. Natuurlijk groette ze alleen om de kiemen van het schuldgevoel te planten. En met elke volgende keer kregen ze weer een beetje water. Uiteindelijk kwamen de spruiten tot wasdom en capituleerde je, dan moest je wel een krant kopen. Daar had ze je. Het probleem was: ze groette zo vriendelijk en met zo veel toewijding dat je aan jezelf begon te twijfelen. Misschien was ze oprecht heel voorkomend, of wilde ze alleen haar Nederlands oefenen. Het vergde een sterke wil om er niet aan toe te geven. Ik probeerde aan haar begroetingen te ontkomen met een levend schild. Ik wachtte tot iemand anders klaar was met afrekenen en liep dan in zijn kielzog naar buiten. Dat had geen enkele zin. Zelfs in konvooi wist ze iedereen tijdig te begroeten. Hallo-goedemiddag-daghoor-doei. Een snelvuurkanon. Andere strategieën hielpen ook niet. Ik probeerde de supermarkt via de andere kant te benaderen. Als een panter die zijn prooi van achteren besluipt. Dat mens had ogen in haar rug. Ze draaide zich altijd net op tijd om. Ik besloot het op te geven. Terug te groeten. Wanneer zij 'hallo' zei, dan zei ik het net wat harder. Als zij knikte, zwaaide ik. Het had geen zin. Zij won.

De daklozenkrantverkoopster heette Milena, hoorde ik van mijn moeder. Zij behoorde tot de groep buurtbewoners die haar aanwezigheid op prijs stelde. Milena gold voor veel vrouwen in de wijk als een orakel. Als je een krant bij haar kocht gaf ze advies over leven en liefde, maar meestal over tuinieren. Mensen namen het serieus omdat ze felle, glorende ogen en vief zwart haar had, dat haar inderdaad wel iets mystieks gaf. Dat was ook wel het enige. Ze droeg altijd dezelfde spijkerbroek. Daarboven een dikke jas die ze gekregen had bij de nachtopvang. Een gele, twee maten te grote jas die normaliter op wintersport wordt gedragen. Op de mouw zat een fluitje, daar kon je op blazen als er een lawine kwam. Hoe vaker mijn moeder met Milena in gesprek raakte, hoe curieuzer de dingen die ze in de tuin uitspookte. Ze begroef groene zeep tegen de mollen. Ze maaide het gras bij volle maan. Ze besproeide de planten met gepasteuriseerde melk zodat de bladluis zou wegblijven.

Naast de indirecte inkomsten voor haar advies had Milena nog een andere bijverdienste. Mensen die boodschappen gingen doen, lieten hun hond bij haar achter. Vooral in de zomer, want dan is het sociaal onwenselijk om je huisdier in de auto achter te laten. Zij paste op de hond en kreeg bij terugkomst een paar muntstukken toegestopt. Sinds een paar maanden had ze haar eigen hond. Gekregen. Een gezin uit de buurt wilde van hun viervoeter af. Hij mocht niet dood, want dat was zielig voor de kinderen. Hij mocht niet naar het asiel, want daar kwam hij al vandaan. Hij mocht niet aan een boom worden vastgebonden, want dan ging hij dood. Dus gaven ze hem aan een dakloze Roemeense. Met tweehonderd euro toe, voor kost en inwoning. Nou ja, kost. Ik verwachtte niet dat ze het beest zou houden. Integendeel, ik durfde te wedden dat ze hem met winst zou verkopen. Maar Milena bewees mijn ongelijk, ze raakte aan hem gehecht. Twee verstotenen, zoiets kweekt een band.

Het beest was half schapendoes, half onbekend. Hoe langer ze hem had, hoe meer hij stonk en hoe viezer zijn vacht. Overal klitten. Sommige klanten begonnen te klagen bij de bedrijfsleider van de supermarkt. Een dakloze voor de winkel was tot daaraan toe, maar een verwaarloosde hond, dat ging te ver. Hij gaf twee vakkenvullers opdracht om het beest in te zepen en met een tuinslang af te sproeien achter in het magazijn. Na die wasbeurt was de hond schoner dan ooit, wel botste hij ineens overal tegen op. Hij kon geen diepte meer zien na alle shampoo in zijn ogen.

Mijn vader kwam zelden in de supermarkt, maar hij was furieus toen hij hoorde dat er in de buurt gebedeld werd. Hij zag het als een persoonlijke belediging dat zoiets in zijn wijk, in zijn domein, ongestraft kon plaatsvinden. Hij vroeg zich af of ze niet in haar eigen land dakloos kon staan wezen. Of ze daarvoor helemaal hiernaartoe moest komen. Mijn moeder wierp tegen dat Milena een kleurrijk figuur was, een bohemienne, ze deed niemand kwaad. En: ze wist veel van tuinieren. Mijn vader moest daar niets van weten. 'Dat wijf heeft geen huis,' schreeuwde hij dan. 'Wat weet zij nou van tuinieren?'

Hij maakte er werk van. Wanneer ik boodschappen ging halen met Ernst, zag ik hem wel eens zitten op een van de bankjes. Normaliter zaten er alleen bejaarden, die zo'n bankje een heel dagdeel bezet konden houden op één kopje koffie dat ze gratis in de supermarkt hadden gekregen. Verscholen achter een krant bespioneerde hij haar, bracht haar activiteiten in kaart. Hij hield een logboek bij waarin hij al haar activiteiten noteerde. Zo kwam hij erachter dat ze er dagelijks van elf uur 's ochtends tot aan sluitingstijd stond. In die tijd verdiende ze gemiddeld ongeveer twintig euro. Geen vetpot, maar wat mijn vader betreft nog altijd twintig euro te veel. Bij buurtbewoners die hij herkende ging hij langs om ze een preek te geven. Hij vertelde ze over de vicieuze cirkel van afhankelijkheid die ze creëerden, door haar geld te geven hielden ze haar eigenlijk gevangen. Ze ontnamen haar de kans op een toekomst. Hij belde de politie, de dierenbescherming, zette de winkeliers onder druk om tegen haar op te treden. Niemand wilde luisteren. Hij moest het zelf oplossen.

Tegen wil en dank werd ik bij zijn plan betrokken. Ik wilde hier geen aandeel in hebben, maar mijn vader zei dat ik binnenkort ook dakloos zou zijn als ik niet meewerkte. Mijn rol in de operatie was om Milena af te leiden. Mijn vader gaf me twee euro om een daklozenkrant te kopen.

'Hoe maakt u het?' vroeg ik. Ze antwoordde dat ze het prrrima maakte. De r liet ze rollen. Ongelooflijk, ze had zichzelf een Goois accent aangeleerd. Ik kocht een exemplaar, ze keek verongelijkt toen ik gepast betaalde. Mijn vader was nog niet in zicht. Ik bladerde het krantje door. Interview met een ex-verslaafde. Tien decoratietips van een raamprostituee. Als mijn vader niet snel zou komen, zou ik genoodzaakt zijn een praatje met haar te maken. Net toen ik een paar vragen wilde stellen over haar thuisland, zag ik tumult ontstaan bij de andere ingang. Mensen stoven uiteen, maakten plaats voor een man met een bivakmuts over zijn hoofd die onze kant uit kwam aansprinten. 'Geen 1-1-2 bellen, dit is een oefening!' riep hij. Met een sierlijke duik belandde hij op de dakloze vrouw. Hij duwde haar gezicht tegen de grond en draaide haar arm op haar rug. Toegegeven, het zag er professioneel uit. Milena vloekte in een taal die ik niet kende.

Ik wist wat me te doen stond. De vorige avond had mijn vader anderhalf uur uitgetrokken voor een briefing. Ik kon het dromen. Zo snel mogelijk probeerde ik de hond los te maken. Die zat vastgeknoopt aan een ijzeren paal. Dat kostte me meer moeite dan ik vooraf gedacht had. Zou ze bij de scouting hebben gezeten? 'Schiet op,' siste mijn vader. Ik kreeg het beest eindelijk los en zette het op een lopen. De hond wilde niet meewerken en probeerde zich met zijn poten schrap te zetten. Ik bleef rennen en hij schuurde met zijn schurftige buik over de stoeptegels. 'Geef terrrug,' hoorde ik zijn baasje roepen. Ik vroeg me af of de hond überhaupt een naam had. Pal voor de ingang had mijn vader zijn auto geparkeerd. De gehandicaptenkaart duidelijk zichtbaar op het dashboard. De achterbak stond al open. Ik pakte de hond met beide handen beet, tilde hem in de auto en smeet de klep met een plof dicht.

Dat geluid was voor mijn vader het teken. Hij draaide de arm van Milena nog iets verder naar boven, liet toen los, en spurtte naar de vluchtauto. Ik zat al op de passagiersstoel. Zonder zijn gordel om te doen trapte hij het gas in, en met de banden jankend als een gitaar met stalen snaren scheurden we de hoek om. Ik keek in de spiegel, maar niemand kwam achter ons aan. Mijn vader hijgde van de inspanning. We reden een paar rondjes om eventuele achtervolgers af te schudden. Hij leek bijna ontroerd toen hij zei dat we de hond van iets verschrikkelijks hadden gered.

Mijn moeder was woedend. Ze schreeuwde dat ze zich nog nooit in haar hele leven zo voor hem had geschaamd. De politie had plichtmatig onderzoek gedaan, alle getuigen gehoord, maar het onderzoek liep onvermijdelijk vast. Ik kon me niet voorstellen dat niemand in de buurt wist dat mijn vader erachter zat. Kennelijk vreesden ze hem. Misschien dat ze heimelijk sympathie koesterden voor zijn actie. Mijn moeder wilde de hond terugbrengen naar Milena, eventueel vergezeld van een financiële compensatie voor de zere arm die ze aan de confrontatie met mijn vader had overgehouden, maar hij zei dat hij haar zou meeslepen in zijn val. Ze liet hem twee weken op de bank slapen. Zelfs in het stapelbed was hij niet welkom. Maar mijn vaders wens om de hond te houden was onwrikbaar, daar viel niet over te onderhandelen. Het was oorlogsbuit. Het levende bewijs dat hij wat betekende voor de buurt.

Na twee weken zag ook mijn moeder in dat ze dit niet ging winnen. De hond mochten we houden, op voorwaarde dat we zelf voor hem zouden zorgen. We noemden hem Wilbert. Mijn moeder deed de boodschappen voortaan bij een ander filiaal van dezelfde supermarkt, een paar straten verderop. Dat ook daar een Roemeen met de straatkrant voor de deur stond, besloten we allebei te verzwijgen.

14

Ik begrijp niet dat er nog jongens zijn die de voorkeur geven aan meisjes van hun eigen leeftijd. Oudere vrouwen zijn beter. Ze ruiken naar bleekmiddel, ze hebben plooien in de huid die zo elastisch zijn dat je er kleingeld en juwelen in kunt verstoppen, en belangrijker: ze willen 's winters niet met je naar de schaatsbaan omdat ze dat in een romantische film gezien hebben. Het leven heeft al hun verwachtingen omtrent mannen er met een grote mattenklopper uitgeslagen. Ze willen geen cadeautjes of gedichten, zijn niet uit op een relatie. Ze zijn allang blij dat je de nacht bij ze doorbrengt, al is het maar een halve.

Meisjes van mijn eigen leeftijd zeurden. Ze vonden dat ik moeite voor ze moest doen, ze vonden dat ik wat van mijn leven moest maken. Voor carrièreadvies heb ik de vrouwen niet nodig. Gek, ik heb vrouwen van twee keer mijn leeftijd gehad, maar alleen mijn jongere vriendinnen gedroegen zich alsof ze mijn moeder waren. Connaisseurs weten waar ze de beste oudere vrouwen kunnen vinden. Het makkelijkst zijn de gescheiden vrouwen, die zijn overal. Vrijdagmiddag op het schoolplein, rusteloos op hun horloge kijkend omdat de kinderen in het weekend naar papa moeten. Bij een paar in huwelijksbreuken gespecialiseerde advocatenkantoren, bij het schap met nicotinepleisters; er moet immers een gezonde doorstart gemaakt worden.

Maar de beste plek was een café in het centrum van Bussum. Een veemarkt waar jonge veulens en taaie koeien zichzelf driftig aanprezen. Drie kwartier fietsen, maar dat was het waard. Vanbuiten zag het eruit als een doodgewoon café. Vanbinnen ook. Kleedjes op tafel, zachte muziek. De inrichting verraadde niets van wat er hier speelde, het was een bruin café zoals er zo veel van zijn. Maar misschien was het naïef om posters van jonge matrozen te verwachten, en was het juist de discretie waar het café zijn populariteit aan dankte. Dat er geen plakkaat op de pui hing met Drank & Spijzen (en jonge jongens, voor de liefhebber).

Donderdagavond was de beste avond. Het was er net een stoelendans. Ik en mijn leeftijdsgenoten waren in de minderheid. En hoe later het werd, hoe minder er overbleven. Eén voor één verdwenen ze hand in hand de nacht in met een dame naar keuze. Soms werd er amper gesproken. Er zaten jongens tussen die zichzelf prostitueerden. De uitbater kneep een oogje toe. Ikzelf bleef altijd als een van de laatste jongens over. Met versieren had het niets te maken, het was wederzijds medelijden. We waren aan elkaar overgeleverd. Hoe later het werd, hoe sterker dat besef. De aanwezige vrouwen werden vrijpostiger en desperater naarmate sluitingstijd naderde. Ze legden hun hand op mijn billen, en kneedden ongegeneerd. Ze zeiden: 'Kom jij maar mee naar huis, fijn joch.'

'Ja, mevrouw,' zei ik dan. 'Als u het zegt.'

In de regel ging ik mee naar hun woning. Het onderkomen is veelzeggend. Gescheiden vrouwen wonen meestal veel te groot. Ze hebben de rechtszaak gewonnen. Soms wonen ze te klein. Dan hadden ze een slechte advocaat. Vrouwen met een alarmknop naast het bed hebben een wraakzuchtige ex. Dan is het zaak om haast te maken. Hetzelfde kan gezegd worden van vrouwen die je verzoeken om stil te zijn omdat de kinderen slapen. Voor je het weet zit je aan de ontbijttafel met drie jengelende koters en een lauw bord pap voor je neus.

De slons was mijn favoriet. Pizzadozen op de gang, broodkruim op het bed, schimmel in de douche. Die vrouwen hebben alles losgelaten. Na tien jaar huwelijkse façade hebben ze besloten om voortaan alleen nog maar te doen waar ze zelf zin in hebben. Bij hen mag alles, er zijn geen grenzen.

Gevaarlijk wordt het als vrouwen direct na afloop de lakens verwisselen en onder het bed kijken of je niet per ongeluk een sok hebt laten liggen. Die hebben nog een man. Hun zenuwen amuseerden mij. Soms kregen ze spijt en huilden, dan draaide ik me om en deed alsof ik het niet zag. Ik sloot mijn ogen en dacht aan hun echtgenoten. Naar welke deprimerende kantoortuin ze doordeweeks reden, hoe lang ze in de file stonden, welke mop ze vertelden tijdens de lunch, of hun sandalen 's zomers lekker zaten, of ze inderdaad aan het milieu dachten voordat ze iets printten, of ze wel eens fantaseerden over de aanschaf van een nieuwe trui, die ze in gedachten dan een werkweek lang onafgebroken droegen, en met enige regelmaat naar beneden liepen, naar de afdeling verkoop, om de complimenten dankbaar in ontvangst te nemen. Het was niet eens minachting. Het waren de dia's die ik afspeelde in mijn hoofd om de tranen van hun echtgenotes niet te hoeven zien. Als ze me vroegen waarom ik mijn ogen gesloten hield, zei ik: 'Omdat dit heel speciaal voor mij is.'

Bente was anders dan de anderen. Ik had haar al een paar keer eerder zien zitten, ze ging zelden met iemand mee. Ze keek voor zich uit en rookte sigaretten. Maakte alleen oogcontact met de barman, als ze wilde bestellen. Ze was de enige vrouw die bier dronk in deze tent. Haar onverschilligheid fascineerde me. Bente was niet onaantrekkelijk. Afgeleefd mooi. Ze had iets weg van een stewardess die al jaren vloog bij dezelfde Oost-Europese luchtvaartmaatschappij. Jaren van cabinedruk hadden haar oogleden omlaag getrokken. Ze had ondanks haar leeftijd, een jaar of veertig schat ik, nog een zandloperfiguur waarmee ze door het gangpad kon lopen om goulash rond te brengen zonder constant tegen de stoelleuningen te schuren. Haar kapsel had amper kleur meer. Ze had het haar waarover je vrouwen wel eens hoort zeuren in reclames voor een shampoo en conditioner in één. Futloos, alsof het pigment op een dag collectief had besloten om zijn heil ergens anders te zoeken. Nog nooit had ik iets gezien wat zo versleten en zo prachtig was. Ik voelde me een antiquair. Ze droeg een simpel zwart damesshirt boven een spijkerrok. Daaronder kekke laarsjes, die ik van haar voeten wilde rukken om te zien of ze kalknagels had.

Ze appelleerde aan mijn belangstelling voor het imperfecte, voor het stukke. Wanneer ik een meisje met krukken zie lopen, moet ik me inhouden om niet te roepen: 'Klim op mijn rug, dan draag ik je de wereld rond.' Ik was niet gewend dat ik zelf het initiatief moest nemen. Normaal zat ik aan een tafeltje naast de fruitmachine te wachten tot ze naar mij kwamen, het geduld van een blindganger. Maar ik had geen keus, ze was onweerstaanbaar. 'Hallo,' zei ik. 'Wil je iets van me drinken?'

Ze keek enigszins verstoord op, maar accepteerde toch een biertje. Bente vertelde dat ze vorige week door een jongen van mijn leeftijd in haar buik was getrapt. Ik wist niet of ik daar mijn excuses voor moest aanbieden. Het was in de trein gebeurd, want ze werkte als conducteur. Ze had wel eerder gehoord dat er collega's gemolesteerd waren, maar dat waren mannen. Dit had ze niet zien aankomen. Het was niet eens 's nachts gebeurd. Gewoon overdag, vlak voor ze zouden stoppen op station Driebergen-Zeist. Er zaten drie mensen in de coupé, en de eerste had haar geschopt. Een zool in de maag, zonder aankondiging vooraf. Ze had niet eens de kans gekregen om naar zijn kaartje te vragen. De andere passagiers riepen: 'Houd de dief!' en bleven gewoon zitten. Dief? Welke dief? dacht ze, maar het luchtgebrek belette haar om ze te corrigeren.

Ik luisterde belangstellend en vroeg of ze haar shirt omhoog wilde trekken. Ze vond het niet eens een rare vraag. Hij had haar flink geraakt, haar buik was net een schilderij van Jackson Pollock. Bente vertelde dat haar werkgever haar twee weken betaald verlof had gegeven om bij te komen. Als ze wilde, mocht ze ook op kosten van de ns naar een therapeut. 'Mag ik ook naar de eerste hulp?' had ze gevraagd. Het liefst was ze de volgende dag gewoon weer aan het werk gegaan. In plaats daarvan móest ze het thuis verwerken. Haar chef zei dat hij haar over twee weken weer voorzichtig zou inroosteren op een veilige route. In Drenthe, of Overijssel. Daarnaast zou het helpen als ze haar gevoelens op papier zette. Dat kon ze dan inleveren bij de bedrijfspsycholoog.

'Wat zou jij opschrijven?' vroeg ze.

'Dat je paniekaanvallen hebt,' zei ik. 'Dan zit je nog twee maanden betaald op de bank.'

Ze glimlachte en stak een sigaret op. Ik legde mijn hand op haar been. Ik keek naar haar gezicht, de korte pufjes waarmee ze rook uit haar mond liet ontsnappen. Het kenmerk van een zenuwenroker.

'Jouw huis?' vroeg ik. Ze knikte.

Bente woonde net als ik in Hilversum. Ze had een brommer, een Puch. Ik hield me aan haar schouder vast terwijl ze naar huis reed. Zo kreeg ik tenminste geen kramp in mijn kuiten straks. We kwamen aan bij een bescheiden rijtjeshuis. Ze had geen man, geen kinderen en geen plannen, dus heel veel groter dan dit hoefde ook niet. Binnen deed ik mijn schoenen uit, hoewel ze me niet het type leek om dat van mij te vragen. We liepen naar haar woonkamer, die doorliep in een keuken. Een slons, dat zag ik meteen. Er lagen oude omroepgidsen en tijdschriften op de bank, de salontafel zat onder de kringen, er stond een gebruikt bord met daarop hagelslag of muizenpoep.

Ik ging zitten op een ingedeukte poef, die voor de televisie lag. Bente was druk in de keuken. 'Wil je ook toast?' vroeg ze. Ik wist niet zo goed wat ik daarop moest zeggen. 'Sorry,' zei ze. 'Macht der gewoonte.' Ze haalde twee sneetjes witbrood uit de rooster, die ze at zonder boter. Eerst met grote happen en veel geluid, daarna, bewust van mijn aanwezigheid, met dezelfde behoedzaamheid waarmee mensen chips eten op feestjes waar ze niemand kennen. Het ontroerde me. Ik stond op, liep naar haar toe en kuste haar op de volle wangen. Ze kraakte nog wat na.

'Waar is je slaapkamer?' vroeg ik. Ze pakte mijn hand en leidde me naar de eerste verdieping. De trap was gevaarlijk steil. Ik moest mezelf dwingen om mijn ogen op de houten treden te richten en niet op haar kont. Haar bed was onopgemaakt. Ze stond er besluiteloos voor, met een houding die het midden hield tussen uitdagend en schuw. Ik drukte me tegen haar aan. Ze moest hem voelen. Ze moest hem erkennen.

'Ouwe taart,' zei ik, en ik zoende haar in de nek.

'Brutale aap,' steunde ze.

Ze trok haar shirt over het hoofd. Daarna knoopte ze zelf haar beha los, mijn behendigheid met recht wantrouwend. Ik kuste haar borsten. Sympathieke borsten, waar niemand aanstoot aan kon nemen. Niet te groot, niet te klein – perfect.

'Je bent nog zo jong,' fluisterde ze.

Ik richtte mijn aandacht naar beneden, drukte mijn neus tegen haar navel. Vanaf deze afstand leek de bloeduitstorting op haar buik op het noorderlicht. Ik knoopte mijn broek los, en vroeg me tijdens deze handeling af waarom mannen en vrouwen zich altijd omgekeerd evenredig uitkleden. Waarom ik niet het geduld had om eerst mijn trui uit te doen. Ik haalde hem tevoorschijn. In opperste staat van paraatheid, blauwgeaderd als een Deense kaas. Ze keek er met berusting naar. Ze pakte een kussen van het bed, legde dat voor mijn voeten en ging op haar knieën zitten. Bente nam hem in de mond. Van bovenaf had ik het uitzicht van een god. Ik keek op haar kruin en probeerde de grijze haren te tellen. Er was wat roos. Ze was scheutig met haar tong, genereus. Met haar rechterhand omvatte ze mijn testikels. Plotseling stopte ze.

'Dit is verkeerd,' zei ze.

Ik wilde zeggen van niet. Dat ze het er prima van afbracht. Maar ik zag dat het geen zin had.

'Het spijt me. Dit is belachelijk. Ik heb neefjes van jouw leeftijd.'

Ze stond op en ging op de bedrand zitten. Mijn erectie wilde niet luwen.

'Kijk nou toch. Je hebt amper baardgroei.'

Ze had gelijk. Ik was me nooit eerder zo pijnlijk bewust geweest van mijn jeugd. Mijn gebrek aan lichaamsbeharing, de absentie van spiermassa en buikvet. De verstopte talgklieren op mijn borst en rug waaruit in plaats van een weelderige vacht, dons desnoods, slechts kleine rode puistjes groeiden.

'Het ligt niet aan jou,' zei ze. 'Je bent een schatje. Als je wilt kun je hier blijven slapen.'

Ik zei dat het me fijn leek.

Bente verdween naar de badkamer om haar tanden te poetsen. Ik kroop onder de dekens. Ze kwam terug en vlijde zich tegen me aan. Een tijdje lagen we met open ogen te zwijgen. Daarna zoende ze me op mijn schouder, en sloeg haar arm over mijn kippenborst. 'Je hoeft je nergens voor te schamen,' zei ze. 'Ik wou dat ik jouw figuur had.'

15

Nadat zijn amandelen verwijderd waren, wilde Ernst niet eten. De dokter zei dat het normaal was dat hij de eerste drie of vier dagen geen vast voedsel door zijn keel kon krijgen. Mijn moeder probeerde het toch. Ze bereidde lichte maaltijden. Kipfilet, krieltjes, gestoomde groenten. Ze sneed alles in hapklare stukjes en bracht die met een theelepel naar zijn mond. Hij begon argeloos te kauwen en slikte het door. Hij werd rood, zijn ogen begonnen te tranen en hij keek verward naar zijn bord. Hij begreep niet waar deze pijn plots vandaan kwam.

Het was schrijnend om te zien. Zijn kolossale lijf had calorieën nodig. Normaal gesproken at hij een pond biefstuk, schalen met pasta, emmers rijst. Nu was hij veroordeeld tot het vloeibare. Mijn moeder maakte milkshakes voor hem. Volle melk met daarin drie bolletjes ijs en een scheut vruchtensiroop, voor de vitaminen. Rijk aan calorieën en zacht voor de keel. Omdat Ernst in de dagen na de operatie een paar kilo was afgevallen, deed ze voor de zekerheid ook een klont roomboter in de keukenmixer. Maar iemand van het formaat Ernst kan niet overleven op liquide middelen alleen. Alsof je een kolentrein op crackers laat rijden. Hij was zienderogen verzwakt. 's Morgens wilde hij niet uit bed komen, we moesten een stoel in de douche voor hem neerzetten zodat hij niet door zijn benen zou zakken. In de avond was hij te uitgeput om de trap nog te beklimmen. We konden het niet langer alleen. Via de huisarts kreeg Ernst een thuishulp toegewezen. Claire heette ze, maar zo zag ze er niet uit.

Ik schrok toen ik haar voor het eerst zag. Niemand had me ingelicht over haar komst. Ze belde aan en stelde zich voor met een stem die klonk als artillerievuur. Ik waande me in Ieper. Haar kleding was gemaakt om de handen aan af te vegen. Een onredelijk grote trui met sneldrogende stof. Ze had stug stekeltjeshaar, zoals je dat doorgaans aantreft op het uiteinde van een badborstel. Haar lippen waren vol als twee stootkussens die niet zouden misstaan aan de bakboordzijde van de Holland Amerika Lijn, maar waren, zelfs in contrast met de rest van haar voorkomen, amper sensueel te noemen. Ze stond daar op de deurmat met een sporttas in haar hand, die in mijn fantasie al snel gevuld was met knuppels, loden pijpen en ander wapentuig. Ik wilde naar binnen rennen om mijn vader te waarschuwen. Om te roepen dat de schuldeisers waren gekomen, dat hij snel over de schutting moest klimmen terwijl ik haar aan de praat hield. In plaats daarvan zei ze: 'Ik ben hier voor Ernst.'

Het kwartje viel. Ik begreep niet waarom verpleegsters in het ziekenhuis een uniform dienen te dragen en daarbuiten niet. Het schijnt dat ze dat vroeger wel moesten. In de jaren zeventig raakte het onder strippers in zwang om zich als verpleegster of kamermeisje te verkleden. Mannen zagen het verschil niet meer. Iedereen die zich in een verpleegstersuniform op de openbare weg begaf, was vogelvrij. Zo kwam het dat het verplegend personeel van de thuiszorg ontheffing kreeg en gewone kleding mocht dragen. Het risico dat Claire ooit aangerand zou worden leek me te verwaarlozen.

Ernst mocht haar vanaf het begin niet. Hij was eraan gewend dat iedereen hem als een prinsje behandelde. Mensen spraken tegen hem met hoge stemmetjes en knepen in zijn wang. Hij was de enige twintiger die bij de slager nog een plakje worst kreeg aangeboden. Een privilege waar hij prijs op stelde. Bij Claire kreeg hij geen voorkeursbehandeling. Ze behandelde hem zoals ze al haar cliënten behandelde: hardhandig.

Twee keer per dag kwam ze. Een keer in de ochtend, een keer in de avond. 's Morgens haalde ze hem uit bed. Daarna zette ze hem onder de douche. Wanneer hij op de stoel wilde gaan zitten, draaide ze aan de blauwe knop. Ze conditioneerde hem. Mijn moeder waste hem voorzichtig, bijna onvoelbaar, alsof ze een kostbaar erfstuk afstofte. Als Claire klaar was met Ernst zag hij eruit alsof hij gezandstraald was. Met een rode gloed op zijn vel kwam hij de douche uit, hetgeen alleen maar erger werd als ze hem afdroogde. Claire bracht haar eigen handdoeken mee. Oude, stijve exemplaren waar alle donzigheid al uit gewreven was. Daar schrobde ze dan mee over zijn rug alsof ze een wijnvlek uit haar favoriete jurk probeerde te verwijderen. Ernst stond er bedremmeld bij. Over gehandicapten zeggen ze wel eens dat ze hun eigen kracht niet kennen. Dat kan zijn, maar Ernst wist donders goed dat hij in Claire zijn meerdere moest erkennen.

De eerste avond dat ze kwam, weigerde hij zelfstandig de trap op te lopen naar zijn slaapkamer. Uit haar sporttas haalde ze een korset dat je gewichtheffers ook wel eens ziet dragen als ze hun persoonlijk record proberen aan te scherpen. Ze zakte door haar knieën, greep Ernst net boven zijn knieën beet en deed hem met een soepele beweging op haar rug belanden. Sinds de operatie was hij afgevallen, maar niet gekrompen. Twee meter tien. In één beweging. Niemand kon het geloven. Zelfs Ernst niet, zijn mond viel open terwijl hij in de brandweergreep naar boven werd gedragen. Daarna spurtte hij de trap op zodra hij Claire ook maar in de buurt van haar sporttas zag staan.

Ik geloof zowaar dat mijn vader ook bang voor haar was. Hij sprak haar nooit tegen. Daarnaast maakte hij koffie voor haar, die hij dienstbaar, nederig bijna, voor haar neerzette. Misschien deed hij het ook wel omdat hij in haar een bondgenoot vond wanneer het op de hond aankwam. Mijn vader had spijt dat hij de hond had gehouden. Het beest mocht hem niet. Mijn vader wilde niet dat iedereen zou zien dat hij de hond van een dakloze uitliet, en besloot hem aan een metamorfose te onderwerpen. Mijn moeder stelde voor om Wilbert naar de hondenkapper te brengen, maar dat vond mijn vader onzin. Hij pakte een tondeuse uit de badkamer en knapte het zelf op. De hond reageerde net als mensen die je tegen hun zin kaalscheert: gepikeerd. Zodra mijn vader de huiskamer binnenliep, dribbelde hij naar een andere kamer.

Mijn vader voelde zich afgewezen. Na alles wat hij voor dat beest gedaan had. Hij wilde met de hond afrekenen, maar dat werd hem door mijn moeder verboden. Reden daarvan was dat Wilbert het uitstekend kon vinden met Ernst. Het dier volgde hem overal waar hij ging. Niet ver, in deze tijden van ziekte en tegenspoed. 's Morgens wachtte hij kwispelend bij de deur van Ernst zijn kamer. Overdag, wanneer hij futloos op de bank lag, kroop de hond tegen hem aan en likte zijn handpalmen. Hij was solidair. Wanneer Claire binnenkwam, was het eerste wat ze deed Wilbert bij zijn nekvel grijpen om hem de gang in te kegelen. Zieke mensen mochten niet in de buurt van honden komen. Die beesten droegen allerlei parasieten bij zich. Ze saboteerden het genezingsproces. Daar kon ze niet streng genoeg in zijn.

Na een week slaagde Ernst erin om een banaan te eten. Of het nou door Claire kwam of niet, hij ging erop vooruit. Dat vond hij zelf kennelijk ook een hele opluchting, want de dagen erna propte hij hele trossen naar binnen. De thuishulp vond dat hij zijn normale leven weer moest oppakken. Claire maakte een herstelschema. Wanneer zij er niet was, moest ik tweemaal daags een stuk lopen met Ernst. Te beginnen met een rondje schoolplein, maar na een maand moest hij in staat zijn om zonder mopperen de avondvierdaagse uit te lopen. De gedachte dat ik daar geen zin in had, kwam niet bij haar op. Ik durfde haar niet tegen te spreken.

Nu Ernst aan de beterende hand was, bouwde Claire haar aanwezigheid af. Dit tot groot verdriet van mijn moeder. Zij koesterde een oprechte waardering voor Claire. Alles wat zij normaal moest doen, werd nu voor haar gedaan. Ze vroeg aan de huisarts of het mogelijk was om de aanwezigheid van Claire te verlengen. Niet eens elke dag, maar elke hulp was welkom. Hij legde uit dat er ook andere mensen waren die haar hulp nodig hadden. 'Maar,' zo zei hij tegen mijn moeder, 'er is een alternatief.'

De dagen daarop zei mijn moeder steeds vaker: 'Ga jij maar een leuke film kijken met Ernst.' Dan moest ze iets bespreken met mijn vader, aan de keukentafel. Met gedempte stemmen. Mijn moeder fluisterde nog steeds als ze over Ernst sprak waar hij bij was. Een overblijfsel uit de tijd dat ze hoopte dat ergens in die trouwe lobbes een verstandig individu schuilging.

Natuurlijk had hij geen idee dat in de keuken, in dat achterkamertje, over zijn toekomst beslist werd. Ik kwam er bij toeval achter. Mijn vader had een brochure op de bank laten slingeren. Ik sloeg hem open. 'Villa Zonneschijn' stond er op de voorkant. Ik bladerde de brochure door. Kreten over handen aan het bed, zorg op maat, foto's van gelukkig ogende gehandicapten in een bosrijke omgeving. Het besef raakte me als een medicijnbal in de maag. Ze wilden Ernst wegstoppen. Ze wilden hem wegmoffelen in een of ander bungalowpark. En hij wist van niets. Ik wilde het hem vertellen: 'Ernst, je gaat naar Center Parcs. Ren nu het nog kan.' Het zou geen verschil maken.

Ik confronteerde mijn moeder met de folder. Ze zei dat het een moeilijke beslissing was, maar dat dit het beste voor iedereen was. Mijn moeder kon de zorg voor Ernst niet langer dragen. Ze was op. Ik wilde het niet begrijpen, maar ik begreep het. Claire had haar de ogen geopend. Een paar verrukkelijke weken lang had ze ervaren hoe het was om te leven zonder zorg te dragen. Zonder jezelf zestien uur per dag weg te cijferen. Ik gunde het haar, maar vond het verschrikkelijk voor Ernst. Die zat nietsvermoedend op de bank bananen te verstouwen. De facto achterlijk, maar eerder het huis uit dan ik.

16

Merkwaardig hoe snel mensen rampspoed kunnen vergeten. Je zou denken dat het bijna-failliet van zijn Yacht Club mijn vader wat nederigheid had bijgebracht. Het tegendeel was waar. Hoewel zijn overleven meer met geluk dan met wijsheid te maken had, sprak hij al snel weer in termen van winnaars en verliezers. De herpositionering van zijn café was een gouden zet geweest. Hij richtte zich op de enige doelgroep die bestond voor de Hilversumse horeca: de zestien- tot vijfentwintigjarigen. In het weekend verdeelden zij zich netjes over het aanbod van uitgaansgelegenheden, ruwweg op te splitsen in hockeykantines en voetbalkantines. Kroegen waar de kakkers kwamen, kroegen waar de paupers kwamen, en kroegen waar helemaal niemand kwam. In al deze cafés draaiden ze dezelfde muziek (reggaeton, meezingers, dance, hiphop, zolang het maar geen muziek was) en werd iedereen zo snel mogelijk dronken om de volgende dag te kunnen verklaren niet meer te weten met wie ze de vorige avond hadden gezoend.

Mijn vader begreep heel goed uit wie zijn publiek bestond. Zijn nieuwe tent, Jungle Fever, was alleen in het weekend open. Minimale personeelskosten, maximaal resultaat. De popelzieke tieners die zijn café frequenteerden konden zuipen als een takelwagen, en klokten in de drie avonden dat hij open was honderden liters aan zoete mixdrankjes naar binnen. Zo zag mijn vader het graag.

Op vrijdagavonden stond hij het liefst zelf voor de deur. Nigel kreeg zo af en toe het idee dat hij er voor de sier stond. Mijn vader pikte graag mensen uit de rij die hem om wat voor reden dan ook – te jong, te ruime broek, rotkop – niet aanstonden.

'Wil jij naar binnen?' zei hij.

'Ja, meneer,' zei de jongen (meisjes mogen altijd naar binnen).

'In die kleren?' vroeg mijn vader quasiverbaasd.

De jongen knikte. Mijn vader liet al zijn vrienden doorlopen, ze mochten niet in de deuropening op hem wachten want dan ontstond er een opstopping.

'Ik weet het niet…' peinsde mijn vader. 'Wat jij, Nigel?'

'Een armoedige broek, baas,' zei hij.

Vaak was dat het sein voor zo'n jongen om te beginnen met smeken.

'Alstublieft, meneer. Ik wil gewoon een leuke avond. Het was niet mijn bedoeling om er als een zwerver uit te zien vanavond.'

Het lag aan de bui van mijn vader hoe lang hij hem dan nog liet bungelen. Het is voorgekomen dat hij ze naar huis stuurde om eerst een nieuwe broek aan te trekken. Uiteindelijk liet hij ze altijd binnen. Het ging hem om het spel.

Het was druk die avond. De vrijdagavonden zorgde mijn vader altijd voor entertainment. Meestal een dj, maar die avond was het een zanger: Johnny Albatros. In de jaren tachtig gold hij als het grootste talent dat Nederland had. Er werd zelfs over een internationale doorbraak gesproken. Zijn debuutalbum werd goed ontvangen en hij scoorde hit na hit. Johnny Albatros begon aan een concertreeks, alle grote zalen werden uitverkocht. Bij zijn eerste optreden zong iedereen zijn liedjes mee. 'Hou op!' schreeuwde hij. Het werd erger: ze begonnen ritmisch in hun handen te klappen. Ze kenden al zijn nummers woord voor woord. Hij raakte volkomen in de war, wist niet meer wat hij moest zeggen – of zingen, wat dat betreft. Na drie liedjes stapte hij van het podium. Hij was gekomen om ze een mooie show te geven, maar dit publiek had goed geld betaald om zichzelf te horen zingen. Nu trad hij elke maand op in cafés door het hele land om de alimentatie te kunnen betalen. Voor een publiek dat veel te jong was om zijn hits te kunnen meezingen.

Drukke avonden konden voor problemen zorgen. Elk weekend was er wel een vechtpartij. Dat had wel iets schattigs. Voor Nigel was het uit elkaar houden van twee zestienjarigen niet veel meer of minder moeite dan het uit elkaar houden van links en rechts, geel en rood. Vaak liet hij die kinderen opzettelijk een paar seconden te lang doorvechten, tot er bloed vloeide. Dan leek het heroïscher wanneer hij ingreep. Op rustige avonden moest hij zichzelf zien te vermaken. Soms pikte hij iemand uit de rij met een petje op, en gooide dat op het dak. Later werd hem dat verboden door mijn vader; slecht voor de klandizie, vond hij. De echte heisa was voor de snackbar naast Jungle Fever.

Wanneer de kroegen sloten om drie uur 's nachts had je twee keuzes: je kon naar de Havana en de Baccara (tot vijf uur open), of naar de snackbar (opschieten). Het voordeel van die laatste optie was dat ze naast friet en kipknotsen ook bier verkochten: halve liters, in blik. De snackbars in Hilversum worden allemaal gerund door Vietnamezen en Turken. Die naast het café van mijn vader was van de familie Nguyen. Hij kon alleen maar medelijden met ze hebben. Zodra hij sloot, stroomde het daar vol. Hongerige bezoekers gooiden met Ras-patat, pasten hun bestelling drie keer aan, trokken hun ogen tot spleetjes, en sprongen zo nu en dan over de balie heen om de muziek wat harder te zetten. De Vietnamezen incasseerden het allemaal met een lachje en een knikje. Bij de Turken hoefde je daar niet mee aan te komen. De bezoekers van de Turkse snackbar zagen eruit alsof ze net een maand op etiquettekamp waren geweest. Iedereen zat netjes aan een tafel te wachten tot het voedsel werd gebracht. Er werd gepast betaald. Men at met mes en vork. Ik heb één keer een wanbetaler gezien bij een Turkse snackbar. Hij kwam onder het bloed terug met twee politieagenten. Niemand had wat gezien.

Nigel hielp de Vietnamezen nooit wanneer het daar weer eens uit de hand liep. Dat mocht ook niet van mijn vader. Ze moesten voor zichzelf leren opkomen. Bovendien, zo redeneerde Nigel, zij betaalden hem niet. De jongens door wie ze geterroriseerd werden wel. Wie Jungle Fever verliet, drukte twee euro in de uitgestoken hand van Nigel. Deed je dat niet, dan kwam je er de volgende keer niet in. Uitsmijters hebben een uitzonderlijk goed geheugen. Laat Nigel een potje memory spelen tegen een idiot savant, en ik zet mijn geld op eerstgenoemde.

Waar die fooi precies voor was, het is mij nooit duidelijk geworden. Voor een veilige avond, meende Nigel. Het enige wat hij deed was gemiddeld twee keer per avond met buitenproportioneel geweld ingrijpen bij incidenten veroorzaakt door kinderen die nog niet tot zijn schouder kwamen. Hij zou de bezoekers een fooi moeten geven, niet andersom. Toen ik hem ooit vroeg of hij het niet gênant vond om rond te komen van zakgeld, zei hij: 'Nee. En jij?'

Het was halftwee en binnen ontstond enig rumoer. Er was een meisje bewusteloos geraakt door de drank. Een van de minder aangename aspecten van zijn baan, vond Nigel. Het gebeurde ieder weekend wel een keer. Hij had een speciale greep ontwikkeld waarmee hij ze naar buiten kon dragen zonder braaksel op zijn kleren te krijgen. Nigel overwoog om er patent op aan te vragen. Mijn vader vond het vervelend. Hij gaf de schuld aan de ouders. Hun kinderen gingen in de weekenden met een fles bessenjenever naar boven, en rolden twee uur later weer de trap af om de stad in te gaan. Natuurlijk wisten ze wat er speelde. Het kon ze niets schelen, ze hoefden een avond lang niet te vechten om de afstandsbediening.

Nigel stapte naar binnen. Het meisje lag op de grond, sommige bezoekers maanden de huisfotograaf om een foto van haar te maken. Nigel moest haar naar buiten krijgen voordat ze ging overgeven, de klok tikte. Hij tilde haar op, met zijn armen gestrekt voor zich uit en haar hoofd richting de vloer, en droeg haar naar buiten. De meeste meisjes waren zo licht dat ze op die manier makkelijk te verplaatsen waren. De dikke meisjes niet, maar die gingen minder snel *out*. Mijn vader gebaarde dat hij haar op de stoep moest leggen. Nigel deed zoals gezegd, netjes op haar zij zodat ze niet zou stikken in haar eigen braaksel dat ieder moment naar boven kon komen. Vier van haar vriendinnen stonden eromheen en probeerden haar gillend en aan haar kleren trekkend wakker te krijgen. Ze wentelden haar weer terug op de rug. Geërgerd duwde Nigel de meisjes aan de kant, en legde haar weer goed. Net op tijd: haar hoofd knikte kort opzij, en ze braakte een wit, schuimend heksenbrouwsel op. De stoep liep niet geheel waterpas, en het bocht kabbelde geduldig terug richting haar gezicht. Haar vriendinnen waren te dronken om een dam aan te leggen. Een van hen gooide een glas water in haar gezicht om het schoon te krijgen. Nigel zei dat ze geen glazen mee naar buiten mocht nemen. Mijn vader keek van een afstandje toe. Ze was jong, dacht hij. Een kind nog. Haar wenkbrauwen waren geheel afgeschoren en vervangen door een dun potloodlijntje. Ze had een gezellig buikje dat onder haar topje vandaan rolde. Hij riep Nigel bij zich. 'Hoe oud zou jij haar schatten?' vroeg hij. De uitsmijter had zelf vijf dochters. Af en toe rook hij naar lavendel. Dan had hij de verkeerde shampoo gepakt.

'Dat is moeilijk in te schatten, baas. Het tempo waarin meisjes zich ontwikkelen, verschilt enorm. Mijn eerste kreeg pas borsten toen ze zestien was. De een wat groter dan de ander, maar ik was allang blij dat ze er eindelijk waren.'

Zestien, peinsde mijn vader. Veel ouder dan dat kon het meisje op de stoep inderdaad niet zijn. Hij liep naar haar toe en boog over haar heen. Een zoete, chemische walm. Ze had cocktails gedronken. Hier zat onmiskenbaar sterkedrank in, daar moest je achttien voor zijn.

'Hoe oud is zij?' vroeg hij aan een van de vriendinnen.

'Veertien,' huilde ze. Mijn vader slikte. Dit kon hem zijn vergunning kosten. Hij pakte haar pols beet. Ze gaf nogmaals over. 'Nigel, kom eens voelen,' zei mijn vader. Nigel had een cursus bedrijfshulpverlening gedaan. 'Een zwakke pols, baas.' Mijn vader schudde haar door elkaar. Ze kreunde, maar maakte geen aanstalten te ontwaken.

'Hoeveel heeft ze gedronken?' vroeg hij, licht panikerend.

'Alles,' zeiden de vriendinnen. Er had zich inmiddels een schare mensen rondom het slachtoffer verzameld. Vroeg of laat zou iemand een ambulance bellen. Dan was het gedaan. Ze zouden haar maag leegpompen. De dokter zou vragen stellen, de politie ook. Ze zouden erachter komen dat zijn personeel een avond lang pina colada's had geserveerd aan een vroegrijpe brugklasser, en dat niemand haar om identificatie had gevraagd. Jungle Fever zou gesloten worden, daarvan was hij overtuigd. Toen, in een opwelling, wist hij wat te doen. Hij pakte het meisje bij de enkels beet en sleepte haar naar de volgende deur, tien meter verderop. Hij legde haar voor de snackbar van de familie Nguyen.

17

Na mijn ontslag bij de postbezorging had ik hoofdzakelijk thuisge-
zeten. Elke dag beloofde ik mijn ouders over mijn toekomst na te
denken. De toekomst. Een woord dat ze alleen in de ruime zin gebruikten. Wanneer mijn ouders erover spraken dan bedoelden zij:
een baan, een huis, een vrouw. Niemand gebruikt het woord toekomst nog in zijn oorspronkelijke betekenis: de tijd die nog komen
moet. Wat dat betreft heb je toekomst zolang je in leven blijft.

Een paar keer ben ik naar een open dag geweest. Kraampjes
voor honderden opleidingen waar je allemaal hetzelfde leerde.
Meisjes met bolle wangen vertelden enthousiast over het *bere-
gezellige* introductieweekend. Een dreigement dat mijn keuze niet
vergemakkelijkte. Op andere hogescholen gaven ze gymnastiek.
En elke keer dat ik al die ellende moest aanhoren, stelde ik mijn
beslissing nog maar een weekje uit. Nadat de inschrijftermijn was
gesloten, vroeg ik me af of ik ooit nog tot een keuze zou komen.
Volgend jaar beter, zei ik tegen mijn ouders. Ze wilden dat ik in de
tussenliggende tijd ging werken. Wanneer ik te lang op de bank
hing, dreigde mijn vader dat ik kost en inwoning moest betalen.
Hij blufte. Ouders kunnen hun kinderen geen pijn meer doen,
zelfs niet financieel. Zijn dreigementen maakten op mij weinig
meer indruk dan een oorlogsverklaring door Luxemburg.

Dat ik uiteindelijk toch naar het uitzendbureau ging, had dan
ook niet zozeer te maken met de uitgeoefende druk, als wel met de
verveling. Die vreet je ongemerkt op. Elke dag zet je de wekker vijf

minuten later. Elke dag gaat de televisie vijf minuten eerder aan. Tegen het meisje van het uitzendbureau zei ik dat ik een baan zocht waarvoor ik niet al te vroeg hoefde op te staan. Ze lachte. Ze dacht dat ik een grapje maakte. Ik stopte een gratis pen in mijn mond terwijl ze voor me belde. Daarna zette ik hem weer terug in het bakje. Nadat ze had opgehangen, zei ze: 'Ik heb de perfecte baan voor jou.'

Het bleek te gaan om een job als fondsenwerver. Haar opdrachtgever was op zoek naar jonge, representatieve mensen. Bij voorkeur studenten, maar pas geslaagde scholieren mocht ook. Het bedrijf werd ingehuurd door allerlei goede doelen, die betaalden voor elke nieuwe donateur. Ze werkten onder meer voor het Wereld Natuur Fonds, sos Kinderdorpen en Cliniclowns Nederland. Men was zowel op zoek naar medewerkers voor in de telefooncentrale als naar mensen voor op straat. Ik vertelde dat werken op straat mij leuker leek. Ik kijk mensen liever aan wanneer ik tegen ze lieg. Het meisje zei dat ik het zonlicht wel kon gebruiken. Ook dat was waar.

De volgende dag kon ik al beginnen. Ze stuurden me naar een training, ergens in een congreszaal waar ik met de regiobus naartoe moest. Het was in de ochtend, maar mij was beloofd dat dit de enige keer was. 's Morgens werven heeft geen zin. Dan zijn er te weinig mensen op straat, en als ze er al zijn, dan zijn ze chagrijnig. De cursus werd gegeven door een homofiel. Ik dacht: al het geld dat we inzamelen gaat naar landen waar jouw soort wordt opgehangen. Hij vertelde over de basisprincipes van het fondsenwerven. De mannen moesten worden aangesproken door de meisjes, en de vrouwen door de jongens. We moesten daarbij een evenwicht zien te vinden tussen joviaal en beleefd, opdringerig en geduldig. Een goede fondsenwerver is in balans. De werkzaamheden vonden plaats in de winkelcentra van middelgrote steden. Hij rolde een kaart uit waarop we allemaal de beste locatie moesten aanwijzen. Het idee was om een fuik te creëren. Een centraal punt, waar iedere bezoeker minstens één keer langs moest. Maar het belangrijkste onderdeel was het script. Een op het hoofdkantoor uitgetypte tekst die exact voorschreef wat we moesten zeggen.

Jij: Goedemiddag meneer/mevrouw, mag ik misschien even uw aandacht?

Hij/zij: JA/Nee

Jij: Dat is dan heel vriendelijk van u. Ik wilde het even hebben over goed doel x. Bent u daarmee bekend?

Hij/zij: Ja/NEE

Jij: Nee? Dat geeft niet, hoor. Dan zal ik er even kort iets over vertellen...

Et cetera. Het script was de reden waarom commerciële partijen zoveel beter werkten dan vrijwilligers. Die waren te betrokken, ze wilden alles vertellen wat ze over de situatie wisten. Professionele fondsenwervers vertellen alleen het broodnodige. Een marktonderzoekbureau had berekend dat de aandacht van de gemiddelde consument na vierentwintig seconden afdwaalde wanneer ze werden aangesproken over een goed doel. Bij een ramp die in de laatste drie dagen had plaatsgevonden, was het iets meer: daarover kon je zevenendertig seconden vertellen voordat de aandacht verdampte. Van die tijd, door de cursusleider herhaaldelijk *window of opportunity* genoemd, moesten we optimaal gebruikmaken. Twintig seconden om uit te leggen waarom het leed van vluchtelingen, pandaberen of kankerpatiëntjes zo verschrikkelijk was, en de laatste vier seconden om te zeggen dat het geld goed werd besteed. Dat er niets bij foute regimes of mannen in krijtstreeppakken terechtkwam. Pas daarna mochten we overgaan op het financiële gedeelte. Mensen konden doneren vanaf vijf euro per maand, automatisch afgeschreven. Het was streng verboden om te zeggen dat dit op zestig euro per jaar neerkwam. In plaats daarvan moest je zeggen: dat is twee biertjes minder per maand (studenten), voor de prijs van twee volkorenbroden en een pak melk kunt u een mensenleven redden (huisvrouwen), of: dat is maar tien gulden per maand (bejaarden). Op een middag, die duurde van twaalf tot vijf, moest je vijftien nieuwe donateurs werven. Drie per uur. Makkelijk zat, dacht ik.

Mijn eerste werkdag was in Hilversum. Dat viel me mee. Het centrum wordt door bewoners 'het dorp' genoemd. Maar als je het waagt om het dorp zelf een dorp te noemen, is het dorp te klein. We wierven voor Amnesty International, en kregen allemaal een rood windjack met hun logo erop. Mensen mochten niet weten dat wij ook maar ingehuurd waren. En al helemaal niet dat we tien euro per uur betaald kregen, plus een vergoeding voor de reiskosten. Sterker nog: als ze ernaar vroegen, moesten we het ontkennen. Volgens Carmen, het meisje dat me moest inwerken, was Amnesty International altijd lastig. Anders dan van verwaarloosde dieren en zieke kinderen, was er weinig beeldmateriaal beschikbaar om het praatje te ondersteunen. De meeste regimes hielden zulks liever onder de pet. Vandaar dat er in het script twee praktijkvoorbeelden stonden. Die moesten zo beeldend mogelijk verteld worden. Het eerste ging over een zwakbegaafde man die de maand erop in China werd opgehangen, het tweede over een overspelige vrouw in Iran die tot vijftig stokslagen was veroordeeld.

Het werven bleek moeilijker dan gedacht. Bijna iedereen probeerde zo snel mogelijk door te lopen, zeker als ze aan het eten waren. Mensen die wel stilhielden, haakten uiteindelijk af wanneer ze erachter kwamen dat ze hun rekeningnummer moesten geven. Dan vroegen ze: 'Waarom hebben jullie geen collectebus?' We moesten daarop antwoorden dat er veel fraude was met valse collectanten, dat we het daarom zo moesten doen. Quatsch. Dit bracht meer op. Mijn relaas over de overspelige vrouw die stokslagen kreeg, werd onderbroken door een man die riep dat die vuile slet haar verdiende loon had gekregen. Aan het eind van de middag had ik slechts drie mensen een handtekening ontfutseld.

Carmen zei dat het kwam doordat ik te stroef was. Ik was scriptvast, het overkwam een hoop nieuwelingen. Ze zei dat ik met de tekst moest leren spelen. Het ging om de essentie ervan, niet om de exacte bewoordingen. Ze zei dat het klonk alsof ik de namen van gesneuvelden aan het oplezen was bij een dodenherdenking. Alsof er na iedere zin een gongslag zou volgen. Het was zaak om boven de tekst te staan, je eigen manier van formuleren te vinden. Ze zei dat iedereen daar moeite mee had in het begin, maar dat het me vast snel zou lukken.

Daarin had ze gelijk. De keren daarop ging het al stukken beter. Ik ontdekte dat hoe meer vrijheid ik mezelf veroorloofde om af te wijken van het script, hoe meer donateurs ik binnensleepte. Ik begon zelfbedachte details te introduceren. De ter dood veroordeelde Chinees kreeg een naam, een stel kinderen. Hij werkte in een kleine garage in Beijing, waar hij bromfietsen repareerde om zijn gezin te onderhouden. De Iraanse vrouw was na de stokslagen in een rolstoel beland. Buurtbewoners noemden haar een kreupele hoer, haar vader wilde niet langer met haar praten. De ruiten van haar bescheiden eenkamerflat werden tweewekelijks ingegooid, en leden van de zedenpolitie duwden haar karretje om wanneer ze zich op straat begaf. Elke keer dat ik het verhaal verder invulde, gaven de mensen guller. Psychologen zouden zeggen dat een menselijk verhaal nu eenmaal meer aanspreekt dan de koude feiten. Volgens mij was het omdat elk onnozel detail dat ik introduceerde de kans groter maakte dat ze het hele verhaal op zichzelf konden betrekken.

Binnen een maand was ik de absolute ster van het bedrijf. Collega's vroegen naar mijn geheim. Ik zei: 'Absolute toewijding.' Het hoofdkantoor wilde dat ik cursussen zou geven aan de nieuwe fondsenwervers. Daar kon ik meer mee verdienen, maar het interesseerde me niet. Bovendien, mijn ervaringen strookten niet met het officiële beleid. Die vierentwintig seconden waren onzin, ik kon vierentwintig minuten vertellen als het nodig was. Het is ongelooflijk waarmee je kunt wegkomen als je een klembord in je handen hebt. Je wordt een autoriteit. Voor Artsen Zonder Grenzen haalde ik op één middag veertig nieuwe donateurs binnen door te vertellen over het Centraal-Afrikaanse land Zimbambique, dat werd geregeerd door de kwaadwillende militaire junta van generaal Orangina. Ik vertelde dat het in zijn land al twee jaar niet regende, vermoedelijk door een geheim militair project, waardoor de oogst mislukt was en er een hongersnood was ontstaan. 'Sommige mensen moeten noodgedwongen hun eigen koeien opeten,' zei ik onthutst. Men vond het verschrikkelijk.

Door mijn uitzonderlijke prestaties kreeg ik van het hoofdkantoor een bijzonder project toegewezen. Ik mocht een bekende Nederlander op sleeptouw nemen. Dat was goed voor zijn imago, en voor onze portemonnee. Hij zou een paar uur meedraaien als fondsenwerver en iemand moest hem de kneepjes van het vak bijbrengen. De bekende Nederlander was een presentator en producent van musicals. Hij was kleiner dan op televisie, maar voor de rest viel hij me alleszins mee. Hij bleef maar doorgaan over de bewondering die hij had voor het prachtige werk dat wij door weer en wind deden. Kennelijk was iemand vergeten hem te vertellen dat we ervoor betaald kregen. De presentator stelde aan de lopende band vragen over mijn werk, mijn drijfveren en de projecten waar het geld naartoe ging. Ik verzon overal beleefd een antwoord op. Hij verkondigde zo spoedig mogelijk zelf naar Afrika te vertrekken om de situatie ter plekke te onderzoeken. Zodra hij een weekend vrij had, zou hij gaan. Misschien zat er wel een musical in, bedacht hij. Maar na een kleine berekening was hij er al snel achter dat er daarvoor te weinig donkere acteurs in Nederland waren.

Hij was geen kwade vent. Ik had een rustige middag. Het winkelende publiek wilde massaal met hem op de foto. Hij onderging het allemaal lijdzaam, verontschuldigend bijna. Mensen mochten pas zijn handtekening als ze ook de hunne zetten. Dat werkte. Tijdens mijn dienst moest ik twee keer terug naar de bedrijfsauto lopen om een nieuwe stapel formulieren te halen. Toen onze dienst erop zat, gaf ik hem een hand. Hij zei dat hij veel geleerd had en dat het een waar genoegen was geweest om een dagje met mij mee te mogen lopen. Ik zei dat ik zijn inzet waardeerde, en dat hij het fantastisch gedaan had. Dat meende ik. Hij had mijn record meer dan verdubbeld.

Die avond keek ik naar zijn programma. De presentator vertelde hoezeer hij geraakt was door de ruimhartigheid van de mensen. Hun generositeit had hem ervan overtuigd dat Nederland lang niet zo kil en onverschillig was als men wel eens beweerde. Hij raakte er maar niet over uitgepraat. 'Ik overweeg een benefietavond te organiseren, met livemuziek en een groot belpanel,' kakelde hij, aangemoedigd door zijn collega-presentatoren. 'We moeten de mensen bewust maken van de situatie in Zimbambique,' vervolgde hij. 'Alleen zo kan er een einde komen aan het schrikbewind van generaal Orangina.'

18

Tijdens mijn werk als fondsenwerver leerde ik Kemal kennen. We werkten in vaste teams – twee jongens, twee meisjes – en hij was onderdeel van het mijne. Hij was niet de meest getalenteerde werknemer. De meisjes deden het op charme, ik op leugens, Kemal liep er altijd wat verloren bij. Hij durfde eigenlijk geen mensen aan te spreken, maar wist dat het moest om zijn baan te behouden. Zodoende liep hij altijd achter mensen aan, soms voor tientallen meters, terwijl hij een goede opening probeerde te verzinnen. Soms lukte dat op tijd. Veel vaker vroegen mensen 'Wat moet je?' of zetten ze het op een hollen.

Ik denk dat het vooral uit medelijden was dat hij niet ontslagen werd. Het was voor iedereen duidelijk dat Kemal straatarm moest zijn. Wanneer de rest ergens ging lunchen, zat hij alleen op een bankje met zijn broodtrommel opengeklapt op schoot en een pakje vruchtensap in zijn hand. Hij had welgeteld twee vale spijkerbroeken, waarboven hij overhemden van stretchstof droeg als de zon scheen, of een trui met daarop het onwelvoeglijk grote logo van een sportmerk in de budgetcategorie. Alleen zijn schoenen weken af van het patroon. Die waren van Sparco. Rode schoenen met lichte zolen. Coureurs droegen ze ook, om het gaspedaal zo goed mogelijk aan te voelen. Wanneer ik samenwerkte met Kemal, voelde ik me schuldig.

Mijn dienst van vijf uur was meteen de enige productieve bijdrage die ik leverde op een dag. Ik stond rond tienen op. Douchte een beetje, at een beetje. Fietste een beetje naar mijn werk, zorgde voor een hoop nieuwe donateurs, en ging weer naar huis om de rest van de avond een beetje televisie te kijken. Kemal was altijd afgepeigerd. Voor hij 's middags de straat op ging, had hij in de ochtend al kranten bezorgd. Daarvoor moest hij om vijf uur opstaan. Na thuiskomst sliep hij nog een paar uur, daarna ging hij fondsenwerven. Het schijnt dat hij vroeger ook nog een baan voor in de avond had. Als afwasser, bij een restaurant. Dat had hij moeten opgeven omdat hij van vermoeidheid continu borden liet vallen. Na een paar avonden dacht iedereen dat hij een Griek was.

Nadat ik een paar weken met hem gewerkt had, stelde Kemal voor om een keer iets te gaan drinken na het werk.

'Waarom dan?' vroeg ik argwanend. Mensen die nieuwe vrienden willen maken, ik vertrouw ze niet. Vriendschap moet ontstaan, net als rotsformaties. Kemal dacht daar anders over. Mocht hij met dezelfde geestdrift goede doelen aan de man brengen als dat hij bij mij bedelde om een biertje te drinken, dan had ik serieuze concurrentie als sterverkoper.

'Gewoon, man,' zei hij. 'Dan maken we het gezellig. Kunnen we elkaar beter leren kennen.'

'Ik kan niet,' zei ik. 'Persoonlijke redenen.'

Kemal was allerminst ontmoedigd.

'Laten we nummers uitwisselen, dan spreken we een andere keer af.'

Ik gaf hem met tegenzin mijn nummer. Die week belde hij zeker vijf keer. Los van alle keren dat hij op het werk vroeg wanneer we wat konden drinken. Ik vertelde dat ik mijn moeder moest helpen bij het voorbereiden van een bruiloft, dat ik de ziekte van Pfeiffer had, dat ik huisarrest had. Hij pareerde moeiteloos. Bij het voorbereiden van de bruiloft wilde hij graag helpen, hij was getuige geweest op die van zijn zus. En als ik pfeiffer had en huisarrest – 'je bent een pechvogel, man' – dan kon hij desgewenst ook bij mij langskomen. Later negeerde ik zijn oproepen en vertelde hem dat ik telefoonangst had. Hij zei: 'Je moet je proberen voor te stellen dat de persoon aan de andere kant van de lijn naakt is.' Het feit dat hij meestal de persoon aan de andere kant van de lijn was, leek hem daarbij te ontgaan. Uiteindelijk zegde ik toe om een keer wat met hem te gaan drinken. Dan was ik ervan af.

Hij nodigde me uit bij hem thuis in Hilversum-Noord. Dichter bij een getto kom je in het Gooi niet. Alle allochtonen wonen aan die kant van het spoor. Als je er niets te zoeken hebt, kom je er niet. Mijn bezoek aan Kemal was de eerste keer dat ik onder de gevreesde spoorbomen door ging. *Welcome to the jungle.* Misschien waren mijn verwachtingen (straatbendes, stoephoeren, uitgebrande autowrakken) buitensporig, maar het viel me alleszins mee. Kemal woonde in een keurig rijtjeshuis, en had zelfs de beschikking over een kleine tuin met daarin twee kabouters, waarvan de grootste zijn hoofd miste. Het enige tastbare bewijs dat ik hier met een achterbuurt te maken had.

Kemal liet me uitgelaten binnen en stelde me voor aan zijn ouders, die op de bank zaten. Zijn moeder droeg een hoofddoek, zijn vader rook naar alcohol. Raki, een Turkse specialiteit. Op de schouw stonden foto's van wat de broer en zus van Kemal moesten zijn. De broer leek op hem, hij droeg een uniform. Zijn zus zag er appetijtelijk uit. Donkere krullen, fonkelende kattenogen. Ik wilde een hap uit de omlijsting nemen. We gingen naar boven, naar de slaapkamer van Kemal. Die had iets vreemds. Op zijn bureau stonden schaalmodellen van auto's. Hij had een enorme breedbeeldtelevisie – tot zover de veronderstelde armoede – met daarnaast een zo mogelijk nog grotere kast met daarin honderden spellen voor op zijn spelcomputer. Het waren allemaal racegames. Gran Turismo, Need For Speed, Burnout Paradise. Hij had alles. De muur was beplakt met schreeuwerige posters van sportauto's, coureurs, circuits, en, licht uit de toon vallend, van een dromerig omhoog kijkende Orlando Bloom. Het enige object in zijn kamer dat enigszins leek aan te sluiten bij zijn zachtaardige karakter.

'Mooie kamer,' zei ik.

Kemal liep naar het bureau, waar acht biertjes van het huismerk op een rij stonden opgesteld. Daarnaast een schaaltje met chips. Nibbits, als ik mij niet vergiste. 'Het spijt me dat we niet naar een echt café kunnen gaan, man,' verontschuldigde hij zich. 'Ik ben aan het sparen.' Hij nam een handje chips.

'Voor wat?' vroeg ik. Vermoedelijk voor nog meer spellen, dacht ik. Een nieuwe computer waarop hij ze kon spelen, misschien. Of een bed in de vorm van een raceauto, het zou me niets verbazen.

'Wil je het zien?' vroeg hij.

'Wat?' antwoordde ik.

Kemal liep naar de muur. Hij pulkte voorzichtig de punaises uit de poster van Orlando Bloom.

Hij spreidde de poster voorzichtig op zijn bed uit en keek me verwachtingsvol aan.

'En?' vroeg hij.

Ik inspecteerde de poster, en vroeg me af wat er nu van mij verwacht werd. 'Het is een mooie prent,' besloot ik. 'Ben je al lang fan?'

'Nee, man,' zei Kemal. 'De muur.'

Ik keek op. Waar zojuist nog de poster had gehangen, was nu duidelijk een holte zichtbaar in de wand. Een geheime bergplaats. Kemal stak zijn hand erin en haalde een tinnen doosje tevoorschijn. Tamelijk kitsch, waarschijnlijk op een enkel door toeristen gefrequenteerde bazaar gekocht. Kemal verwijderde de deksel en kieperde de inhoud op het bed. Bankbiljetten, een hele bundel. Voor drugsbaronnen een imponerende manier om hun sigaren mee aan te steken, voor mij het meeste geld dat ik ooit gezien had. Kemal telde het uit. Vijftig, honderd, honderdvijftig, tweehonderd... – tweeduizend en zeshonderd euro. Ik had geen idee waarom hij dit aan mij liet zien.

'Kemal,' zei ik. 'Kun je dit niet beter op de bank zetten?'

Hij schudde zijn hoofd.

'Dan merkt mijn vader het.'

Hij liep naar zijn kast en pakte daar een aantal spellen uit. Hij opende de doosjes. Leeg.

'Ik heb in werkelijkheid maar vijf spellen. Meer heb je niet nodig,' zei Kemal. 'Ze zijn toch allemaal hetzelfde.' Hij legde uit dat de racespellen een dekmantel waren. Zijn vader dacht dat hij al zijn spaargeld aan computerspellen uitgaf, in werkelijkheid had hij alleen de omhulsels. Lege cassettes die hij meekreeg van een vriend bij de speelgoedwinkel. Ik raakte meer en meer geïrriteerd dat ik werd betrokken bij een complot waar zijn vader buiten moest blijven, maar waar ik, een collega, en niets meer dan een collega, schijnbaar bij betrokken moest worden.

Kemal vertelde dat hij binnenkort achttien zou worden. Dat betekende twee dingen: veel baklava, en een brief van het bewind in Ankara. Turkse onderdanen kunnen geen afstand doen van hun nationaliteit. Ook als zij in het buitenland wonen, geboren zijn, moeten zij zich melden voor een vijftien maanden durende dienstplicht. Hij vond het verschrikkelijk. Kemal ging alleen naar Turkije om familie op te zoeken en op het strand te liggen, niet om op mensen te schieten. Hij spaarde om zijn gebrek aan heldenmoed met klinkende munt te compenseren. Voor vijfduizend euro kon je de dienstplicht afkopen. Dan hoefde je alleen een militaire basistraining van drie weken te volgen. Dat zou zelfs hij wel overleven.

'Waarom verberg je dit voor je vader?' vroeg ik.

'Hij zou het nooit begrijpen als ik mijn dienstplicht afkoop. Een jonge vent moet zijn land dienen, zeker als hij in het buitenland woont. Bovendien, ik moet leren wat het betekent een man te zijn. Hij wil dat ik met eelt op mijn voeten en haar op mijn bovenlip terugkom. Mijn oom zegt dat het allemaal wel meevalt. Voor Turken zoals ik hebben ze een speciale divisie. Een eenheid met Turken uit Nederland, Duitsland en België. Die zijn te verwesterd voor gevechtstaken, te verwend. Hij zegt dat ze je vijftien maanden lang de schietbaan laten opruimen. We hebben niks te zoeken aan het front. Wij hebben nooit onze schapen verdedigd tegen bandieten, we zijn nog nooit op onze blote voeten het Taurusgebergte overgestoken. We hebben gel in het haar en dun in de broek, zegt mijn vader.'

'Geloof je dat?'

'Ik weet het niet, man. Misschien bestaat die divisie echt, misschien zegt mijn oom dat alleen om me gerust te stellen. Maar als ze ons echt naar het front in het zuiden sturen, maken de Koerden köfte van ons.'

Ik wilde zeggen dat het wel los zou lopen. Dat de Koerden ook maar een stel herders waren, en beter waren in kaas maken dan in oorlog voeren. Maar hij had gelijk. Een goeiige jongen als Kemal had daar niets te zoeken. Hij zou er sneller sneuvelen dan een eend in een vossenhol.

'Wanneer denk je het geld te hebben?' vroeg ik.

'Over een jaar, hoop ik.'

'Wanneer ga je het je vader vertellen?'

'Pas als het geld is overgemaakt. Ik rijd naar de ambassade in Rotterdam, daar betaal ik alles. Cash. Dan ben ik vrij.'

'En dan?'

Kemal lachte geheimzinnig. 'Ik laat het je zien.'

We liepen naar beneden. Hij viel bijna van de trap van opwinding. Eenmaal buiten liep hij naar de hoek van de straat. Daar, onder het schijnsel van een zaklantaarn, stond een auto geparkeerd. Hij trok het zeil er in één ruk van af, en onthulde met misplaatste trots dat wat eronder lag. Een oude Ford Escort. Jaren tachtig, zei Kemal. Hij sprak met bijna ouderlijke liefde over dit wanstaltige voertuig. De auto was obstipatiebruin, waardoor je de roestplekken op de wieldoppen, bij de deurhendels, en zelfs op het dak amper van de oorspronkelijke verflaag kon onderscheiden. Kemal vertelde dat de Escort hem achthonderd euro had gekost. Los van de accessoires. Over het dak liepen twee vette rode viperstrepen. Het waren stickers. De auto had twee uitlaten, waarvan de helft van plastic. Alleen de schijn van snelheid was al voldoende voor aanzien in deze buurt.

'Zodra ik mijn dienstplicht heb afgekocht, ga ik mijn auto verder opknappen. Dan koop ik nieuwe velgen, betere schokbrekers, een injectiemotor. Het wordt de snelste roestbak die je ooit gezien hebt.' Hij wreef liefdevol over de voorruit.

'Binnenkort ga ik rijlessen nemen,' zei hij. 'Dan gaan we een keer toeren.'

Ik knikte en zei dat het me leuk leek.

19

Ik was fondsen aan het werven in het dorp toen ik Bente weer zag. Het was voor het eerst dat ik haar weer zag sinds de keer dat ik was blijven slapen. Ze had die ochtend ontbijt gemaakt. Het was *prettig*. Zij werd niet hysterisch, ik probeerde niet van het balkon te klimmen. Er waren crackers met jam en gekookte eieren. Zwarte koffie. Ik heb nog nooit een vrouw zo sierlijk gekookte eieren zien eten. Sommige mensen duwen hun ei in één keer naar binnen, als een slang. De rest van de populatie snijdt het ofwel in kleine stukjes voor op brood, of ze lepelen het uit. De gedachte alleen maakt me misselijk. Bente pelde eerst zorgvuldig het ei, zonder daarbij de helft van het wit los te trekken, zoals je dat helaas maar al te vaak ziet gebeuren tegenwoordig, en sneed het vervolgens met twee vloeiende bewegingen in vier identieke stukken. Die prikte ze aan haar vork en bracht ze naar haar mond. Het was revolutionair. Ze had het ei zo perfect ontleed dat ik het mijne liet staan. Bij het afscheid wist ik niet wat ik moest zeggen. Ik wilde blijven, maar besefte direct hoe bespottelijk dat zou klinken. Dus zei ik maar niets. Ik zwaaide.

De weken daarna moest ik me bedwingen om haar niet thuis op te zoeken. Ik was geen pubermeisje. Deze bevlieging moest de kop worden ingedrukt. Het paste me niet, het was een onwelkome stuip. Ik betrapte mezelf op ideeën en gedachten die me niet lang daarvoor nog fysiek onpasselijk zouden hebben gemaakt. Het plan om haar een zingend telegram te sturen, of erger: rozen. Een gedicht te schrijven, bij zacht maanlicht voor te lezen. Haar naam in een boom te kerven, op een viaduct te kalken, of achter een vliegtuig te hangen. Zulke klefheid was mij niet gewoon, het bleef als een oudbakken muffin aan mijn gehemelte plakken. Ik wilde haar vergeten, maar nu liep ze daar, onmiskenbaar, aan de andere kant van de winkelstraat. Ze droeg een zwarte baret en een wollen jas met een lint om haar middel. Ze was wezen winkelen, en had de handen vol met tassen van Ici Paris en Hunkemöller.

Ik was net een corpulente vrouw aan het vertellen over Stichting Doe Een Wens. Die laten wensen van ten dode opgeschreven kinderen uitkomen. Disneyland, meestal. De ziekte vreet ook aan hun fantasie. De vrouw wilde zich net opgeven als donateur. Ik moest weg. Bente had er stevig de pas in, nog even en ze was uit zicht. De straatstenen onder haar lichtten op als in een clip van Michael Jackson. Tegen de obese dame zei ik: 'Pardon, mevrouw. Ik moet er even vandoor. Mijn collega helpt u verder.' Ik wenkte Kemal. 'Neem het even over,' zei ik. Hij keek met grote ogen naar de massieve klomp vrouw voor hem, en begon hakkelend een verhaal over kleine Jeffrey die een dag van het infuus mocht om op een dolfijn te rijden. Voor haar zouden ze een orka nodig hebben, dacht ik. Met mijn klembord onder de arm zette ik de achtervolging in.

'Doe een wens,' zei ik. Ze draaide zich om en glimlachte minzaam. Ze had een blauw oog. Dat had ze vorige keer nog niet.

'Ben je weer aan het werk?' vroeg ik.

'Zoiets,' zei ze. 'Jij?'

'Ik zamel geld in voor zieke kinderen.'

'Dat is erg nobel van je.'

'Het betaalt goed.'

Een minimaal lachje.

'Hoe gaat het met je?'

'Ik mag niet klagen.'

'Ik heb aan je gedacht,' zei ik, en ik had daar meteen spijt van. 'Sorry,' zei ik. 'Dat was nergens voor nodig.'

'Het geeft niet. Je bent schattig.' Ze zweeg. Het gesprek ging niet zoals ik hoopte. Ze kwam verstrooid over, gedesoriënteerd. Haar gezicht stond naar mij toe, maar haar voeten waren al gedraaid. Haar lichaam hing naar voren als dat van een sprinter die een valse start gaat maken. Ze kon niet wachten om het op een lopen te zetten.

'Zullen we zo wat gaan drinken?' probeerde ik. 'Ik ben zo klaar.'

'Het komt even niet uit,' zei ze. 'Maar lief dat je het vraagt.'

Ik verbeet mijn teleurstelling.

'Mag ik je een keer bellen?'

'Doe maar,' zei ze. We namen afscheid en ik pakte haar hand beet.

'Wel opnemen, hè.'

Ik liep terug naar Kemal. 'Sorry,' zei ik. Hij zei dat het niet erg was, de donatie stond nu op zijn naam. 'Die vrouw was haar gewicht in goud waard, man,' grinnikte hij. Het was al zijn twaalfde donateur van die middag. Mensen waren guller wanneer de zieke kinderen in eigen land wonen.

Na mijn dienst ging ik naar huis. Op mijn kamer dacht ik na. Het gesprek met Bente verontrustte me. Haar blauwe oog. Dat was niet het werk van een keukenkastje, hier was geen uit de hand gelopen potje trefbal aan voorafgegaan. Het was mijn zaak niet, maar ik moest het weten. Ik besloot die avond uit te zoeken wat er aan de hand was. In mijn kledingkast zocht ik naar een geschikt tenue. Het lag er nog. Rond mijn veertiende had mijn vader een periode waarin hij me voor het leger probeerde te enthousiasmeren. Hij kocht voor mij fotoboeken van tanks en vliegtuigen, een kaartje voor de open dag van de landmacht (dat was gratis, nota bene), en vooral: camouflagekleding. Het paste nog. Met moeite, maar soit. Een gekrompen mosgroene trui die een reepje huid tot mijn navel blootlegde, een zwarte muts en een gevechtsbroek in woestijnkleuren. Geen van alle eerder gedragen. Ik stopte een zaklantaarn en een verrekijker in mijn rugzak, en stapte op de fiets.

Bente had een schuurtje in haar tuin, had ik vorige keer gezien. Daar zette ze haar brommer in. Het leek mij een ideale observatiepost. Eerst liep ik zo onopvallend mogelijk een paar keer langs de voorzijde om te zien of ze thuis was. In iedere andere buurt zouden ze me ervan verdacht hebben een inbreker te zijn, maar hier viel niets te halen. De gordijnen waren dicht, wel kon ik zien dat er licht brandde. Ik liep achterom, keek of er niemand keek, en sprong. Ik zette mijn vingers achter de dakrand, en trok mezelf op. Het kostte me moeite. Zo moest de vrouw van die middag zich ook voelen als ze zichzelf uit het zwembad probeerde te hijsen. Ik voelde natte bladeren onder mijn vingertoppen, en probeerde de reflex om los te laten te onderdrukken. Een kleine krachtsinspanning later lag ik platbuiks op het dak. Observatie vanaf een hoger gelegen positie, uit het boekje. Mijn vader had gelijk, ik zou bij de commando's moeten. Ik tijgerde over de vochtige kiezels waarmee het dak geïsoleerd was richting de hoek, vanwaar ik Bentes woonkamer kon zien. Nu pas merkte ik dat ik zelf vanuit elk slaapkamerraam in de wijde omgeving zichtbaar was. Ik haalde mijn hand door de goot en smeerde de prut over mijn wangen uit.

Binnen zat Bente op de bank. Voor haar stond een fles wijn, en een glas. Twee glazen. Ik vloekte binnensmonds. De deur naar de gang ging open, en er kwam een gestalte tevoorschijn. Ik pakte mijn verrekijker. Het was een man. Daar vreesde ik al voor. Dat ik niet meer dan een tussendoortje was, een kaasvlinder, een garnaalkroket. Ik nam mijn rivaal in me op. Hij had vreemd, dun, warrig haar dat er zo verlept uitzag dat het mij niet zou verbazen wanneer je het van zijn schedel kon blazen als pluis van een paardenbloem. Zijn ogen zaten verscholen achter een rond, intellectualistisch brilletje. Deze vent was geen concurrentie, hij was een lachertje. Iemand als hij kon Bente niet bevredigen. Die gebruikte het bed alleen om boeken te lezen.

Bente schonk hem meer wijn in. Zij deed het praten, hij dronk vooral. Ik zoomde in op zijn mond, waarop een wrange grimas rustte die niets met het druivenras te maken had. Het was niet gezellig, zoveel was zeker. Bente sprak met veel gebaren, hij zat daar maar als een ingezakte Boeddha op de bank. Nadat ze was uitgesproken, stond hij op. Hij liep naar Bente toe en sloeg haar met de vlakke hand in het gezicht. Daarna pakte hij haar bij de haren en trok haar naar de grond. Ik stond versteld. Bente niet. Ze onderging het zonder verzet, met de geroutineerde beheersing van iemand die weet dat elke vorm van verzet tot escalatie leidt. Ze lag erbij als een prooidier dat zich dood hield opdat de fatale beet aan haar voorbij zou gaan. Het hielp niet. Hij bleef maar maaien. In de maag, in de nierstreek, in de nek. Deze man was gevaarlijk, ik was radeloos. Moest ik ingrijpen? Kon ik ingrijpen? Wilde ik ingrijpen? Soms zag mijn moeder een kat in de tuin een merel besluipen. Dan tikte ze met haar trouwring op het raam, waarna het betrapte dier terug de struiken in schoot. Dat leek me hier ontoereikend. Ik moest iets doen. Met de achterkant van mijn zaklamp een stuk uit zijn schedel slaan, hem castreren met een roestige heggenschaar. Zijn brilletje in tweeën buigen. Maar ik lag daar maar. Besluiteloos, gehypnotiseerd. Laf. Met elke klap keek hij meer verbeten. Hij zou haar doodslaan. Ik zat naar een slechte voorstelling te kijken, waaruit ik niet durfde weg te lopen. Ik moest op de pauze wachten.

Door de lens zag ik hoe hij Bente omdraaide, op haar rug. Ze huilde, er kwam bloed uit haar mond. De intellectueel rukte de blouse van haar lijf. Geen wonder dat de gordijnen dicht waren. Hij klemde zijn hand om haar keel. Ik wist wat ik moest doen. Ik pakte mijn telefoon en belde het nummer van Bente. Hij schrok. Ze had zo'n polyfone ringtone, die ik ook vanaf het dak luid en duidelijk kon horen. Een geluid dat je met geen mogelijkheid kunt negeren. Ik liet de telefoon net zo lang overgaan tot hij enigszins verward de telefoon van de salontafel pakte en opnam.

'Hallo?' hijgde hij.

'Ik kan je zien,' zei ik. 'Laat haar los.'

Hij sprong op en rukte de gordijnen open. Verkeerde kant, lul. Bente lag er beroerd bij, maar ze was nog bij bewustzijn. Met trillende handen probeerde ze haar kleding te fatsoeneren. Haar dichtgeslagen ogen keken dankbaar mijn kant op.

20

We gingen Ernst zelf wegbrengen. Ik zat naast hem op de achterbank. Hij keek nietsvermoedend naar buiten, geen idee wat hem te
wachten stond. De bestemming van vandaag was Villa Zonneschijn. Mijn ouders waren naar elke opvang in een straal van honderd kilometer geweest, de laatste twee kandidaten hadden ze zeker
vijf keer bezocht. Ze spraken met het personeel, met de directeur, er
waren informatieavonden en rondleidingen. Mijn vader stond erop
om aan beide opties ook een verrassingsbezoek te brengen, zodat ze
niet de tijd hadden om de dagelijkse praktijk mooier voor te stellen
dan ze in werkelijkheid was. Uiteindelijk kozen mijn ouders voor
Villa Zonneschijn. Dat had meer weg van een vakantiepark dan van
een opvang. Er werd uitsluitend biologisch gegeten, ze hadden voor
iedere bewoner een persoonlijk programma en al het personeel had
een strenge sollicitatieprocedure doorlopen. Elke dag gingen de bewoners minstens een uur naar buiten, behalve als het regende. Over
alles was nagedacht.

Villa Zonneschijn was zo exclusief dat ze een ballotage hadden.
Een formaliteit, want zowel onder lotgenoten als bij het verplegend personeel was Ernst vanaf de eerste ontmoeting ongekend
populair. Daarna was het snel gegaan. Twee weken daarvoor werd
het contract getekend. De dag ervoor hadden mijn ouders zijn
spullen gebracht, nu was hij zelf aan de beurt. Ik vroeg me af of hij
het wist. Of hij de spanning in de auto kon voelen. Mijn vader zat
zwijgend achter het stuur, mijn moeder, normaal gesproken niet

te beroerd om Ernst te vertellen hoe haar dag was, hield de kaken stevig op elkaar. Stilte, het geluid van verraad. Hij had geen idee, maar voor de zekerheid was het kinderslot naar beneden.

Villa Zonneschijn ligt op de Utrechtse Heuvelrug, ergens tussen Baarn en Soest in. Omwonenden noemden de bewoners orang-oetans, bosmensen. Volgens de directie was er bewust voor een bosrijke omgeving gekozen, een serene locatie waar de gehandicapten optimaal tot rust konden komen. Ze vertelden er nooit bij dat deze plek niet gekozen was, maar opgelegd. Het was eenvoudigweg onmogelijk om een project voor begeleid wonen op te zetten binnen de bebouwde kom. Daar zorgden de bewonersorganisaties wel voor. De gedachte aan een huis vol verstandelijk gehandicapten in de buurt was weliswaar niet zo benauwend als het idee van een veroordeelde pedofiel of een asielzoekerscentrum in de straat, maar nog altijd genoeg om een petitie van de grond te krijgen. In het Gooi alleen waren zeker vijf projecten voor begeleid wonen, die zich allemaal ergens diep in het woud bevonden. Daar waar het geen kwaad kon.

Mijn vader stopte de auto voor een ijzeren poort. Hij schoof het raampje naar beneden, en drukte op een knop naast de intercom. Het hele terrein was omringd door manshoge hekken. Ontsnappingsgevaar. Na een minuut kwam er een vrouw aanlopen om ons binnen te laten. We reden het grind op, en mijn vader parkeerde. Zodra we stilstonden, werd de auto omringd door nieuwsgierige bewoners die uit alle kieren en gaten tevoorschijn leken te komen. Het deed me denken aan *Jurassic Park*. Ik wilde in de auto blijven, me verschuilen voor al het griezeligs dat hier buiten rondliep. Dit was geen instelling, dit was een reservaat. Een jonge creool op blote voeten bonkte op de ruiten. Een vrouw in een elektrisch karretje reed tegen de buitenspiegel, terwijl een mollige jongen aanstalten maakte om op de motorkap te gaan liggen.

Hoe langer we stilstonden, hoe meer bewoners zich meldden. Mijn ouders waren hier eerder geweest, maar zelfs zij leken me angstig. Ernst keek geboeid naar zijn nieuwe huisgenoten. Misschien had ik het wel verkeerd gezien, en was hij hier uitstekend op zijn plek. Deze mensen waren hier ooit, net als hij, door hun ouders achtergelaten. Ze waren verworden tot een stel wilden. Misschien dat hij ooit, net als zij, de familie van een nieuwe bewoner de stuipen op het lijf zou jagen. Bonzend op de ramen, trekkend aan portieren.

De vrouw die de poort had geopend, verscheen bij het raam. 'Kom maar, hoor,' zei ze. 'Ze bijten niet.' Ik schudde mijn hoofd. Dit was erger dan *Jurassic Park*. Ik ging nog liever in bad met een velociraptor dan dat ik de auto verliet. Ze haalde een fluitje uit haar zak en blies erop. De bewoners staakten onmiddellijk hun activiteiten en liepen naar binnen. 'De kust is veilig,' zei ze. Ik verzamelde mijn moed en stapte naar buiten.

De vrouw stelde zich voor als Veerle. Aan achternamen deden ze niet. Ze stelde voor om een rondleiding te geven. Mijn ouders hadden alles al gezien, maar ze vond het belangrijk dat het hele gezin betrokken was. We liepen naar binnen. De villa was indrukwekkend. Een statig, wit pand, midden in het woud. Het moest miljoenen waard zijn. Ergens vond ik het zonde, wat ze er nu mee deden. In de gang hing een kapstok met boven de haakjes de namen van de bewoners. Bob, Riek, Cor, Jef, Julia, Thimo. Gehandicapten hebben bijna altijd korte namen. Alsof de ouders zichzelf er onbewust aan willen herinneren om het simpel te houden. 'Niet bang zijn,' zei Veerle. 'Ik ga Ernst voorstellen aan zijn nieuwe huisgenoten. Ze doen niks, ze zijn alleen nieuwsgierig.'

We liepen de woonkamer binnen. Daar zaten de wezens die net onze auto hadden bestormd. 'Attentie allemaal,' zei ze. 'Dit is Ernst. Hij komt hier wonen. Zeg maar even gedag.' Dat lieten ze zich geen twee keer vertellen. Zij die konden praten, begroetten hem. Anderen mompelden wat met hun hoofd naar de vloer, of begonnen over zijn rug te wrijven. Ernst liet het allemaal lijdzaam over zich heen komen. Hij stond erbij als een levend standbeeld tussen de dronken toeristen. Niet bewegen, ze lopen vanzelf door. Een paar van hen maakten aanstalten om ook aan mij te plukken, maar Veerle pakte haar fluitje erbij en ze gingen direct zitten. Ik begon te geloven dat mijn ouders de juiste keuze hadden gemaakt.

De woonkamer was kleurrijk ingericht. Overal hingen tekeningen die de bewoners, maar misschien ook wel de stagiaires, gemaakt hadden. Huizen met zonnetjes, mannetjes met zwaarden, tomeloos gekras – abstracte kunst voor wie het zien wilde. Naast Veerle waren er nog twee begeleiders aangekomen. Een gedrongen vrouw die vijfentwintig of veertig kon zijn, en een verwijfde jongen die bezig was de tafel af te nemen. Doordeweeks waren er drie begeleiders op een groep van acht bewoners. Op zaterdag en zondag was twee afdoende. Net als studenten gaan veel gehandicapten in het weekend naar huis. Er klonk een cd van Frans Bauer op de achtergrond. Sommige bewoners deinden mee op de maat van de muziek. Er zijn tuinders die hun tomaten naar Mozart laten luisteren omdat ze dan beter groeien, maar wij laten het gebeuren dat elke woongroep binnen de landsgrenzen wordt ontsierd door het volkse geblaat van Bauer, Smit en Weber. Niemand die op het idee komt om, ook al is het voor een dag, Jeff Buckley of The Kinks op te zetten.

Veerle liep met ons mee naar de kamer van Ernst. Die was op de begane grond, hij kreeg de beste kamer van het huis. Een fraai uitzicht op de bosrand, als je het kippengaas verderop wegdacht. Mijn moeder had ze een foto van zijn slaapkamer in Hilversum gestuurd, zodat ze de ruimte op een vergelijkbare manier konden inrichten. Om het proces van gewenning te bevorderen. Er stond een bed met daaraan een Zweedse band bevestigd. Van de brandweer mocht de deur niet op slot, en dit moest voorkomen dat Ernst 's nachts ging dwalen. Alsof het omdraaien van een sleutel meer moeite kost dan het losgespen van drie strakgetrokken riemen. De Zweedse band wordt om de buik en heupen van een gehandicapte gespannen, en houdt hem strak tegen het matras gedrukt. Ze zeggen dat het ontwerp is afgekeken van Franco's wurgpalen. Er hing een wasbak aan de muur, met een plankje erboven voor toiletartikelen. Ernst had de beschikking over een houten bureau, met een stoel ervoor. Voor als hij de aandrang voelde een lange brief te schrijven. Een inloopkast waarin al zijn kleren hingen. Hij had het niet slecht voor elkaar.

Na de slaapkamer bezichtigden we de badkamer, het muzieklokaal, de speelkamer en de snoezelruimte: een verduisterde kamer met lavalampen waar een gedimd sfeerlicht van afkwam, zachte matrassen en kussens op de grond, lasereffecten die op de muur werden geprojecteerd. Alsof ik in een lsd-trip was beland op de set van een futuristische pornofilm. Ik huiverde toen Veerle vertelde dat er één keer per maand een masseur langskwam die in deze ruimte de gehandicapten stevig onder handen nam. Aanraking is heel belangrijk, stelde Veerle. Veel bewoners hebben problemen met intimiteit. Voldoende knuffelen, dat hielp. Ik wilde weg.

In haar kantoortje nam Veerle ons apart om het rooster van Ernst door te nemen. Ze schonk koffie voor ons in, Ernst kreeg limonade. Ze zei: 'Jullie zullen het wel raar vinden om hem hier achter te laten. Daar hoeft u zich niet voor te schamen, dat heeft iedereen. Maar u moet weten dat wij hem slechts in bruikleen hebben. Hij blijft gewoon van u. Wanneer u hem mist, kunt u altijd even langswippen. Wel even bellen van tevoren, natuurlijk.' Ze lachte bemoedigend. 'In onze ervaring wennen de meeste cliënten al snel. Ze worden gemakkelijk in de groep opgenomen. Onze bewoners vormen een hechte club. Daarnaast organiseren we allerlei activiteiten om dat proces te versnellen.' Ze schoof me een lijst toe.

Zwemmen, muziekles, snoezelen, schilderen, boswandeling, winkelen, paardrijden, filmavond, sportdag, er kwam geen einde aan. En dat was slechts het standaard ingeroosterde deel van de dagbesteding. Daarnaast had iedereen nog een persoonlijk programma. Variërend van *werk* voor de bewoners met een relatief hoog niveau tot *dutje* voor wie zulks te veel gevraagd was. De werkplek was een restaurant dat net buiten het terrein lag. Daar konden de bewoners van tien tot vijf naast de frituur staan toekijken hoe vrijwilligers frikadellen in het vet gooiden. Je kon er goedkoop eten, dus het was er nog druk ook. De gehandicapten hier hoefden zich niet te vervelen. Nog meer activiteiten en

Ernst zou een eigen secretaresse nodig hebben.

Ik moest denken aan alle mensen die al dan niet gedeeltelijk afgekeurd thuiszaten. Dertig, veertig, vijftig procent. Overbodig tot aan het bittere einde, verdoemd tot een leven op de bank. Nee, dan de bewoners van Villa Zonneschijn. Honderd procent nutteloos, maar elke dag was een vruchtbare. De meest productieve gehandicapten na Stephen Hawking. Ze boften maar.

Nadat de toer voltooid was, liepen we terug naar de auto. Ernst sjokte achter ons aan, klaar om terug naar huis te gaan. Hij had het nog steeds niet door. De volgende keer dat hij naar huis mocht, was over twee weken. Ik was bang dat hij tegen die tijd vergeten was wie ik ben. Hij was nooit langer dan vierentwintig uur uit mijn zicht geweest. Ik wist niet wat ik moest zeggen, dus zei ik: 'Tot snel, Ernst.' Mijn vader omhelsde hem op een vreemde, mannelijke manier. Zo'n vader-zoonmoment, alsof Ernst zojuist zijn eerste karper had gevangen. Mijn vader had de rondleiding met een zekere nonchalance ondergaan, maar ik zag dat hij het moeilijk had. Ernst moet het ook gevoeld hebben, aan de omhelzing hield hij een stel gekneusde ribben over. Mijn moeder huilde en hing aan zijn arm. Mijn vader opende zijn portier. 'Tot snel, jongen,' zei hij voordat hij instapte. Automatisch wilde Ernst aan zijn kant instappen. De deur zat op slot. Niet-begrijpend trok hij aan de deurhendel. Mijn vader startte de motor en reed langzaam naar de poort. Ernst liep met het voertuig mee, stapvoets, als kraaien naast een rouwstoet, nog steeds in de overtuiging dat de deur ieder moment voor hem kon openzwaaien. Hij dacht dat het een flauwe grap was. Zijn blik probeerde ik te ontwijken, maar ik voelde hem prikken. Ik keek weg zoals ik zo vaak heb weggekeken. *Dit was niet mijn idee.*

Veerle opende de poort en sloot die zodra we buiten stonden. Ik denk dat Ernst het toen pas begreep. Hij pakte met beide handen het hekwerk beet en rammelde het door elkaar. Mijn vader trok niet op. Hij stond daar maar, te kijken naar zijn zoon achter de tralies. In die gevangenis van goede bedoelingen. Veerle sloeg haar arm om zijn middel en wilde hem met zachte dwang naar binnen leiden. De masseur kwam zo. Ernst was niet in beweging te krijgen. Zijn gezicht kwam boven het hek uit, als de kop van een brontosaurus. Mijn moeder legde haar hand op de knie van mijn vader. Hij schakelde naar de eerste versnelling en reed weg zonder om te kijken.

21

De glazenwasser klopte op het raam. Ik keek op. 'Sorry van Ernst,' riep hij. De hele buurt wist het inmiddels. Een kolos als Ernst valt op in aan- en afwezigheid. Een paar dagen daarvoor besloot mijn moeder aan de onrust een einde te maken. Ze vertelde aan de buurvrouw dat Ernst nu ergens anders woonde, in het bos. Een paar uur later wist iedereen het. Mensen spiedden vol deernis naar binnen wanneer ze langs ons huis liepen. Ze gedroegen zich alsof we Ernst aan een schroothandelaar hadden meegegeven, alsof we hem hadden laten euthanaseren. Zo ongebruikelijk is het niet voor een man van boven de twintig om uit huis te gaan. Buren die ik alleen van gezicht kende, kwamen aan de deur vragen of alles goed ging, of ze iets konden betekenen.

De laatste keer dat de buurt zo van slag was, weet ik nog goed. Meneer Visser, de vaste klusjesman in onze straat, was overleden. Iedereen in ons postcodegebied had dezelfde mensen in dienst. Dezelfde tuinman, dezelfde loodgieter, en meneer Visser dus. Na zijn overlijden kwam de machine knarsend tot stilstand. Plotseling moesten mensen hun eigen goot uitscheppen. Kapot waren ze ervan, voortaan moesten ze gewoon btw betalen. Maar ook medeleven heeft voordelen. De meest fanatieke buren kwamen 's avonds dampende pannen eten brengen – 'je moeder heeft vast veel aan haar hoofd nu' – of schoven een complete leesmap door de brievenbus, anderen boden aan om twee keer per week te komen stofzuigen of de was te doen. Het meest interessante aanbod kwam van een gezin dat tegenover ons woonde. Op een avond stonden ze voor de deur.

'Wij zijn de familie Flaman. Van de overkant,' verklaarde het echtpaar.

'Wacht even, dan haal ik mijn vader,' zei ik. Net als ik kende mijn vader de buren alleen van gezicht, niet van naam. Hij onthield ze aan hun manier van doen. Ze maaiden ieder weekend het gras in hun overdreven aangeharkte voortuin. Ze keken nooit televisie wanneer je naar binnen keek. Op zaterdag gingen ze fietsen. Waarschijnlijk lazen ze hun kinderen nog voor ook. Het ergste vond mijn vader nog dat ze twee kranten ontvingen. Een in de morgen, een in de avond. Daar wilde hij al tijden wat van zeggen. Mijn vader arriveerde en keek niet zonder teleurstelling naar de uitgestoken, maar lege handen. Hij moet gedacht hebben dat ze eten kwamen brengen.

'Wij zijn de familie Flaman,' vatte de man het voor mijn vader nog eens samen. En daarna: 'Freek.' 'Renske,' zei zijn vrouw.

'Hallo,' zei mijn vader.

Renske vertelde dat ze de avond erop naar het theater gingen, maar dat hun vaste oppas ziek was geworden. Het was te laat om nog te annuleren, en zo waren ze op het idee gekomen om ons te vragen of we op hun twee kinderen konden passen. 'Ze zijn uitstekend opgevoed,' voegde Freek er voor de volledigheid aan toe. Het was een pathetisch verzoek. Deze mensen dachten dat het gat dat Ernst had achtergelaten, kon worden opgevuld met hun eigen verwende kroost. Alsof hij een of andere schildpad was die je ongemerkt kon verwisselen. Ik zette me alvast schrap. Mijn vader zou de familie Flaman toeschreeuwen dat ze dat theater in hun reet konden steken, en de kinderen erbij. Daar was ik van overtuigd. Maar een tirade bleef uit. Hij perste er met moeite een glimlach uit en zei: 'Wat een enorme eer. Dat doen we natuurlijk graag. Toch?' Hij sloeg me op de schouder. 'Ja,' zei ik. 'Leuk.'

De volgende avond liepen we op het afgesproken tijdstip naar de overkant. Renske deed open. Mijn vader overhandigde breed grijnzend een fles witte wijn. 'Wat attent,' zei ze. Net toen ze wilde vragen of we binnenkwamen, merkte ze het op. 'O,' zei ze. Mijn vader had een lijn in zijn hand, met aan het uiteinde daarvan een hond. Wilbert. Mijn vader stond erop dat hij meeging. Het dier was behoorlijk van slag sinds Ernst uit huis was. Hij liep met zijn kop tegen gesloten deuren aan, verloor op ongezette tijden de controle over zijn blaas, en verdween soms hele dagdelen om zich uiteindelijk weer piepend voor de deur te melden. Dat beest wordt dement, dacht ik.

Mijn vader had ergens gelezen dat honden aardbevingen kunnen voorspellen. Sindsdien verliet hij het huis niet zonder. 'Een hond,' zei Renske. 'Wat bijzonder.' De familie Flaman leek mij te behoren tot het slag mensen dat voor alles allergisch is, en zelfs al was dat niet het geval, de gedachte aan hondenharen op hun designbank zou hen zeker doen gruwelen. Mijn vader legde uit dat de hond van slag was de laatste tijd, en dat hij hem niet thuis durfde te laten. Hij is goed met kinderen, voegde hij eraan toe. Zonder een antwoord af te wachten, beende hij naar binnen. Freek schrok ook van de hond, maar probeerde dat niet te laten merken. Renske parkeerde de fles wijn in de koelkast, een Amerikaans model met aan de onderkant een schuif waar met een druk op de knop ijsblokjes uit kwamen buitelen.

Ik zag de teleurstelling op het gezicht van mijn vader. Wanneer ik als kind naar de bioscoop ging, propte hij mijn zakken altijd vol met cola en snoep. Hij moet gedacht hebben dat het in het theater ook zo werkte. Dat Freek de fles wijn onder zijn overjas zou steken en mee de zaal in zou smokkelen, zodat ze in de pauze niet in de rij voor de bar hoefden te staan. Renske zag er fantastisch uit. Ze had zich opgedoft: het haar opgestoken en het decolleté uitnodigend als een gratis buffet. Omwille van de kinderen deed ik mijn best een erectie te onderdrukken.

De woonkamer zag eruit zoals ik verwacht had. De vloeren geboend, de kastjes stofvrij. Aan de muur veel foto's van het gezin op locatie, voor musea en in historische binnensteden. We werden aan de twee kinderen voorgesteld. Nog geen tien jaar oud, maar dat weerhield hen er niet van om zich met voor- en achternaam te introduceren. Hun ouders presenteerden ons een mapje, nee: een boekwerk, met daarin alle instructies. De kinderen moesten om negen uur naar bed. Ze hadden al gegeten. Wel mochten ze nog een glaasje vruchtensap. Ze dienden minimaal twee minuten hun tanden te poetsen, vooral de jongste had een neiging tot smokkelen. Mijn vader las het allemaal aandachtig, vroeg zelfs om een pen om belangrijke passages te onderstrepen, en beloofde plechtig de regels te handhaven. Freek en Renske konden met een gerust hart naar hun theater.

Zodra het echtpaar Flaman de oprit af was gereden, tilde hij de kinderen op de bank en zette de televisie aan. 'Let jij maar even op ze,' zei hij tegen mij. Daarna opende hij de schuifdeur naar de achtertuin. Natuurlijk, dacht ik. De Chinezen. Mijn vader had niet toegezegd omdat hij zo van kinderen hield, maar omdat dit huis pal naast dat van de Chinezen lag. Sinds ze het geschenk van mijn vader hadden gebruikt voor hun pedicure, had zijn obsessie een vlucht genomen. Hij kocht tassen vol boeken over hun geschiedenis, over de slinkse wijze waarop ze Afrika opkochten, de wrede onderdrukking van het Tibetaanse volk. Zijn meest recente aankoop ging over een machine die ze gebouwd hadden om op kunstmatige wijze regen te veroorzaken, zodat men ook in de drogere gebieden van China tot een goede oogst kon komen. 'Zelfs de wolken zijn niet veilig,' concludeerde hij na lezing, niet geheel zonder bewondering.

Vanuit de woonkamer zag ik mijn vader siertegels opstapelen, zodat hij over de schutting kon kijken. Het leek me beter me er niet mee te bemoeien. Bovendien: zo bleef hij tenminste uit de buurt van de kinderen. Het zou me niets verbazen als hij de vruchten van een decennium aan goede opvoeding in één avond teniet kon doen. En goed opgevoed, dat waren ze. Bij alles wat ze deden, vroegen ze of het mocht. Behalve opruimen, dat deden ze uit zichzelf. Nadat ik voor mezelf een glas sap had ingeschonken en opgedronken, stond het meisje direct op om het lege glas terug naar de keuken te brengen. Ze spoelde het af. Ik moest me bedwingen om niet allerlei klusjes voor ze te verzinnen. Loop de trap op, nu weer terug, druk je twintig keer op. Ik besloot me in te houden, en liet de jongen een tosti voor me maken. De kruimels veegde hij met een geel doekje de gootsteen in.

Klokslag negen uur zeiden de kinderen in koor: 'Het is bedtijd, meneer. Mogen wij nu naar boven?' Dat mocht, ik liep met ze mee. De slaapkamerdeur van het echtpaar Flaman stond open. Ik zag dat er in het stopcontact een verstuiver zat die een dennengeur verspreidde. Het bed was met militaire precisie opgemaakt, alsof er een drilsergeant in de logeerkamer verbleef die te pas en te onpas kwam controleren of de sprei wel strak genoeg was aangetrokken. Ik trok snel de deur dicht. De hond was achter me aan de trap op gelopen, en ik vermoedde dat de Flamans zijn aanwezigheid in hun slaapkamer niet op prijs zouden stellen. Nadat de kinderen hun tanden met behulp van een eierwekker hadden gepoetst, las ik ze tien minuten voor uit *Ronja de roversdochter*.

'Welterusten,' zei ik.

'Dag meneer,' zeiden ze.

'En Wilbert dan?' vroeg ik.

'Dag Wilbert,' zeiden ze.

'Aai hem maar even,' zei ik.

De kinderen zeiden: 'Maar dan moeten we onze handen nog een keer wassen.'

Ik zuchtte.

'Doe maar gewoon,' zei ik. 'Van een wormenkuur is nog nooit iemand doodgegaan.'

De jongste stak aarzelend haar hand uit. En toen gebeurde het. Vanuit de achtertuin klonk een luide klap en een al even luid gevloek. Wilbert schrok, blafte en viel uit. Voor ik iets kon doen, had ie het kinderhandje in zijn mond. Zijn kaken klapten dicht als een berenklem. Het was een reflex, meer niet. Een reflex met grote gevolgen. Het meisje zette het direct op een krijsen, en ook uit de tuin kwamen opgewonden geluiden. Ik panikeerde. Liep naar het raam om mijn vader te roepen. Die lag op zijn buik op het erf van de Chinezen, met de goedkope schutting onder zich. Hij had naar voren geleund. De idioot had naar voren geleund. De Chinezen stonden kakelend en volkomen van de leg om hem heen. Ik riep hem, en richtte mijn aandacht weer op het kind. Er kwam bloed uit de wond. 'Houd maar even onder de kraan,' zei ik. Zelfs onder deze omstandigheden was ze gehoorzaam.

Ik trok de hond hardhandig aan zijn halsband de kamer uit. Daarna liep ik wederom naar het raam. Ik zag hoe mijn vader de schuifdeuren probeerde te bereiken, terwijl de Chinezen zijn doorgang probeerden te blokkeren. Hij duwde de heer des huizes aan de kant, glipte naar binnen, en vergrendelde de deur direct. Ik liep weer naar het kind, dat nog steeds huilde. Beneden hoorde ik mijn vader met meubels schuiven. Even later kwam hij rood aangelopen binnen. Ik vertelde wat er gebeurd was. Hij maakte beneden een theedoek nat en maakte de wond schoon. 'Dit hoeft niemand te weten,' dacht hij hardop. Onder ons hoorde ik de Chinezen op de ramen bonzen. Mijn vader verkeerde in staat van ontkenning. 'We kunnen zeggen dat ze zich gesneden heeft,' ging hij verder. 'Wil jij een ijsje verdienen?' probeerde hij het broertje van het slachtoffer alvast om te kopen.

Dit was te ernstig om te verdoezelen. Zonder iets tegen mijn vader te zeggen, liep ik naar beneden en sloeg het boek met instructies open. Ik pakte de telefoon, belde het nummer en vertelde wat er gebeurd was.

Freek was woedend. Of we wel wisten hoe ernstig dit was, vroeg hij. Welke ziektes er allemaal resideren in de bek van een hond, waarom de kinderen hem in godsnaam mochten aaien nadat ze hun handen al gewassen hadden. Waarom we de schutting hadden omgeduwd. De hele buurt kon meegenieten. Ik en mijn vader stonden op de stoep, en ondergingen zijn woede gelaten. Renske had de kinderen al in de auto geladen om naar het ziekenhuis te rijden voor een injectie tegen hondsdolheid, maar haar man was nog lang niet klaar met schuimbekken. Mijn vader had nu eens niet het hoogste woord. Freek schreeuwde dat dit nog niet voorbij was, na het ziekenhuis ging hij aangifte doen bij de politie. Ik wist wat dat betekende. Mijn vader wist wat dat betekende. Bijtende honden hebben niet lang meer te blaffen. Die krijgen een spuitje.

Mijn vader wist wat hem te doen stond. Het was zijn eer te na om een ambtenaar, een bureaucraat, zijn hond te laten afmaken. Mijn vader mocht dat beest ook niet, maar het was wel zíjn beest, zíjn verantwoordelijkheid. Hij nam niet eens de moeite om een zak te halen. Zonder aarzelen tilde hij Wilbert op aan zijn halsband, en droeg hem naar de vijver naast ons huis. Daar pakte hij de hond als een cobra achter de nek beet, en duwde hem onder water. Het dier stribbelde tegen, maar mijn vader had een ijzeren grip. 'Hebben jullie nu je zin?' riep mijn vader naar een verbouwereerde Freek. De hele wijk was inmiddels wakker van het gepiep en gespetter. Hij liet niet los. Renske hield een hand voor de ogen van haar dochter. Langzaam werd het spartelen minder, tot de poten van de hond slechts bij wijze van stuip leken te bewegen, als molenwieken op een windstille zomerdag. Nadat ook daaraan een einde was gekomen, tilde mijn vader het lichaam uit het water en hield het omhoog als in *The Lion King*. 'Tevreden?' blafte hij naar de omstanders. En naar Freek: 'Zal ik het voor je inpakken, of gaat het zo mee?' Hij was overstuur, hij spuugde zijn woorden uit. 'Iemand?' riep hij. 'Laatste ronde!'

Freek, die net nog praatjes had, stond nu verdacht veel dichter bij zijn voordeur. Ik nam het hem niet kwalijk, zo had ik mijn vader nooit eerder gezien. Hij stond stil midden op straat, met in zijn rechterhand de hond. 'Eenmaal, andermaal,' schreeuwde hij. Mensen begonnen behoedzaam terug naar binnen te schuifelen. Mijn vader kreeg een ingeving. Hij liep naar de Chinezen, die in hun deurpost naar het bizarre schouwspel stonden te kijken. Mijn vader liep hun tuin in, liet de hond voor hun voeten vallen en zei: 'Hier, voor in de soep.'

22

Mijn vader was woedend. Mijn moeder had het hem net verteld.

'Ik ga studeren,' zei ze. Mijn vader keek op van zijn bord.

'Dit heb ik niet gehoord,' zei hij, en hij vervolgde zijn maaltijd. Hij dacht dat hij in de maling werd genomen.

Mijn moeder stond op van tafel, liep naar de gang, rommelde in haar handtas en keerde weer terug. Ze hield een pasje omhoog. 'Universiteit van Amsterdam' stond er op de voorkant. Mijn vader stond op, pakte het pasje van haar af en inspecteerde het. Nadat hij er zeker van was dat het een authentiek document betrof, gaf hij het terug.

Hij zei: 'Je vergooit je tijd.'

Zijn reactie viel me mee. Zelf wist ik al een paar dagen dat ze zich had ingeschreven. Ik had het gevoel dat het allemaal mijn schuld was. Dat ze zich had ingeschreven aan de universiteit zodat er tenminste nog één iemand in het gezin zijn hersens gebruikte.

Mijn vader veranderde van strategie. 'Wat wil je?' vroeg hij. 'Zal ik een abonnement op de sportschool voor je betalen? Moet ik je helpen een baan te zoeken?' Ik geloof niet dat hij het begreep. Ik geloof ook niet dat hij het kón begrijpen. Het besluit van mijn moeder was wat hem betreft volkomen irrationeel. Het zou vanzelf overgaan als ze even ging liggen.

'Ik ga studeren,' zei mijn moeder. 'Of je het nou leuk vindt of niet.' De standvastigheid van mijn moeder verbaasde me. Ik was verrast dat ze na al die jaren met mijn vader nog zelfstandig kon nadenken. De hele zomer had ze erop gebroed, en nu ze de knoop had doorgehakt kon niets wat mijn vader zei haar nog van mening doen veranderen. Dat hij niet bij de beslissing was betrokken, vond hij nog het ergst. Dat hij niet de kans had gekregen om haar op andere gedachten te brengen.

'Wat ga je dan studeren, aan die universiteit?' Het laatste woord sprak hij uit met een niet mis te verstaan dedain.

'Geschiedenis,' zei ze. Mijn moeder had getwijfeld tussen geschiedenis, aardwetenschappen en psychologie. Uiteindelijk was het geschiedenis geworden, dat leek haar de meest gepaste optie voor een vrouw op leeftijd.

Mijn vader verslikte zich bijna. 'En wat wil je worden dan?' hoonde hij. 'Later als je groot bent? Laat me niet lachen. Je bent zelf geschiedenis. Leer dan iets waar je wat aan hebt. Haal je vliegbrevet.'

Mijn moeder zweeg. Ze had erover nagedacht, dit was haar beslissing. De argumenten van mijn vader sloegen dood als koud pils in een vet glas.

Het was allemaal de schuld van Ernst, dacht ik aanvankelijk. Sinds Ernst uit huis was, had mijn moeder niets omhanden. Ze had al die jaren voor hem gezorgd, en toen was er niets. Niemand om te wassen, niemand om aan te kleden. Niemand om voor te zorgen. Haar prinsje was weg, en er had zich geen troonopvolger gemeld. Soms ging ik 's avonds naar boven en dan zag ik dat mijn bed was opgemaakt en de kamer gestofzuigd. Met mooi weer fietste ze naar het dorp om daar op een terras te gaan zitten. Alleen, met een café latte.

Pas onlangs kwam ik erachter dat mijn moeder een andere reden had om te gaan studeren. In juni was ze naar de begrafenis geweest van Sarah, een jeugdvriendin met wie ze het contact had verloren. Mijn moeder had haar bewonderd. Alles wat ze aanraakte veranderde in summa cum laude. Na haar studies, vier in getal, binnen evenveel jaren, kon ze overal aan de slag. Ambassadeur bij de Verenigde Naties, gastjurylid van het Nobelcomité, veldmaarschalk van het vreemdelingenlegioen, astronaut, kosmonaut, taikonaut. De wereld was haar grabbelton. Tot ze haar man ontmoette. Tien jaar huwelijk en een heel stel kinderen later had ze nog steeds de banen voor het uitkiezen. Helpdeskmedewerker, kantinejuffrouw, overblijfmoeder. Begin dat jaar werd bij haar kanker gediagnosticeerd, een ongeneeslijke vorm. De dokter zei: 'Misschien dat u de gegeven tijd kunt gebruiken om uw dromen te verwezenlijken.' Daar dacht Sarah anders over. Ze vond het hypocriet om nu de dingen te ondernemen die ze al veel eerder had moeten doen. Dus bracht ze haar laatste maanden door op de bank, en haalde als haar gestel het toestond de kinderen van school. Sarah stierf om vier uur 's middags languit op de bank, terwijl ze een programma keek over mannen die krabben vangen. Op de receptie na de begrafenis sprak mijn moeder met jeugdvriendinnen. Het was een spiegelhuis.

Hester: rechten & economie. Nu: twee keer gescheiden, drie kinderen, pijn aan haar voet.

Deborah: geneeskunde. Nu: Prozac, Valium, bètablokkers. Niet eens zelf voorgeschreven.

Natalie: sociale geografie. Nu: onvruchtbaar.

Ik denk dat mijn moeder die dag heeft besloten dat het zo niet langer kon. Dat ze zich niet langer achter Ernst kon verschuilen. Mijn moeder had een romantische opvatting van studeren. Ze dacht dat ze wat ging opsteken, dat ze met de nieuw verworven kennis en *competenties* de misère van leven met mijn vader zou ontstijgen. Misschien hoopte ze alsnog aan de slag te kunnen als curator bij het Scheepvaartmuseum, of bij een archeologische opgraving in Jordanië. Zeker was ze ervan dat ze tot in de kleine uurtjes met medestudenten zou discussiëren over de teloorgang van het Romeinse rijk en operatie Barbarossa. Het was nog niet te laat, dacht ze. Het is nooit te laat om te leren.

Maar ze zag het verkeerd. Mensen studeerden al lang niet meer om iets op te steken. Ze studeerden om dezelfde reden als dat ze zich onder de oksels wasten en met mes en vork aten. Ze studeerden omdat het van hen verwacht werd. Omdat de norm de noodzaak had verdrongen. De zoon van de slager werd geacht een graad in de biochemie te behalen, de dochter van de postbode diende te promoveren op de derde weg van Tito. Allemaal op kosten van de ouders, die vriendelijk werden bedankt in de vorm van zakken vol vuile kleren die in het weekend pontificaal naast de wasmachine werden neergezet. Vroeger had je een voorsprong als je gestudeerd had, nu heb je in het beste geval geen achterstand.

In Spanje loopt een mongool rond met een diploma in de onderwijspsychologie. Hij schijnt nu consultant te zijn. Ze hebben zelfs een film over zijn leven gemaakt: *Yo, también*. De hoofdpersoon wordt gespeeld door dezelfde mongool, dus we mogen gerust aannemen dat hij nog de toneelschool heeft afgerond ook. Nee, de studiegenoten van mijn moeder zopen liever, neukten, dansten, kotsten liever. Neem ze dat dan nog maar eens kwalijk.

Dat mijn moeder ervoor had gekozen om in Amsterdam te gaan studeren, was geen toeval. Mijn vader had een zeldzame hekel aan die stad. De grachten, de pleinen, de mensen: het deugde allemaal van geen kant. 'Per jaar verdrinken er vijftien mensen in de gracht,' rekende mijn vader me eens voor. 'In bijna honderd procent van de gevallen gaat het om mannen die tijdens het plassen voorover vallen.' Volgens mijn vader zegt het veel over het karakter van een stad wanneer haar mannen er niet langer in slagen het evenwicht te bewaren tijdens het urineren. 'Zeker honderdduizend keer ben ik naar het toilet geweest,' becijferde hij. 'En in geen van die gevallen ben ik ooit omgevallen.'

Na de laatste verdrinking had de lokale politiecommissaris het mannelijke gedeelte van de bevolking opgeroepen om voor de zekerheid alleen nog maar zittend te plassen. 'Ik zou nog liever verzuipen,' zei mijn vader.

Mijn moeder ging met de trein naar Amsterdam voor haar eerste college. Ze had er vijf in de week, verdeeld over drie dagen. De hoorcolleges vonden plaats in de Oudemanhuispoort, een historisch gebouw met grote zalen. De werkcolleges in het PC Hoofthuis, aan de Spuistraat. Een gebouw dat vermoedelijk zelfs in de buitenwijken van Kiev, Belgrado of Tiraspol de kwalificatie 'buitengewoon onverkwikkelijk' zou verdienen. Het was een naargeestig gevaarte, zeven verdiepingen ellende. Niemand bleef er langer dan strikt noodzakelijk. Wellicht is dat de gedachte geweest van de architect. Functioneel lelijk, ontworpen om iedere vorm van langstuderen te ontmoedigen.

De binnenkant was al niet veel fraaier. Linoleum vloeren. Dood licht. Gangen die ergens beginnen en nergens eindigen. Dezelfde jolige sfeer die je doorgaans aantreft in kinderziekenhuizen. Het college, 'Wereld van de Oudheid', zou om negen uur die ochtend aanvangen. Mijn moeder reisde met de fiets in de daartoe bestemde coupé, zodat ze eenmaal aangekomen vlot van het Centraal Station naar de collegezalen kon geraken. Het was druk in de coupé, en medereizigers wierpen mijn moeder een boos oog toe toen haar rijwiel tot drie keer toe omviel bij het wisselen van de sporen. Ze was geen ervaren treinreiziger, de vorige keer kon ze zich nog goed herinneren. En ik ook.

We kwamen terug van oma, de moeder van mijn vader, die haar laatste jaren in een verzorgingstehuis in Amsterdam-Oost doorbracht. Het was bijna kerst, en mijn vader had gedronken. We namen de trein terug naar Hilversum. Bij station Weesp zei mijn vader tegen een donkere dame: 'Volgens mij moet u hier overstappen, mevrouw.' Ze antwoordde dat dit niet het geval was. Mijn vader drong aan. 'Voor station Almere moet u hier overstappen, mevrouw,' hield hij vol. Ik had hem zelden zo behulpzaam meegemaakt. Het duurde even voordat de dame begreep wat mijn vader impliceerde. Ze begon te schelden en te tieren, er was geen woord Papiamento bij, en bleef dat doen tot ze uitstapte op station Naarden-Bussum. Mijn moeder had zich toen al naar het gangpad verplaatst, die wilde niet medeplichtig zijn. Nadat de donkere vrouw de trein had verlaten, bromde mijn vader dat het heus geen schande was om in Almere te wonen.

Mijn moeder had zich goed voorbereid. Toen de trein aankwam, tilde ze haar fiets het perron op en liep ermee naar de uitgang, waar ze het stratenplan openvouwde. Een overbodige handeling, want ze wist precies waar ze heen moest. De week ervoor was ze al drie keer naar Amsterdam geweest om routes te verkennen. Dan wist ze zeker dat ze op tijd kwam. In haar overvolle rugzak zat naast het stratenplan ook een aantal lesboeken – voorgeschreven en niet – over de Oudheid, waarvan ze allemaal vast de eerste vijf hoofdstukken had gelezen. Ze moest wel. Alle andere studenten kwamen rechtstreeks van de middelbare school, die hadden een voorsprong. Ze stapte op de fiets en reed via de Nieuwezijds Voorburgwal en het Spui naar de Oudemanhuispoort. In één keer goed. Bij de poort wurmde ze zich door een haag van rokende mensen, en liep naar binnen. Haar medestudenten leken zich niet druk te maken. Het college begon over tien minuten, maar dat was voor hen geen reden om op te schieten.

Mijn moeder kon zich niet aan de indruk onttrekken dat zij de enige aanwezige was die hier kwam om iets te leren. De rest praatte bij, haalde nog even koffie, of pakte een gratis blaadje uit de bakken, dat ze vervolgens zonder enige schaamte in de collegebanken opensloegen en bijwijlen grinnikend doornamen terwijl de docent al lijdzaam achter zijn spreekgestoelte ging staan.

Mijn moeder liep collegezaal D.008 binnen. Het was er bijna leeg, ze koos een stoel vooraan uit zodat ze alles goed kon volgen. De stoel naast haar werd bezet door een vriendelijk ogende jongen. Ze knikte hem toe en informeerde of de stoel vrij was. Daarna begon ze haar spullen uit te laden. Een ongerept notitieblok, een gum, puntenslijper, pen én potlood, haar lesboek. Allemaal nieuw. Ze behandelde haar toebehoren met respect, anders dan de meeste aanwezigen was ze niet van plan om alles na dit semester weer door te verkopen.

'Sorry voor de brandveiligheid,' zei ze tegen de jongen, en ze knikte naar de uitpuilende rugtas die ze noodgedwongen in het gangpad had gezet.

'Dat geeft niet,' zei de jongen. 'Nieuw hier?'

Ze knikte.

'Ik volg dit vak al voor de tweede keer, dan onthoud ik het beter.'

'Ben je opgenomen geweest?' vroeg mijn moeder. Ze wees naar het gekleurde bandje om zijn pols. Hij lachte.

'Lowlands,' zei hij. 'Bent u ook naar de intreeweek geweest?'

Ze vertelde van niet. Stiekem had ze het overwogen, dat was alles. Ze wist dat ze er niets te zoeken had, maar het had haar plezierig geleken. Een week lang optrekken met haar jeugdige medestudenten. Ze had gehoord dat studenten die geen kamer hadden, konden overnachten in een sportzaal in Buitenveldert. Net als met aardbevingen en overstromingen, maar gezelliger. Een week lang weg van huis, het had haar bijna over de streep getrokken. Maar ze had zich niet ingeschreven om lol te maken, ze had zich ingeschreven om te studeren.

'Zal ik u anders een keertje de stad laten zien?' vroeg de jongen. Mijn moeder nam hem in zich op. Hij had een olijke, weldoorvoede kop. Een warme, behaaglijke lach – als gepofte kastanjes. Waarom ook niet, dacht ze. Tijd zat tussen de colleges door.

'Dat is dan afgesproken,' zei de jongen, en hij stak zijn hand uit. 'Ik heet Boy, trouwens.'

23

Kemal haalde zijn rijbewijs in achttien lessen. Hij vond dat zijn instructeur hem had opgelicht, dat het ook makkelijk in tien of twaalf had gekund. In Turkije reed hij al vanaf zijn veertiende, een keer per jaar, wanneer hij op familiebezoek was. Wie in Turkije kan rijden, kan overal rijden, zei Kemal. Kraters in de weg, overstekend vee, suïcidale medeweggebruikers. Met de theorie had hij nog de meeste moeite. Hij onderschatte het aantal regels en haalde het pas de vierde keer. Tijdens het afrijden had Kemal gezien hoe de examinator bij sommige bochten zijn handen angstvallig om het portier geklemd had. Nadat ze waren uitgestapt, pakte hij een stoffen zakdoek uit zijn colbert en depte er zijn voorhoofd mee. Hij zei: 'Je bent een gevaar voor de mensheid, maar rijden kun je.' Ik denk dat hij het risico niet wilde nemen om Kemal nog een keer naast zich te krijgen. Daarna had hij hem een hand gegeven en op het hart gedrukt om in ieder geval binnen de bebouwde kom zijn best te doen zich te gedragen.

Ik zat naast Kemal, die me thuis was komen ophalen. Hij was al twee dagen niet op zijn werk verschenen. Ziek, vertelde hij het hoofdkantoor. Ik wist wel beter. Hij had geluk dat ik de nieuwe teamleider was. Het was mijn taak om de andere verkopers aan te sturen en ze optimaal tot hun recht te laten komen. In de praktijk zag ik het vooral als mijn missie om te zorgen dat Kemal niet ontslagen werd. Die jongen kon nog geen komkommer op een meisjeskostschool verkopen, het was bijna aandoenlijk. Elke dag aan het eind van de dienst nam ik zijn klembord een uurtje over, en ik zorgde dat er voldoende donateurs op zijn naam kwamen te staan.

Kemal was niet ziek. Hij was al twee dagen onafgebroken aan het rijden in zijn tweedehands Ford. Zijn auto was nog net zo afzichtelijk als de laatste keer dat ik hem zag. Misschien nog wel erger. Zelf zag Kemal er ook niet florissant uit. Er zweefde een dun snorretje boven zijn lip, en hij had diepe wallen onder zijn ogen. Hij had meer puistjes dan gebruikelijk, met een opmerkelijke concentratie rond de slapen. Omdat hij al twee dagen van de pompstations at, zei hij. Gehaktstaven, energierepen en saucijzenbroodjes. De dag ervoor was hij naar Hannover gereden om wat neven te bezoeken.

Die dag was het mijn beurt om mee uit toeren te gaan. Ik had net gegeten, en deed mijn uiterste best om alles binnen te houden. Bij iedere bocht voelde ik de gal mijn huig kietelen. Kemal reed als een dolleman. Honderdzestig over de snelweg, rechts inhalend, klevend en snijdend, over doorgetrokken strepen, linksom over rotondes. 'Doe eens rustig,' zei ik. Dan minderde hij zijn snelheid tot honderdvijftig. Ik had geen idee waar we heen gingen. We hadden al drie keer hetzelfde rondje om Hilversum gereden, op de A27 zit een goede bocht. Nog één keer en mijn maag zou er definitief de brui aan geven. Ik zei: 'Wil je mijn broer ontmoeten?'

Een kwartier later stopten we voor de poorten van Jurassic Park. 'Waarom woont je broer in het bos, man?' vroeg Kemal. Ik had hem inderdaad nooit verteld over de handicap van Ernst. Niet omdat ik me ervoor schaamde, of misschien ook wel. Ik weet het allemaal niet.

'Hij is verstandelijk gehandicapt,' zei ik.

'Wat bedoel je, zit hij in een rolstoel?'

'Verstandelijk,' zei ik. 'Hij is gewoon niet zo slim voor zijn leeftijd.'

'O,' zei Kemal. 'Net als een mongool.'

'Nee, niet als een mongool,' zei ik. Het kwam er bitser uit dan ik bedoelde. Ik kan er slecht tegen wanneer mensen Ernst een mongool noemen. Strikt genomen was het een compliment. Sinds Ernst in Villa Zonneschijn woonde was ik er niet vaak geweest. Mijn ouders haalden hem eens in de twee weken op zaterdagochtend op (dan sliep ik), en brachten hem op maandagochtend weer terug (dito). Ik hoopte dat de begeleiders me überhaupt zouden herkennen. Ze wisten wie ik was, zo bleek wel uit de brieven die we thuis ontvingen uit Ernst zijn naam. Daarin schreven ze: 'Ik ben vandaag wezen zwemmen, dat vond ik erg leuk.' Of: 'Ik heb mijn bord niet leeggegeten vanavond. Dat moet morgen beter.' Ik begreep oprecht niet waarom ze deze poppenkast opvoerden. Mijn moeder wist dat Ernst niet kon schrijven. Zij wisten dat Ernst niet kon schrijven. Wie hielden ze voor de gek? Ik kreeg zo veel post dat hij zo langzamerhand meer aanvoelde als een penvriend dan als een broer. Bij de laatste briefkaart merkte mijn vader grinnikend op dat Ernst wel een ontzettend vrouwenhandschrift had.

Ik schoof mijn raampje open, drukte op de knop onder de intercom en kondigde mezelf aan als de broer van Ernst. Even later kwam er iemand naar buiten lopen, volgens mij heette hij Alex. 'Heeft je broer een butler?' fluisterde Kemal. 'Soort van,' zei ik, en we stapten uit. Er waren deze keer geen gehandicapten op de parkeerplaats. Alex groette niet en zei dat ze Ernst net naar bed wilden brengen. Ik keek op mijn horloge en zag dat het bijna acht uur was. Vandaar dat het er zo verlaten was. Ze legden die gehandicapten een curieus bioritme op. Het gebeurde steeds vaker dat Ernst wanneer hij thuis was halverwege de middag naar de keuken liep, ze aten hier al om vijf uur. Dat had te maken met de verdeling van de dag- en de nachtdienst. De avondploeg begon om zes uur, en men stelde het op prijs als er tegen die tijd al gegeten was. Anders moesten ze voeren én naar bed brengen.

'Mag ik Ernst nog even zien?' vroeg ik.

Alex zuchtte. Ze hielden daar niet van verrassingen. Met zichtbare tegenzin liep hij voor ons uit naar de woonkamer. Daar zat Ernst op een stoel naar het journaal te kijken. De rest was kennelijk al boven. Ze deden Ernst altijd als laatste, omdat ze twee man nodig hadden om hem in bed te krijgen als hij geen zin had.

Kemal liep naar de stoel en stak zijn hand uit. Ernst bleef onverstoord naar het scherm kijken. Bolivia had een nieuwe president. Ik vertelde Kemal dat hij het niet persoonlijk moest opvatten, Ernst was als gehandicapte niet buitengewoon genegen zich formeel te introduceren.

Dat had hij zelf ook wel kunnen bedenken. Ernst had zijn valhelm op. Het onding dat hij binnen de muren van die instelling altijd moest dragen. Dat had met zijn lengte te maken, en met aansprakelijkheid. Van de inspectie moest ieder incident gedocumenteerd en gemeld worden. Ze belden als Ernst door een rieten stoel was gezakt, als ze hem hadden gesneden bij het scheren, als het douchewater te warm was. Mijn vader was alle telefoontjes zo zat dat ze van hem alleen nog mochten bellen wanneer er hechtingen nodig waren.

'Hallo Ernst,' zei ik. Hij keek even op en glimlachte. Ik dacht dat hij me herkende, maar zeker weten doe je het niet. Het was goed mogelijk dat hij me alleen wist te plaatsen binnen de context van thuis, van Hilversum. Dat ik in Villa Zonneschijn gewoon een vreemde was omdat hij me daar nooit zag.

'Is het goed als ik Ernst een uurtje meeneem?' vroeg ik.

'Voor wat?' informeerde Alex argwanend. Het loslaten van routine lag duidelijk gevoelig.

'We gaan even toeren,' zei Kemal. 'Dat vindt hij leuk, man.'

'En jij bent?' vroeg Alex.

'Kemal,' antwoordde hij naar waarheid. Hij kwam geprikkeld over.

Zonder zich ook voor te stellen, wendde Alex zich weer tot mij en zei dat Ernst naar bed moest. In de hoek van de woonkamer stond een kast vol dvd's. Wanneer alle bewoners naar bed waren, hadden de groepsleiders eindelijk hun handen vrij.

'Ik ben zijn broer. Volgens mij mag ik hem meenemen wanneer ik wil,' blufte ik.

Alex sputterde nog wat tegen, maar stond uiteindelijk toe dat we hem meenamen, mits ik hem na een uur weer terugbracht.

'En je moet even voor hem tekenen in het logboek,' zei Alex. Jezus, een logboek. Alsof ik een fiets huurde op vakantie.

'Moet ik ook nog borg betalen?' vroeg ik.

Ik hielp Ernst in zijn jas. We liepen over het grind naar de auto van Kemal. Ernst liep snel, hij kon niet wachten om daar weg te zijn. Ik gespte hem vast op de achterbank en we reden de poort uit.

'Waarom zetten jullie hem hier, man? Dat is niet goed voor hem,' mopperde Kemal.

'Overmacht,' zei ik.

'Vooral met die homo die er woont, man. Hoe kan je hem daar nou achterlaten?' Hij keek er vies bij.

Kemal had het goed gezien. Die hele Alex was zo gay als een trampoline. Niet ongebruikelijk voor mannen in de zorg. De aversie die Kemal voelde jegens homoseksuelen was niet religieus ingegeven. Hij was alleen op papier moslim. Het had te maken met een incident een paar jaar terug. Kemal was met het hele gezin naar een professionele fotograaf geweest om een portret te laten maken, voor op de schouw. Toen de sessie was afgelopen, had de fotograaf Kemal gevraagd om te blijven. Hij had goede lijnen in zijn gezicht, werd hem verteld. De fotograaf wilde gratis nog een paar foto's maken van hem alleen. Kemal was gevleid, en volgde alle instructies braaf op. Handen onder kin – mond half open – kijk stoer – je bent een tijger. Na een paar rolletjes zei de fotograaf: 'Doe je overhemd maar even uit.'

Kemal had er geen kwaad in gezien. Hij had zat vakantiefoto's waar hij zonder bovenkleding op stond, daar was niets vreemds aan. Pas aan het einde was het hem duidelijk geworden. De fotograaf liet hem de resultaten zien op het schermpje van zijn digitale camera, en terwijl Kemal naar zijn eigen halfnaakte lichaam keek, omgekeerd zittend op een stoel, naar voren buigend over de leuning, wijsvinger verleidelijk tussen zijn lippen geklemd, merkte hij niet alleen op dat deze foto's aan de suggestieve kant waren, maar ook dat de vochtige handpalmen van de maker nu zachtjes zijn rug masseerden. Hij was in paniek naar buiten gevlucht, en durfde sindsdien niet eens in de buurt van de fotostudio te komen. De gedachte dat de afdrukken waarschijnlijk nog steeds in handen van de fotograaf waren, vond hij afschuwelijk.

Sinds het incident koesterde Kemal een diep wantrouwen richting alles wat naar homoseksualiteit riekte. Vaak zei hij: 'Ik ben geen Willy Wonka, man. Niet iedereen mag in mijn chocoladefabriek.'

We reden richting de Lage Vuursche. Het sprookjesdorp tussen Hilversum en Soest dat louter uit pannenkoekenrestaurants en midgetgolfbanen bestaat. Ik durf te wedden dat de burgemeester een pedofiel is. In de weekenden was het er druk. Dan kwamen gezinnen er 's middags eten na een lange fietstocht door de bosrijke omgeving. Doordeweeks was het er verlaten. Ernst had al gegeten, maar een tweede gang leek me geen slecht idee. Het schema van Alex verzieken was me die paar tientjes wel waard. Maar vlak voordat we het dorp binnenreden, sloeg Kemal een bospad in. Het was al donker. Kemal knipte zijn grote licht aan. Ik zag toen pas dat het pad doodliep.

'We moeten keren,' zei ik.

'Wacht maar af.'

Hij manoeuvreerde de auto tussen de bomen door, over stronken en wortels, de auto schommelde heen en weer als een schip in nood. Daarna zette hij de Escort stil. We stonden op een ruiterpad.

'Even de schokbrekers testen,' grijnsde Kemal.

Ik protesteerde, maar hij wierp tegen dat er niets kon gebeuren. Het was alleen maar recht vooruit, en bovendien is niemand zo stom om te gaan paardrijden in het donker.

'Klaar, Ernst?' vroeg hij. Die maakte achterin aanstalten om in slaap te vallen. Ik geloofde niet dat ik nog iets in te brengen had.

Zonder een antwoord af te wachten, trapte Kemal het gaspedaal en de koppeling vol in. Hij liet de auto grommen. Langzaam bracht hij zijn linkervoet naar boven en toen, met een merkwaardige sprong, schoten we vooruit. Hij schakelde op naar de twee, naar de drie. In die versnelling reden we niet meer, we stuiterden.

Kemal probeerde uit alle macht het stuur recht te houden, en ik wist zeker dat hij zich op dat moment een deelnemer aan Parijs-Dakar waande. De stofwolk die we veroorzaakten was een woestijnstorm. Achter me klonk een luid gebonk. Het kwam uit de achterbak, dacht ik. Een reserveband die heen en weer werd geslingerd. Pas toen ik omkeek, zag ik wat het geluid veroorzaakte. Het was Ernst, die met zijn hoofd tegen het plafond van de auto werd gesmeten alsof iemand probeerde te controleren of hij wel al dente was.

'Stop!' riep ik.

Kemal keek verstoord op, zag het in de spiegel gebeuren en trapte ogenblikkelijk op de rem. Gedrieën schoten we naar voren, de gordels in. Ernst zijn neus vloog nog net niet tegen de hoofdsteun van de chauffeursstoel. We stonden stil. 'Jezus, man,' zei Kemal. 'Sorry.' Ik zei niets en stapte uit, trok de achterdeur open. Ernst was in orde, godzijdank had hij zijn helm nog op. Niet alleen was hij bij bewustzijn, hij was weer helemaal bij. Met een brede lach keek hij naar Kemal, dankbaar. Hij wipte opgewonden op en neer, in een poging diens rijstijl te imiteren.

'Nog een keer?' vroeg Kemal. Ik knikte.

'Doe me een lol,' zei ik. 'Koop de volgende keer een cabrio.'

24

'Maak wat van je leven,' zei mijn vader tijdens het eten. Mijn moeder had lasagne gemaakt, en bij mijn vader zat de tomatensaus overal rond zijn mond. Hij kon nog geen droog brood eten zonder het eruit te doen zien alsof hij het zelf gevangen had.

'Ik werk,' zei ik. 'Ik doe veel goeds.'

Hij schudde zijn hoofd. Met dat verhaal kwam ik deze keer niet weg, zoveel was zeker. Mijn werk als fondsenwerver zag hij als een veredelde vorm van vrijwilligerswerk. Hij dacht dat ik met een collectebus de deuren afging. 'Het is geen werken, het is bedelen,' zei hij daarover. Hij wilde ambitie zien, bevlogenheid, de wil om te winnen. Om er iets van te maken. De zaken gingen goed met zijn café. Het straalde op hem af. Hij had een merkwaardige gloed om zich heen, de aura van een winnaar. Ik wist niet hoe hij het voor elkaar had gekregen, maar Jungle Fever was uitgegroeid tot misschien wel de meest populaire uitgaansgelegenheid van Hilversum. Vrijdag zat het vol, zaterdag zat het vol. Zelfs op zondag lukte het hem om quitte te draaien. Mijn vader zei dat hij de tijdgeest aanvoelde. Luide muziek en goedkoop bier, dat was de tijdgeest. Ergens dacht ik dat er sprake moest zijn van een collectieve bevlieging. Dat mensen zich ieder moment konden realiseren dat er andere dingen waren waar ze hun vrije tijd aan konden besteden.

'Wist je dat ik me af en toe voor je schaam?' vroeg hij. 'Dat als mensen vragen hoe het met je is, ik ze het antwoord schuldig moet blijven, omdat ik niet wil zeggen dat jij parasiteert?'

Ik wist niet wat ik moest antwoorden. Als een parasiet had ik mezelf nooit beschouwd. Ik at, sliep en dronk gratis. 's Middags werkte ik, soms hielp ik met de afwas. Maar ik was niemand tot last. Een lintworm was ik, in het ergste geval.

Hij vervolgde: 'Af en toe moet ik liegen. Wanneer mensen zeggen dat hun zoon een eigen bedrijfje heeft of promotie heeft gemaakt, kan ik niet met jou aankomen. Dan zeg ik: mijn zoon doet aan parachutespringen. Dat is tenminste iets.'

Er viel een stilte die onmiddellijk werd opgevuld door klanken uit mijn vader. Zijn binnenste had de akoestiek van een concertzaal. Al die tijd had ik mijn vader gezien als een wat sneue man. Hij was de dorpsgek, hij was de mislukkeling. Geen moment was het in me opgekomen dat ík de teleurstelling was. Het succes van Jungle Fever werd me fataal. Het had hem veranderd. Wie zijn eigen doelen bereikt heeft, kan ze alleen nog aan anderen opleggen. Eerst was ik aan de beurt, dan mijn moeder, Ernst, de wereld. Het zou nooit genoeg zijn.

'Stel ik jullie teleur?' vroeg ik aan mijn moeder.

'We zijn niet teleurgesteld,' antwoordde ze. 'Je maakt de verwachtingen gewoon niet helemaal waar. Dat is voor jezelf ook niet leuk.'

Fantastisch. Daar sprak mijn enige overgebleven bondgenoot in huis. Ik wilde er iets tegen inbrengen, maar wist niet wat. Misschien hadden ze gelijk. Ik kon oprecht niets noemen waar ze trots op konden zijn. Maar waarom zou ik? Het waren mijn ouders, ze moesten van mij houden. Dat stond in hun taakomschrijving. Ouderlijke liefde is niet: ik heb je lief, mits je er wat van maakt. Het is onvoorwaardelijk.

'Je moeder en ik hebben erover gepraat,' zei mijn vader. 'En we zijn het erover eens dat je een zetje kunt gebruiken. Vanaf dit weekend werk jij bij mij in het café.'

Ik wist dat protest zinloos was.

Die vrijdag meldde ik me om negen uur bij Jungle Fever. Mijn vader zette me in de garderobe. Onderaan beginnen, zei hij, als ik hard werkte en goed mijn best deed kon ik over een paar maanden misschien achter de bar. Ik wilde niet achter de bar. De garderobe was prima, het was ongecompliceerd werk. Mensen gaven mij hun jas. Ik gaf de mensen hun bonnetje. De mensen gaven mij hun bonnetje. Ik gaf ze hun jas. Pas aan het eind van de avond werd het ingewikkeld. Dan waren mensen hun bonnetje kwijtgeraakt en moest ik hun jas gaan zoeken tussen de honderden die er hingen. Wanneer ik ze vroeg om die te omschrijven, zeiden ze: 'Het is die bruine.'

De garderobejongen staat het laagst in de pikorde binnen het horecawezen. Niet de gevatte charme van de barkeeper, niet de spierbundels van de uitsmijter. In de hiërarchie stond ik niet veel hoger aangeschreven dan de Sri Lankaan die rozen en polaroidfoto's verkocht. Toch was het geen vervelend werk. Vanuit mijn jassenhok had ik een prima uitzicht over de zaak. Af en toe liep ik naar de bar voor een drankje. Mijn vader had het personeel geïnstrueerd om mij niet meer dan twee gratis consumpties te geven.

Tussen twaalf en twee waren de beste uren. Dan wilde er niemand weg, mócht er niemand weg als het aan mijn vader lag. De dansvloer werd bevolkt door mensen die ik van gezicht kende. Met sommigen van hen had ik in de klas gezeten. Ik wilde dat mijn vader het ook zag. Zij studeerden onderhand in Amsterdam, Utrecht of verder. En toch bleven ze in Hilversum, om in het café van mijn vader hun wekelijkse toelage op te zuipen. Dat zijn ze nou, pap. De mensen die wat van hun leven maken. Maandag stappen ze weer op de trein richting hun colleges bedrijfsadministratie en retailkunde. Over vier jaar zijn ze klaar. Dan wonen ze hier nog steeds. Misschien een paar straten verderop, zodat ze 's avonds bij hun ouders kunnen eten. We hebben alle tijd. Over tien jaar zijn ze hier nog. Over twintig jaar. Hier, in Hilversum.

Bij de deur zag ik nog een bekende binnenkomen. Het was Kaiser. Ik had hem al een tijdje niet gezien op het pleintje tegenover mijn huis. Hij zag er anders uit. Kaiser was lang en dun en pips. Verontrustend mager. Zijn gezicht had de bleke kleur van cakebeslag, gemaakt door iemand die van een pak melk tegen de houdbaarheidsdatum af moest. Tijdens het lopen hield hij af en toe halt, als een koorddanser die zijn evenwicht moest herpakken. Dan werd hij snel bij de schouders gepakt door een van de twee mannen die achter hem liepen. De eerste herkende ik. Hij was er vroeger ook bij op het plein. Nog steeds vergroeid met zijn trainingspak, waaronder hij merkwaardig genoeg een degelijk paar bruine herenschoenen droeg. De ander had ik niet eerder gezien. Hij was geheel in het zwart. Leren jack, skinny jeans, een donker overhemd dat tot de laatste knoop gesloten was. Zijn raafzwarte haar droeg hij in een bloempotkapsel. Boven zijn dunne lippen strekte zijn huid zich ruw en korrelig uit als een reep biltong.

Kaiser straalde uit dat hij de baas was. Men voelde instinctief aan dat je geen bier op zijn hemd moest morsen, dat je niet op zijn laarzen moest gaan staan. Ze gingen aan de kant waar hij liep. Van boven moet het eruit hebben gezien als een haai die door een school sardines zwom. Kaiser zag me staan achter mijn balie. Hij liep naar me toe.

'Ik ken jou,' zei hij. 'Jij bent de broer van die gehandicapte, toch?'

'Ernst,' zei ik. 'Klopt.'

'Hoe is het met hem?'

'Goed.'

'Leeft hij nog?'

'Zeker.'

Kaiser glimlachte. 'Doe hem de groeten.'

En weg was hij. Zonder zijn jas af te geven, liep hij de dansvloer op. Zijn twee knechten volgden. Die avond had ik alle dansstijlen voorbij zien komen. De dronken boeren die bewogen alsof ze net ontwaakt waren in een slaapzak vol vuurmieren, de hippe vogels die alleen blasé met hun hoofd op de maat van de muziek knikten alsof ze een verhaal moesten aanhoren dat hun al duizend keer eerder verteld was, de meisjes die bezig leken met een Keltisch ritueel en onder geen beding jongens de kring waarin ze stonden te swingen binnenlieten. Kaiser danste soeverein. Beheerst, doordacht, maar o zo soepel. Mensen dansten niet langer dan tien seconden naast hem. Binnen die tijd vond er een handdruk plaats, een korte aanraking, een kneepje. Meer had hij niet nodig.

Ik wist wat er aan de hand was. De dag erop zou mijn vader het ook weten. Hij was een drugshond met vertraging. Na elk weekend keek hij in het kassasysteem. Wanneer er na een bepaald tijdstip significant meer spa blauw was gedronken, wist hij hoe laat het was. Hij had Nigel al meermaals opgedragen om er iets aan te doen, het was slecht voor de omzet. Soms greep de uitsmijter een willekeurige bezoeker beet en trapte hem onder een welgemeend 'Laat ik je hier niet nog eens betrappen' de straat op. Mijn vader tevreden, Nigel tevreden. De echte dealers liet hij ongemoeid. Die gaven goede fooien.

Het was bijna sierlijk zoals Kaiser zijn product aan de man bracht. Alsof ik naar een goochelshow keek. Het was met het blote oog amper waar te nemen hoe de waar van hand wisselde. Nadat dat gebeurd was, liepen de klanten een paar meter door naar de jongen in trainingspak. Daar betaalden ze. Het bloempotkapsel hield alles in de gaten. Een paar keer zag ik hem oogcontact maken met Nigel. Mijn vader had niets door. Die was druk doende een stel bakvissen om toegang te laten smeken. Na een tijdje werd de dansvloer leger. Kaiser en zijn mannen hadden de drukte nodig, ze hielden het voor gezien. Voordat hij naar buiten liep hield Kaiser even stil voor mijn hok.

'Werk je vaak hier?' vroeg hij.

'Vanavond voor het eerst.'

'En? Verdient het?'

'Een beetje,' loog ik. Het was onbetaald werk. Volgens mijn vader mocht ik al blij zijn dat ik gratis onder zijn dak woonde. Daarnaast, niemand gaf ooit fooi aan de garderobejongen. Wel mocht ik van mijn vader de fietslampjes houden die ik vond in de zakken van te laat opgehaalde jassen.

'Mocht je een keer echt willen verdienen,' zei Kaiser, 'bel me dan eens.' En met een van die magische handbewegingen drukte hij een verfrommeld papiertje tussen mijn vingers. Ik mompelde dat ik erover zou nadenken en stopte het in mijn portemonnee.

Kaiser verdween, en ik ging verder met het distribueren van de laatste jassen. Om halfvier liep ik naar buiten. Ik wilde slapen. Mijn vader, die met Nigel stond na te praten, draaide zich om.

'Met wie stond je daarstraks te praten?' vroeg hij.

'Een jongen. Hij had een garderobebonnetje gevonden op de vloer.'

'Houd het voortaan kort,' zei mijn vader. Nigel knipoogde naar me. Hij wist het.

Ik liep naar mijn fiets, en voelde mijn vaders hand in mijn schouder knijpen.

'Goed werk,' zei hij.

25

Kemal ligt in een greppel. De kogels suizen, overal om hem heen slaan mortiergranaten in. De compagnie van Kemal verdedigt een positie vlak bij de Iraakse grens, maar die wordt volledig overlopen door de Koerden. De helft van de troepen heeft de nacht niet overleefd. Nu de zon op is, lonkt het einde. Hij roept 'Hospik!' voor de Duitse Turk naast hem die in zijn lever is geschoten. Zwart bloed borrelt als olie uit de wond naar boven. Kemal drukt met al zijn kracht op het open vlees, maar moet stoppen als de commandant het bevel geeft om de bajonetten op de geweren te zetten. Met trillende handen monteert hij het lemmet op de loop. Een klik. Hij kijkt om zich heen. Van al zijn strijdmakkers zijn er nog enkele tientallen over. Allemaal komen ze uit Europa, net als hij. Sommigen zitten met hun rug naar het front en luisteren naar muziek op hun iPod, anderen smeren nog snel wat hydraterende crème op hun gezicht, tegen de zon. Een paar meter verderop houdt een jongen zijn bazooka verkeerd om vast.

Kemal weet dat hij vandaag niet zal overleven. Ze zijn een afleidingsmanoeuvre. Ze worden opgeofferd om tijd te winnen voor de echte soldaten. Voorzichtig kijkt hij over de rand. De tegenstander doet niet eens moeite om dekking te zoeken. Ze staan in het open veld, uitdagend te gebaren dat hij zijn positie moet verlaten. Het zijn er honderden. Het zijn er te veel. Zijn commandant telt af, en bij de nul schiet iedereen schreeuwend naar voren. Ook de Koerden komen in beweging. De bebaarde menigte rolt als een

golf op hem af. Hij kan ze ruiken. Schapenkaas en linzensoep. Een
ontbijt voor winnaars. Kemal brult, meer uit wanhoop dan uit
overtuiging. Tijdens de sprint schiet hij zijn laatste magazijn leeg,
hij raakt niets. Zijn bajonet houdt hij zo ver mogelijk voor zich uit.
Nog dertig meter. Twintig meter. Tien meter. Dan, plotseling,
zweeft hij boven het slagveld. Ik ben dood, denkt hij. Wat nu?
Maar zo ver is het nog niet. Kemal voelt een hand in zijn kraag, iemand heeft hem omhoog getrokken. Hij ziet de hoeven onder
zich, hij bevindt zich op een paard. Rechts van hem stormen de
Koerden nog steeds op hem af, maar één voor één gaan ze neer met
een pijl in de borst. Ze zijn kansloos. De mysterieuze ruiter die
hem omhoog heeft gehesen, draait zich om. Het is Orlando
Bloom. 'Dank u wel,' stamelt Kemal. 'Dat had u echt niet hoeven
doen, met uw drukke schema en alles.' Orlando Bloom legt zijn
zachte elfenhand op de wang van Kemal en zegt: '...A2 zes kilometer, vanaf knooppunt Rottepolderplein langzaam rijdend verkeer
door een omgevallen vrachtwagen.'

Kemal ontwaakte. Hij trok de deken over zijn hoofd. Deze droom
had hij de laatste tijd vaker. Nog even en hij had het benodigde bedrag bij elkaar om zijn dienstplicht af te kopen. Een paar maanden, schatte hij. Als hij niet zo veel geld aan benzine had uitgege-
ven, was hij er waarschijnlijk al geweest. Het vreemde was dat hij
zich schuldig begon te voelen. Zijn vader zou zich waarschijnlijk
nooit meer durven te vertonen in het koffiehuis. Een zoon die zijn
dienstplicht afkoopt, dat is het ergste wat je als vader kan overkomen. Kemal moest nog beslissen hoe hij het hem ging vertellen.
Hij dacht erover om een briefje op de keukentafel achter te laten.
En anders op een openbare plek, waar zijn vader geen scène kon
schoppen, waar zijn vader hem niet kon slaan.
  Beneden klonk geluid. Kemal herinnerde zich dat hij moest
opschieten: die dag was de besnijdenis van zijn neefje. Zo meteen
vertrok de familie vanaf zijn huis in een lange stoet naar de moskee waar het vonnis voltrokken zou worden. Kemal deed zijn pan-
toffels aan, ging naar de wc, en liep de trap af. De familie zat al te

ontbijten. Zijn broer en zus waren er, zijn oom Ersin en tante Rana, hun kinderen, onder wie uiteraard de gelukkige zelf: zijn neefje Hamza. Kemal kon een grijns niet onderdrukken toen hij hem zo zag zitten, uitgedost als Prins Carnaval. Hij wist precies hoe ze hem bewerkt hadden. De samenzweerderige toon waarop zijn vader en oom hem de laatste weken hadden verteld dat hij een man ging worden. De stapel cadeaus die in het volle zicht in de woonkamer lag. Elke keer dat er iemand opstond om naar het aanrecht te lopen voor koffie of thee aaiden ze hem even over zijn bol. Mocht Hamza weten welk lot hem wachtte, dan had ook hij gespaard om het af te kunnen kopen.

Kemal kon zich zijn eigen besnijdenis nog maar al te goed herinneren. Ook voor hem was het iets om naar uit te kijken. Onderweg naar de moskee bonsde zijn vader onophoudelijk op de claxon, passanten dachten dat Turkije het WK had gewonnen. Hij had nieuwe kleren aan, en de hele dag werd hij volgestopt met zoetigheid. Kemal besefte pas hoe hij er was ingetuind toen de imam hem vroeg zijn broek uit te doen. Hij dacht dat er sprake was van een vergissing. Oom Ersin duwde een videocamera in zijn gezicht, hij zei: 'Lach maar even naar oma.' Kemal schudde zijn hoofd en trok het elastiek aan zijn broek zo ver mogelijk omhoog. Nadat zijn vader op hem had ingepraat – hij zei dat het maar even duurde, maar dat hij dan voor altijd een man was – had hij het verzet gestaakt. De imam pakte zijn schaar erbij, de schaar deed knip, en er brak luidkeels gezang uit. Kemal huilde, maar niet zo hard als zijn vader, bij wie de vreugdetranen als zware stroop over zijn gezicht naar beneden liepen. De vele geschenken hadden de pijn die middag enigszins kunnen wegnemen, maar de weken daarna niet. Het brandde verschrikkelijk. Het voelde alsof ze hem een nieuwe voorhuid van pekelvlees hadden aangemeten. Die maand bleef hij zeker vijf keer aan het douchegordijn plakken.

Kemal ging naast zijn neefje zitten.

'Hé man,' zei hij tegen Hamza. 'Klaar voor de grote dag?'

Zijn neefje bevestigde met volle mond. Hij had zijn knieën opgetrokken, en zijn voeten rustten op het uiteinde van de stoel. Kemal hoopte dat hij ervan genoot. Dit was voorlopig de laatste keer dat hij deze pose kon aannemen zonder dat het textiel om zijn lendenen aanvoelde als het gloeiende oppervlak van een gietijzeren kachel. Aan de andere kant van de tafel klaagden zijn ooms over de toename van medische regelgeving rondom besnijdenissen. Tegenwoordig moest het door een professional gebeuren, mopperden ze. De vader van Kemal vertelde dat het bij hem nog gewoon door zijn vader gedaan werd. 'De vader mag toch ook de navelstreng doorknippen?' zei hij. Van al die bureaucratie moest hij niets hebben. Oom Ersin beaamde dat, en beschreef hoe het bij hem twee dagen na de ingreep begon te ontsteken. De dokter werd net op tijd gebeld. Anders hadden ze hem moeten afzetten. Nee, tegenwoordig stelde het allemaal niets meer voor.

Kemal vond het geen gespreksonderwerp voor aan de ontbijttafel, maar zei er niets van. In het bijzijn van zijn broer durfde hij amper te spreken. Hij was wel in dienst geweest, net als iedere andere man in zijn familie. Hij was veranderd in die periode. Voordat hij ging was hij net als Kemal. Hij hing rond in de stad, reed rond met zijn auto, had af en toe een baantje. Nadat hij terug was gekomen, was hij zich verantwoordelijk gaan gedragen. Hij was *supply chain management* gaan studeren, en werd aangenomen als regiomanager van een middelgrote sauzenfabrikant. Daar kon hij heel gepassioneerd over vertellen. Over wat hij in Turkije had meegemaakt, praatte hij niet graag. Tegen Kemal zei hij alleen: 'Na wat ik gezien heb, zijn sauzen zo slecht nog niet.' Af en toe had hij last van woedeaanvallen. Uitbarstingen die zonder waarschuwing vooraf opstaken als valwinden. Zijn vader en oom wisten er meer van. Af en toe hoorde hij ze op gedempte toon praten over zijn broer. Wanneer hij binnenkwam, zwegen ze.

Op zijn zus was Kemal het meest gesteld. Zij was het enige familielid aan wie hij verteld had over zijn geheime spaarpot. Hij dacht dat ze het wel begreep, omdat ze geen man was. Toen hij jonger was, trok ze hem haar kleren aan. 'Jij bent mijn kleine zusje,' zei ze dan. Kemal vond haar aandacht fijn. Ook als hij daarvoor meisjeskleren aan moest. Later mocht hij minder vaak bij haar komen. Ze kreeg vriendjes. Turkse vriendjes, Nederlandse vriendjes. Die kwamen alleen langs als vader werkte en moeder naar aquarobics was, op woensdagmiddag. Dan zat Kemal geduldig naast haar slaapkamer te wachten tot het vriendje wegging en hij naar binnen mocht. Hij moest van haar beloven nooit iets over de vriendjes te vertellen. Een keer had zijn vader een condoom gevonden in de vuilnisbak. Kemal was van tafel opgestaan, had zijn keel geschraapt en gezegd: 'Die is van mij.' Hij had zijn vader nog nooit zo hard horen lachen. Nu was zijn zus getrouwd met een van die vriendjes, een Nederlander die Sytze heette. Dat vond zijn vader maar niks, maar omdat Sytze een arts in opleiding was, beet hij op zijn tong. Kemal was getuige geweest op de bruiloft. De hele ceremonie had hij gehoopt dat het niet doorging.

'Zo,' zei zijn vader tegen Hamza. 'Dus jij wordt vandaag een echte man?'

Hij knikte.

'Ik heb wat voor jou. Eigenlijk mag je het pas vanmiddag openen, maar weet je wat? Je krijgt het van mij nu al.' Hij liep naar de gang en kwam terug met een in kleurig pakpapier verpakte doos. Het neefje begon enthousiast te scheuren.

'Een geweer!' riep hij. 'Een speelgoedgeweer,' corrigeerde zijn moeder. Hij richtte het ding op Kemal en haalde de trekker over. 'Prrrr,' snorde het.

'Jij bent dood.'

Kemal zag zijn vader lachen. Hij was die dag flamboyant gekleed. Een nieuw pak, een vilten hoed met een blauw lint boven de rand. Hij zag eruit als een countryzanger. Zelfs zijn snor leek geverfd.

'Schiet je op met aankleden?' vroeg hij. 'De limousine komt zo.' Kemal was verbaasd. Hij kon zich niet herinneren dat er bij zijn besnijdenis een limousine werd gehuurd, sterker nog: hij kon zich nog exact voor de geest halen welke kleur, ophanging en (diesel)motor de Skoda waarin hij naar de moskee werd gereden had. Niet dat het hem iets kon schelen, limousines trekken langzaam op.

'Vandaag laten we het breed hangen,' zei zijn vader content. 'We hadden een meevaller.'

Kemal blies in zijn thee.

'Vierduizend euro,' zei zijn vader. 'Drie, na die limousine en mijn kostuum.'

Kemal bevroor. Het bloed in zijn aderen veranderde in een waterige bouillon.

'Nu nog een mooi cadeautje voor je moeder,' zei zijn vader. 'Dat heeft ze wel verdiend.'

Kemal probeerde in hetzelfde tempo door te kauwen, niets weg te geven, maar zelfs nadat hij zijn boterhammen tot de structuur van een zalf had gekauwd, kreeg hij ze niet doorgeslikt. Zijn vader zag het. Hij lachte zijn tanden bloot. Kemal brak toen hij het gezicht van zijn zus zag. Ze zat aan de andere kant van de tafel, het hoofd in schaamte gebogen. Zo kalm mogelijk stond hij op en liep naar boven. Zijn benen trilden. Voorzichtig haalde hij de punaises uit Orlando Bloom, en legde de poster opgerold op het bed. Hij haalde het tinnen doosje uit de geheime holte en opende het. Niets. Alles was weg. Zelfs het muntgeld.

Beneden hoorde hij ze lachen. Hij was verraden door zijn zus. Zijn bondgenoot, de enige die het begreep. Kemal klapte het doosje dicht en zette het weer terug. Daarna rolde hij Orlando Bloom – die hem al evenzeer teleurgesteld had – weer af en hing hem op. Hij stapte op zijn bureau, opende het raam, en sprong naar beneden.

26

Na Bente kwamen de anderen. Er was Amber, die me al na twee dates aan haar kinderen als hun nieuwe vader introduceerde. Je had Ivana, een half-Russische, half-Antilliaanse schone, die ik erop betrapte uit mijn portemonnee te stelen, waarna haar woede zich op mij richtte omdat er niets te halen viel. Chantal, voor wie ik een zwak had, maar die een obsessieve belangstelling voor complottheorieën koesterde en het uitmaakte omdat ze niet kon uitsluiten dat ik bij de moord op Kennedy betrokken was. Het was overdaad met voorbedachten rade. Bente bleef in mijn gedachten, maar ik moest haar laten gaan. Een vrouw als een uilenbal, en ik mocht haar niet uitpluizen. Die avond op het schuurtje kreeg ik niet uit mijn hoofd. Ik weet nog steeds niet waarom die man, die intellectueel, haar zo mishandelde. Misschien dat ze haar bibliotheekpasje niet op tijd had verlengd. Ik had mijn eigen regels gebroken en kreeg gevoelens voor haar. En zie wat ervan kwam: ik een schuldgevoel, zij een blauw oog. Ik schaamde me voor mijn eigen lafhartigheid. Maar Bente was als de landweg die je inslaat, en waar je reeds bij de eerste bocht al kaarsjes en bloemen in de berm ziet liggen. Dan keer je om.

Na de anderen kwam Pascale. Haar ontmoette ik voor de deur van Reijtsema & Polak, het meest krukkige advocatenkantoor van het Gooi. Vrouwen die daar naar buiten kwamen waren blut, en belangrijker: wanhopig. Het duo Reijtsema & Polak kende het burgerlijk wetboek niet veel beter dan de binnenlanden van Zaïre. Het merendeel van hun zaken verloren ze op vormfouten, en Polak had zelfs een officiële berisping op zijn naam staan omdat hij ooit de rechtszaal binnenkwam met de bef verkeerd om aan zijn toga.

Op zonnige dagen zat ik urenlang in de portiek te wachten tot er een geschikt slachtoffer naar buiten kwam. Het eerste wat Pascale deed toen ze naar buiten kwam lopen op de dag van onze ontmoeting, was het met kluit en al uit de grond trekken van een jonge boom, om deze vervolgens tegen een ruit op de tweede verdieping aan te keilen. Dat ze haar zaak volkomen terecht verloren had, kon ik toen nog niet weten. Zij was wat ik nodig had. Een vrouw met pit. Pascale zou zich door niemand laten slaan.

Ik legde het contact en ging achter op de motor met haar mee naar huis. Ze was een buitenmens. Haar hele huis hing vol met foto's waarop ze aan het raften, aan het bergbeklimmen, of anderszins vermoeiende activiteiten aan het ondernemen was. Na de scheiding had ze de middelen niet meer voor deze uitjes. Wel had ze nog haar motor om stoom op af te blazen. Wanneer ik iets verkeerds had gezegd, haalde ze die uit de schuur om anderhalf uur later met witte knokkels terug te keren. Er waren vrouwen die me liefje, duifje of erger noemden. Pascale noemde me Pudding Tarzan. Vergeleken met haar had ik inderdaad het postuur van een soepstengel. Voor aanvang van ontbijt, lunch en diner klokte ze een hormonenpap naar binnen die haar spiermassa deed toenemen. Vijf keer per week deed ze aan krachtsport. Dat ze van alle voedingssupplementen ook een vlassnorretje begon te krijgen, hield ik veiligheidshalve voor me.

Op een dag zat ik naast Pascale op de bank televisie te kijken. Er was een reclameblok aan de gang met een commercial voor shampoo. Een blondine wapperde met haar manen. 'Shampoo voor normaal haar,' prees ze het product aan. 'Voor elke dag!'

'Normaal haar,' zei Pascale. 'Wat is dat? Wie bepaalt dat?'

Ze pakte haar glas single malt van tafel en nam een slok. Ze was dronken en ik vermoedde dat ze anabolen had gespoten. Het was beter om er niets van te zeggen. In die toestand kon ze uit haar slof schieten. Soms snoof ze creatine van het keukenblad. 'Heb ik iets van je aan?' vroeg ze als ik dat verwonderd aanschouwde.

'Zal ik iets te eten voor je maken?' vroeg ik. 'Iets lekkers?' Ik moest weg uit die kamer, ze was instabiel. Ik kende deze stemmingen.

'Ik heb een miskraam gehad,' zei ze. 'Gisteren, ik kneep hem er zo uit.'

Ik bevroor.

'Wees niet bang. Hij is niet van jou.'

'O.'

'Jij kunt de Eufraatdelta nog niet bevruchten, Pudding Tarzan.'

'Gecondoleerd,' zei ik. 'Denk ik.'

'Zo gewonnen, zo geronnen.'

'Zie je andere mannen?' vroeg ik.

'Trek het je niet aan,' zei ze. 'Je hebt geen erfpacht op dit kutje.' Ze sloeg met vlakke hand op haar kruis. 'Je was gewoon een scharrel.'

Ze pakte de fles single malt van tafel, nam een slok uit de hals, schonk zichzelf nog een bodem in en ledigde die met een enkele teug.

'Moet jij eens opletten,' zei ze. Pascale stond op en liep naar de keuken. Ik hoorde hoe ze de deur van de koelkast opende en die met een doffe klap weer dichtsloeg. Ze keerde terug en zette een tupperwarebakje op tafel. Daarna verwijderde ze de blauwe deksel en ging naast me zitten op de bank. Ik wilde het niet zien, maar ik kon het ruiken. Pascale kroop dicht tegen me aan en sloeg haar arm om me heen. 'We hebben het goed gehad samen,' zei ze. 'Ik wil dat je dat weet.'

Na Pascale kwam Lizzy. Haar ontmoette ik in het café in Bussum, waar ik mezelf er elke keer weer op betrapte voor binnenkomst naar binnen te loeren om te zien of Bente aan de bar zat. Ze praatte veel, wat fijn was, want dan hoefde ik dat niet te doen. Ze giechelde veel, wat fijn was, want dan was er tenminste een van ons die het naar zijn zin had. Ik denk dat Lizzy nooit helemaal volwassen was geworden. Meisjesdromen in een vrouwenlichaam. Ik ging met haar mee naar huis, waar de roze muren op me afkwamen, maar waar ik niettemin een plezierige tijd had, temeer omdat Lizzy niet alleen over de geest, maar ook over het krappe binnenwerk van een veertienjarige majorette bleek te beschikken. De volgende ochtend gaf ik haar mijn nummer. Nog diezelfde middag belde ze of we snel weer konden afspreken.

Dat deden we het weekend erop, in de McDonald's, waar ze me boven een kartonnen bakje kipnuggets vertelde dat ze voortdurend aan me dacht en vroeg of ik haar vriendje wilde zijn. 'Dat is *exact* hoe ik me ook voel,' zei ik. Daarna boog ik me over de tafel heen om haar te zoenen. Na onze lunchafspraak sleepte Lizzy me het hele centrum door, tot we in het Hilvertshof een fotohokje tegenkwamen. Ze gooide een paar munten in de gleuf en trok het gordijn dicht. Lizzy trok gekke bekken, terwijl ik mijn gezicht achter mijn handen probeerde te verbergen. Ze trok een pen uit haar handtasje en zette in zwierige letters de datum op de foto's die de automaat uitspuwde. 'Onze eerste dag samen,' zei ze.

Mijn betrekking met Lizzy had te lijden onder een slechte timing. Het was begin februari, Valentijnsdag kwam eraan. Voor Pascale had een pot voedingssupplementen kunnen volstaan, maar van Lizzy wist ik dat ze waarde hechtte aan dergelijke rituelen. Het uitzoeken van een cadeau was echter niet mijn grootste probleem. Lizzy klaagde dat ze nog nooit bij mij thuis was uitgenodigd. Het was niet mijn huis, zei ik. Het was niet aan mij om haar uit te nodigen. Ze zei dat ik me niet hoefde te schamen omdat ik nog thuis woonde. Lizzy had zelf tot haar dertigste thuis gewoond. Dat was geen schande. 'Bedankt,' zei ik. Het was me duidelijk dat Lizzy niet zou stoppen met zeuren voordat ze haar zin had gekregen.

Ik besloot om haar op Valentijnsdag bij mij thuis uit te nodigen. Mijn ouders deed ik twee kaartjes voor *Miss Saigon* in het Beatrix Theater te Utrecht cadeau, zodat ze niet thuis zouden zijn wanneer ik Lizzy een rondleiding gaf. Ze waren ontroerd. 'Dit is het mooiste cadeau dat je ons ooit gegeven hebt,' zei mijn vader geëmotioneerd. Daarin had hij gelijk: meestal gaf ik mijn ouders een waardebon of een irischeque als ze jarig waren. Als kind had ik ooit besloten om ze op hun trouwdag een ontbijtje op bed te brengen. De koffie zette ik zelf, de croissants plaatste ik eigenhandig in de oven, maar het pronkstuk was toch wel de jam, die ik in het diepste geheim gemaakt had met behulp van aardbeien, frambozen, bessen, en een mango voor de kleur. Dat laatste had ik beter kunnen laten, maar ik kon ook niet weten dat mijn vader allergisch was voor zuidvruchten. Wekenlang liep hij rond met een tong als een pannenlap. Er moesten tien ziektedagen en een logopedist aan te pas komen voordat hij weer in staat was om klinkers uit te spreken. Sindsdien dacht ik wel twee keer na voor ik me uitsloofde.

Die avond haalde ik haar om halfnegen op bij het buurthuis, waar ze twee keer per week lessen streetdance kreeg. Ik wachtte op een houten bankje dat uitkeek op de glazen wand waardoor je de vorderingen van de cursisten kon volgen. Lizzy was de oudste deelnemer. Zij was vierendertig. De gemiddelde leeftijd schommelde, zelfs als zij werd inbegrepen, rond de vijftien jaar. Naast me zaten moeders op hun kroost te wachten, terwijl ik probeerde te bedenken waar ik ze ook alweer van kende.

Een kwartier na het einde van de les kwam Lizzy gedoucht en wel de kleedkamer uit lopen. 'Zullen we gaan?' vroeg ze ongeduldig. Ze hield er niet van om te blijven hangen. De ouders mochten haar niet. Sommigen verboden hun kinderen om te douchen als Lizzy nog in de kleedkamer was. 'Kan ik er wat aan doen dat ze geen streetdance geven in mijn leeftijdscategorie,' zei ze. 'Het is gewoon bekrompenheid.' We fietsten naar mijn huis. De auto van mijn vader was van de oprit verdwenen. Gelukkig, met hem wist je het nooit helemaal zeker. Ik draaide de sleutel om en liep naar binnen. We hadden nog zo'n twee uur voor mijn ouders zouden terugkeren, berekende ik. Genoeg voor een grande tour en een petit vluggertje.

'Dit is het dan,' zei ik.

Lizzy keek geboeid om zich heen. We stonden in de woonkamer. Heel veel was er niet te zien. Een televisie, een bank, een tafel. Mijn moeder probeerde af en toe de huiskamer te decoreren, maar stuitte daarbij steevast op een veto van mijn vader. Nu had ze haar eigen hoekje, dat uitkeek op de achtertuin. Daar stond een dressoir vol met vetplanten, houtsnijwerk uit de wereldwinkel, fotolijstjes, en andere zaken die mijn vader niet aan zijn kant duldde. Lizzy liep naar het altaar van mijn moeder en hield een foto omhoog. Ernst, die van een waterglijbaan roetsjte.

'Wie is dat?' vroeg ze.

'Niemand,' zei ik. 'Laten we naar boven gaan.'

We liepen de trap op, naar mijn kamer op zolder. Van mijn bureau pakte ik mijn in vergeeld kaftpapier verpakte cadeautje. 'Prettige Valentijnsdag,' zei ik, niet zeker wetend of de veertiende februari als een prettige, fijne, of zalige dag moest worden aangemerkt. Ze begon geestdriftig te scheuren en slaakte een verheugd gilletje nadat ze de teddybeer die ik voor haar gekocht had volledig had uitgepakt.

'Een beertje,' zei ze. 'Wat ontzettend lief.'

'Geen dank,' zei ik. Ze legde haar handen op mijn billen, maar in plaats van mij te zoenen wreef ze met haar neus tegen de mijne. Een van haar vele, vele slechte gewoontes. Het intieme moment werd verstoord door een geluid op de begane grond. Een sleutel in het slot, gevolgd door het slaan van een deur. Ik hoopte dat ze het niet gehoord had, maar het was al te laat.

'Hé,' zei ze. 'Zijn dat je ouders?'

Ik zei dat ik vreesde van wel.

'Wat leuk. Dan kan ik ze toch nog ontmoeten.'

En nog voordat ik kon zeggen dat het geen goed idee was, liep Lizzy met grote passen voor me uit de trap af. Beneden stond mijn vader in de hal mijn moeder uit te foeteren. 'Jij,' zei hij toen hij me zag, en hij priemde dreigend met zijn vinger mijn kant op. Hij begon een tirade waaruit ik begreep dat een van de acteurs al na vijf minuten was begonnen te zingen. Misschien dat er sprake van een foutje was, dacht mijn vader, misschien dat de betreffende toneelspeler zijn zenuwen iets te enthousiast had weggedronken. Maar na een kwartier werd er nóg meer gezongen, een duet deze keer. Dat kon geen toeval zijn, wist ook mijn vader. Nadat mijn moeder hem had uitgelegd dat *Miss Saigon* een musical was, en dat het de bedoeling, jawel, zelfs de crux was dat erbij gezongen werd, was mijn vader woedend de zaal uit gestormd. Ik had hem alleen verteld dat het een theatervoorstelling vol oorlogsspektakel was. Toen hij zijn adem had hervonden, merkte hij Lizzy op.

'Wie is dat?' vroeg hij.

Lizzy stak haar frêle hand uit en zei: 'Ik ben Lizzy, de geliefde van uw zoon.'

Mijn vader keek alsof hij water zag branden.

'De geliefde van mijn zoon?' vroeg hij.

'Leuk, hè,' zei Lizzy.

Mijn vader nam haar in zich op, en zelfs mijn moeder keek sceptisch. Dit was een catastrofe. Ik stelde mijn ouders voor aan een volwassen vrouw met vlechtjes in. Een vrouw die haar kleren bij Cool Cat kocht, en weigerde om broccoli te eten.

'Meneer,' zei Lizzy. 'Uw zoon is een regelrechte kanjer. Moet je kijken wat hij voor mij gekocht heeft.'

Ze hield triomfantelijk de teddybeer omhoog. Met haar wijsvinger drukte ze op het rode plastic hartje op zijn borst. Dat begon vrolijk te knipperen. Er kwam geluid uit de knuffel, ik meende de melodie van Elton Johns 'Your Song' te herkennen. Lizzy neuriede zachtjes mee.

'Wanneer is de bruiloft?' grapte mijn vader.

'Dat lijkt me wat vroeg,' zei Lizzy. 'Maar over een paar jaar gaan we zeker trouwen, in Las Vegas.'

'Las Vegas,' smaalde mijn vader. 'Is Schiermonnikoog ook goed?'

Hij barstte in lachen uit, even was ik bang dat hij erin zou blijven. Hij stond daar maar te schuddebuiken. Eerst lachte Lizzy nog beleefd mee, maar na een halve minuut was de lol er ook voor haar wel van af. 'Laat haar toch,' zei mijn moeder. Maar er was niets wat mijn vader dit moment kon ontnemen.

'Het is beter dat je gaat,' zei ik zacht. Eens temeer had ik gefaald. Ik kon vrouwen niet beschermen. Niet tegen de vuisten van een intellectueel, niet tegen hun eigen waanzin, en al helemaal niet tegen mijn vader. Lizzy zei dat ze het niet begreep. Het ging net zo goed tussen ons. Ik zei dat het niet aan haar lag, maar aan mij. Terwijl ze haar teddybeer omklemde, liep ik met haar mee naar de voordeur. 'Wacht even,' zei ik. Daarna liep ik naar binnen, rommelde in een bureaulade, en kwam terug. 'Hier,' zei ik. 'Extra batterijen.'

Voor mij geen vrouwen meer, besloot ik die avond. Na Lizzy kwam niets.

27

Er viel elke maand wel wat te vieren in Villa Zonneschijn. Verjaarda-
gen, Sinterklaas, kerst, Allerheiligen, St. Patrick's Day, Aswoensdag,
Chinees Pasen, Bulgaars Nieuwjaar, ze lieten geen gelegenheid on-
benut om de gezinnen van alle bewoners op te trommelen en naar
de villa te laten komen. Dat gebeurde via een nieuwsbrief die we
thuis ontvingen. Voor belangrijke festiviteiten kreeg je een persoonlijke uitnodiging, als je niet reageerde dan belden ze. Men
hechtte er waarde aan om de familie van de bewoners bij alle activiteiten te betrekken.

Die dag was het Broers & Zussendag. Een paar weken daarvoor had ik de uitnodiging gekregen, vanzelfsprekend met de
hand geschreven door Ernst. Ik had er geen zin in, maar ik kon
het ook niet over mijn hart verkrijgen om hem alleen te laten
tussen al die mensen. Nu zat Ernst naast me, en schoof in enkele
happen een tompouce naar binnen. We zaten in een kring, ik
kon niet weg. Ongemerkt verdwijnen ging niet. Het kringzitten
moet zijn uitgevonden door een bijzonder impopulaire jarige,
die jaar na jaar moest toezien hoe de kamer steeds leger werd,
maar geen idee had wie er was weggegaan en waarom. Sommige
broers en zussen voelden zich geroepen om te helpen met het
rondbrengen van gebak en het afwassen van de gebruikte kopjes.
Ik verdacht de leidsters ervan dat ze daarom zo buitensporig veel
evenementen organiseerden; het nam ze werk uit handen. Als ze
dit goed speelden, waren er vast een paar gasten bereid om de

vloeren in het sop te zetten en buiten het onkruid te wieden.

'Hoe heet die van jou?' vroeg de jongen naast me. Hij droeg een baseballpet en sportschoenen.

'Ernst,' zei ik.

'Wat een grote,' zei hij. 'Dat is de mijne,' zei hij, en hij wees naar de jongen naast hem. 'Thimo.' Die zat in een rolstoel en had een slabbetje om. Een van de leidsters was druk doende hem te voeren, maar hij sproeide het vooraf geprakte gebak met veel kabaal over het tapijt uit.

'Ernst eet zelfstandig,' zei ik.

De jongen blies geërgerd lucht zijn neus uit. 'Thimo heeft een seizoenskaart bij Ajax. Hij zit vlak achter de goal.' De jongen die rechts van Ernst zat voelde nu ook de noodzaak om zich ermee te bemoeien. 'Die van mij is ballenjongen geweest,' zei hij. 'Bij Ajax-Real Madrid.'

'Welke is het?' vroeg ik. Hij wees er een aan. Bob heette hij. Die had ik al eerder gezien. Het was een van de weinige bewoners met wie Ernst kon opschieten. Een jongen die er al vanaf zijn twaalfde woonde. Hij bevond zich aan de uiterste zijde van het autisme-spectrum, en kende maar twee smaken: zwijgen of schreeuwen. Dankzij de medicijnen vooral het eerste, wat verklaarde waarom Ernst hem wel mocht. Dat hij in staat was om een bal te vangen leek me sterk, dat hij in staat was om diezelfde bal terug te gooien onmogelijk.

'Je liegt,' zei ik. 'Hij kan helemaal geen bal vangen.'

De broer van Bob leek oprecht beledigd dat ik dat zei.

'O ja? En waarom heeft hij dan een gesigneerd shirt op zijn kamer liggen?'

Iedere gehandicapte heeft wel ergens een gesigneerd voetbalshirt liggen. Sommigen hebben er meer dan ze sokken hebben.

'Laat hem vangen dan,' zei ik. De jongen met het petje viel me bij: 'Praatjes vullen geen gaatjes, vriend.'

De broer van Bob zocht naar een uitweg. Hij wist dat ik zijn bluf doorzien had.

'En jouw broer? Wat kan die dan allemaal?' smaalde hij.

'Hij heeft de tandarts gebeten,' zei ik. 'Ze hebben zijn pink moeten afzetten.' Dat laatste loog ik, maar het werkte. Hij nam zwijgend zijn verlies.

'Respect,' zei de jongen met het petje. 'Wist je,' vroeg hij, 'dat meisjes zich laten vingeren als je een gehandicapte broer hebt?' Hij boog zich naar me toe en zei op samenzweerderige toon: 'Echt waar. Uit medelijden, het is fantastisch.' De jongen bewoog zijn mond verder naar mijn oor en maakte een geluid alsof hij het laatste restje milkshake uit een plastic beker slurpte, met een rietje. Hij hield twee vingers omhoog en bewoog ze op en neer in het luchtledige. 'Genieten,' zei hij.

Ik liep naar de keuken om te helpen met de afwas. Met deze mensen had ik helemaal niets. Je zou ze lotgenoten kunnen noemen, omdat zij ook een gehandicapte broer of zus hadden. We zouden vreemdelingen zijn als hun moeder die paar wodka's na het eerste trimester had laten staan, als ze iets meer haar best had gedaan tijdens zwangerschapsyoga. Maar hoe onaangenaam ik hun gezelschap ook vond, ze waren niet zo verderfelijk als de groepsleidsters.

Kort daarvoor was het me opgevallen dat Ernst begon te kalen. Aanvankelijk waren het alleen inhammen, maar al snel dreigden die uit te groeien tot volwaardige fjorden. Inmiddels zag hij ook wat dun op de kruin. Het kon zijn dat het kwam door de helm die ze hem lieten dragen, maar als je het mij vraagt lag het aan zijn dieet. Een van de leidsters weigerde consequent vlees te bereiden voor de bewoners. Ze zei dat in een modern voedingspatroon vlees overbodig was. Alle werknemers van Villa Zonneschijn gebruikten hun ingeroosterde uren om hun eigen overtuigingen aan de bewoners op te dringen. Zelfs de stagiaires hadden een ideologische agenda. Ze richtten de gemeenschappelijke ruimte in naar de principes van feng shui, zetten hen die ertoe in staat waren op de looptrainer, brandden stengels met wierook, of dumpten de bewoners 's winters in een kamer van vijftien graden om energie te besparen – dan deden ze maar een lekker dikke trui aan. Elke zoveel maanden moest er iemand weg om te werpen, en die werd dan onmiddellijk vervangen door een aan de zijlijn reeds warmgelopen interim-hulpverlener met een vergelijkbaar plannetje om de bewoners te hersenspoelen. Ze claimden in de zorg te werken om mensen te helpen, om te doen wat juist is. Aan de lopende band zeiden ze dingen als: 'Ik wil mijn steentje bijdragen. Ik wil gewoon iets terugdoen.' Terugdoen? Voor alle dingen die gehandicapten voor hen hebben gedaan?

Het ergst was de groepsleidster. Die was van evangelische huize, en organiseerde iedere week een Bijbelbijeenkomst in Villa Zonneschijn. Zij ging voor in het gebed, de bewoners zaten in een kring om haar heen te wachten op de gevulde koek die ze aan het eind van iedere zitting kregen. Niemand die op het idee kwam om de ouders te vragen of dat goed was. Een tijdje daarvoor was een van de gehandicapten overleden. Hij kreeg een epileptische aanval en viel van de trap. Mijn moeder ging naar de dienst. Ze vertelde dat tijdens de ceremonie de naam van de Schepper vaker was gevallen dan die van de overledene. Misschien is dat wel het ergste van het gehandicapt zijn: niet kunnen bepalen hoe je herinnerd zal worden.

'Zal ik helpen met afdrogen?' vroeg iemand.

'Graag,' zei ik. Het was Nebraska, die Villa Zonneschijn eens in de week bezocht. Ze was wat ze zelf eufemistisch omschreef als een 'intimiteitsconsulent'. De leidsters noemden haar gewoon een hoer. Bewoners hadden gemeenschap met haar, dat werd vergoed door de meeste verzekeraars. Deskundigen zeiden dat het goed was voor hun emotionele ontwikkeling. Ik mocht haar wel. Ze was de enige die de bewoners niet indoctrineerde.

'Ik dacht dat jij niet werkte op zaterdagen,' zei ik. Af en toe zag ik haar doordeweeks, als ik 's avonds met Kemal Ernst ophaalde voor een ritje door het bos.

'Ze hebben vandaag iedereen nodig,' zei ze.

Dat was waar ook. Na de koffie gingen we zwemmen. Met zijn allen. Ik had er zin in. Nebraska werkte liever als er minder mensen waren, of oproepkrachten, die nog niet bekend waren met haar bezigheden. De leidsters minachtten haar. Ze negeerden haar zorgvuldig, maar praatten over haar waar ze bij stond. 'Hoeveel heeft ze er vanavond al gehad?' vroegen ze aan elkaar. Nebraska wist dat onbegrip erbij hoorde. Haar beroep bestond alleen bij de gratie van frigiditeit. De leidsters wasten de gehandicapten, kleedden ze aan, zongen liedjes voor ze, klopten hun kussens op. Zij deed andere dingen. Het principe bleef hetzelfde: het was allebei betaalde liefde. Zelf zag ze het als een bevrijding, na eerder achter de ramen van het Spijkerkwartier in Arnhem te hebben gestaan. Gehandicapten holden niet om vijf uur 's morgens doorgesnoven je peeskamer binnen, ze wilden niet koste wat kost in je gezicht klaarkomen, ze duwden niet hun vingers in je reet en zeiden: 'Je doet me aan mijn kleine zusje denken.' Het was bijna ontspannend. Ze voelde zich een gevechtspiloot die verkeersvlieger was geworden.

Ik kreeg een lift van Nebraska naar het zwembad, dat een paar kilometer verderop lag. Ze had een leaseauto van de zorginstelling. Daarmee pendelde ze tussen de verschillende filialen.

'Heb je wel eens?...' vroeg ik.

'Heb ik wel eens wat?'

'Ernst,' zei ik.

Ze lachte. 'Hij is geschapen als een omgewaaide boom,' zei ze.

Dat vond ik geen prettige gedachte. 'Ik pest je maar,' zei ze. 'Villa Zonneschijn heeft de zware gevallen. Daar doe ik er maar een of twee.'

Een pak van mijn hart. Hoe sympathiek ik Nebraska ook vond, de gedachte aan haar, zittend op het gezicht van Ernst, maakte me onpasselijk. 'De rest leegt zich in een papieren zak.'

Ik keek haar geërgerd aan. 'Jij kunt ook niet tegen een grapje.'

We arriveerden bij het zwembad. Ik besloot aan de kant te blijven, in badkleding voelde ik me niet op mijn gemak. De rest van de aanwezigen had daar duidelijk minder moeite mee. De leidsters liepen schaamteloos rond in dezelfde bikini's die ze op vakantie droegen, waarmee ze in een koele hotelkamer voor hun vriendjes paradeerden. Alleen Nebraska had zich in een zedig badpak gehesen. Ik walgde van ze, de leidsters, met hun vlezige melktieten, die elk moment leken te kunnen ontploffen. Ze waggelden instructies roepend over de gladde vloer, lillend spek en schelle kreten. Het was een fascinerend schouwspel. De gehandicapten werden als schapen samengedreven aan de rand van het zwembad. Daar kregen ze één voor één zwembandjes en een reddingsvest aangemeten. Twee leidsters plonsden alvast het, om voor de hand liggende redenen van extra chloor voorziene, water in. Daar dreven ze rond om de bewoners op te vangen.

De broers en zussen sprongen ook alvast het bad in. De jongen met de baseballpet deed een bommetje. Daarna werden de gehandicapten beurtelings naar de rand gedirigeerd. Zij die onwillig waren, kregen een zetje. Sommigen raakten in paniek en duwden de leidsters onder water, anderen imiteerden een schoolslag alsof het dagelijkse kost was. Na een tijdje waren ze allemaal gekalmeerd en dreven ze onbezorgd rond. Ik stond op de kant met blauw plastic om mijn schoenen en vroeg me af *waarom*. Ze konden niet zwemmen, ze hoefden niet te zwemmen, ze deden maar wat. Niet omdat zij het wilden, maar omdat wij het ook doen. We moesten onszelf er constant aan herinneren dat het mensen waren. Misschien hadden de omwonenden van Villa Zonneschijn wel gelijk, en waren het inderdaad bosmensen: orang-oetans. Net niet mensen. Voor 96,4 procent identiek aan de mens, maar die laatste paar procentpunten, daar gaat het om. Die maken het verschil tussen carrière en gezin, en ondersteboven in de boom hangen en papaja's eten. Ik keek uit over het water. Iedereen lag er inmiddels in. Ze dobberden stuurloos rond, als drenkelingen, als wrakhout. Ernst was de enige die kon staan, voeten plat op de bodem. Zijn lippen kwamen net boven het oppervlak uit. Orang-oetans drijven niet.

28

'Natuurlijk wil ik mee,' had Boy gezegd. 'Ik ben vereerd.' Mijn moeder zat naast hem in de taxi. Ze hoopte dat hij geen spijt zou krijgen. Boy keek met grote ogen naar buiten. Hij kwam oorspronkelijk uit Zaandam, zulke ellende was hij niet gewend. De taxi reed door Brummelo, het dorp waar mijn moeder was opgegroeid. Ze schrok van de staat waarin het verkeerde. De laatste twintig jaar was ze er twee keer geweest: een keer voor de begrafenis van haar vader, een keer voor de begrafenis van haar moeder. Destijds was het al een krimpdorp. De supermarkt werd opgedoekt, het postkantoor gesloten, de kerk gesloopt. Maar terwijl ze door het raampje van de taxi het lintdorp aan zich voorbij zag trekken, realiseerde ze zich: dit is geen krimpdorp, dit is een spookdorp. De straat waarin ze was opgegroeid was nu vervallen, naargeestig, leeg. De huizen bladderden af als een albino op zonvakantie.

Mijn moeder was hier niet zonder reden. Een paar weken daarvoor was er een brief gekomen, die ze net op tijd uit de oudpapierbak had kunnen redden. Het logo op de envelop herkende ze meteen, het was dat van het Protestants Agrarisch Lyceum, haar vroegere middelbare school. Ze opende de envelop en las de brief. Uit de tekst bleek dat het lyceum werd opgeheven. De overgebleven leerlingen moesten na de zomer naar Hengelo fietsen. Het verbaasde haar niet, het mocht een wonder heten dat een gemeente als Brummelo zo lang over een eigen school had kunnen beschikken. Brummelo was het laatste Nederlandse dorp dat nog ontwikkelingshulp kreeg. Tot diep in de jaren zestig ontving het overheidsgeld om waterleidingen en verharde wegen mee aan te leggen. In de 46ste editie van de Bosatlas stond het dorp in de legenda nog aangegeven als een tribale samenleving.

Mijn moeder las verder. Er zou een grote reünie gehouden worden. Nog één keer alle oud-leerlingen bij elkaar in het oude schoolgebouw voor een waardig afscheid. Zij en haar partner waren van harte welkom bij deze feestelijke bijeenkomst, schreef de directeur.

Welkom als hij was, mijn vader had geen zin. Bovendien nam mijn moeder hem liever niet mee naar openbare gelegenheden. De vorige keer dat hij naar Brummelo was gekomen, was om haar hand te vragen. Haar vader, mijn grootvader, mocht die stedeling niet. Hij kon geen fatsoenlijke bruidsschat opbrengen. Tot op zijn sterfbed heeft opa op zijn deel van mijn vaders veestapel liggen wachten.

Mijn moeder was nieuwsgierig geworden naar de staat van haar oude school. Ze kwam op het idee om Boy mee te vragen. Sinds ze elkaar ontmoet hadden tijdens het eerste hoorcollege gingen ze wekelijks samen lunchen, dan overhoorde hij haar over de collegestof en mocht ze zijn aantekeningen overschrijven. Een mogelijkheid waar ze zelden gebruik van maakte, mijn moeder vond dat ze op eigen kracht moest slagen. Soms kocht Boy een saucijzenbroodje voor haar. Ze voelde zich net een prinses. Zoals beloofd had hij haar de stad laten zien. Ze waren naar het Begijnhof geweest, naar het NEMO, waar je zelf allerlei proefjes kon ondernemen, en ze hadden zelfs een rondvaart door de grachten gemaakt. Boy zag het als zijn verantwoordelijkheid. Hij was voorzitter van de studievereniging, het was zijn plicht om goed voor alle leden te zorgen.

Hij was een uitzonderlijk betrokken student. Naast zijn voorzitterschap van de studievereniging schreef hij voor het faculteitsblaadje, zat hij in de medezeggenschapsraad, en was hij badmeester van de corporale zwemvereniging. Los van deze, min of meer, studiegerelateerde activiteiten werkte hij op zondagen in het Van Gogh Museum en las hij twee keer per week kinderen met een taalachterstand voor. Wanneer hij en mijn moeder samen de maaltijd gebruikten, goot hij onafgebroken energiedrank naar binnen om op de been te blijven. Cilinder na cilinder toverde hij uit zijn schoudertas, en met elk blikje dat hij aanbrak kwam die chemische wasem als de Probo Koala haar *comfort zone* binnendrijven.

Je kon aan Boy zien dat hij nog maar kort actief was in het studentenwezen. Zijn vlezige romp en bolle toet verraadden de frequentie waarmee hij alle netwerkborrels en drinkgelagen aandeed, zijn te kleine truien dat hij dit drukke bestaan tijdens de uitverkoop van de voorgaande lente nog niet had kunnen voorzien. Mijn moeder bewonderde hem, hij was een rijzende ster. Slim, ambitieus, nijver. Niet iedereen in de werkgroep dacht daar hetzelfde over. Ze zag hoe de anderen naar hem keken, velen minachtten hem. De jongens waren jaloers, en ook bij de meisjes was hij geen doorslaand succes. Ze besteedden geen aandacht aan hem, zelfs niet uit piëteit. Mijn moeder vermoedde een liefdesgeschiedenis van gestolde zakdoekjes.

De taxi stopte. Het schoolgebouw stond er in vergelijking met de overige constructies fier bij. Het moest de afgelopen jaren nog verbouwd zijn. Er hing een tros felgekleurde ballonnen boven de ingang, en een spandoek met WELKOM REÜNISTEN. Mijn moeder betaalde de taxichauffeur en liep met Boy naar binnen. In de hal stond een meisje met een blad champagne. De laatste leerling, liet mijn moeder zich vertellen.

'Bent u zenuwachtig?' vroeg Boy. Ze drukte hem constant op het hart om haar toch vooral te tutoyeren, een oproep waar hij tot dan toe geen enkele keer gehoor aan had gegeven.

'Een beetje wel,' zei mijn moeder naar waarheid. Hij kneep haar kort in de arm. Ze vreesde de hereniging met haar oud-klasgenoten. Mensen die naar een reünie komen, doen dat omdat ze iets te etaleren hebben. Een oogverblindende vrouw, een glansrijke carrière. Zij die in de bijstand beland zijn, hebben op zo'n weerzien niets te zoeken.

Mijn moeder liep met Boy door de aula heen naar buiten. Daar stonden twee partytenten voor als het zou regenen, hetgeen niet het geval was: het was een gerieflijke lenteavond. Her en der stonden vuurkorven over het veld verspreid, waaraan de gasten zo nodig hun handen konden warmen. De meesten van hen stonden echter rondom de omheining waarbinnen de schapen werden gehouden. Het Agrarisch Lyceum beschikte over een bescheiden aantal boerderijdieren, die gebruikt werden voor praktijklessen in de bovenbouw. Melken, slachten, insemineren: alles kwam aan bod. Sommige aanwezigen hingen aangeschoten over het hek en probeerden de dieren te lokken door met hun tong te klakken. Ze hadden in geen decennia vee gezien.

Mijn moeder keek om zich heen. De genodigden zagen er werelds uit, modern. Niet langer schoten ze na de laatste les direct in hun overall om op het land te helpen. Zo te zien hadden ze allemaal hetzelfde gedaan als mijn moeder, en waren ze direct na hun eindexamen ('noem naast bruine roest en meeldauw nog twee bladziekten die van invloed kunnen zijn op de tarweoogst') het dorp ontvlucht. Ze herkende Johan, die ooit een week geschorst werd omdat hij mond-en-klauwzeer had verspreid, Hinke, de vroegrijpe dorpsmatras, wier afdruk je met een beetje fantasie nog in elke hooiberg in de wijde omgeving kon onderscheiden, Jaap, die een tijd lang beweerde dat zijn vader het roggebrood had uitgevonden. Oude gezichten in nieuwe kapsels. Mijn moeder glimlachte toen ze de directeur zag staan. Ze herkende hem, althans, zijn vader. Meester Glerum. Een fraai staaltje nepotisme. Naast directeur van de school was hij ook gymleraar en schoolarts, maar, zo zei hij bescheiden, dat laatste was meer een hobby. En nu had zijn zoon het stokje overgenomen.

Er kwam een man naast mijn moeder staan. Het was Lourens van den Heuvel, afkomstig uit een geslacht van blozende boeren. Zijn hele familie was veroordeeld tot een uitzonderlijk rood hoofd, een genetisch defect waar deze voormalige klasgenoot nu, meer dan ooit, ook onder gebukt ging. Tijdens hun jeugd was hij verliefd op haar geweest, zes schooljaren lang. In de vakanties zat hij op het stalen hek voor het erf van haar vader te wachten tot ze naar buiten kwam. Ze was nooit op zijn avances ingegaan.

'Lang niet gezien,' lachte ze.

'Nou,' zei Lourens.

Ze zwegen allebei in de wetenschap wat er van ze verwacht werd: een geanimeerd gesprek over vroeger, weet je nog van, jahaa, en of ik dat nog weet, en toen die en die, ja, Hans, wat een giller, och, dat waren tijden, inderdaad hè, nou.

'Zal ik dan maar beginnen?' vroeg Lourens. Mijn moeder wist het al. Lourens stond naast een vrouw, zíjn vrouw, die het verhaal in al haar schoonheid en elegantie duidelijk samenvatte. Hij was geslaagd. En dat kwam hij haar nu inwrijven. Ze had het goed gezien. Lourens stak van wal en vertelde hoe hij na het pensioen van zijn vader het familiebedrijf had overgenomen. Hij had een logge en ouderwetse landbouwonderneming omgetoverd tot een succesvolle producent van warme groenten. Lourens conserveerde zijn waren in een biologisch afbreekbare verpakking, die je probleemloos in de magnetron kon verhitten. Milieu- en gebruiksvriendelijk, het was een groot succes. Mijn moeder hoorde het verveeld aan terwijl Boy af en toe beleefd een vraag stelde.

'Mijn man vindt mij niet meer aantrekkelijk,' zei mijn moeder plotseling. 'Hij vindt dat ik eruitzie als een abrikozenpit.' Lourens leek even niet te weten wat hij moest zeggen. Hij hield een kelner staande en pakte een bitterbal van de schaal.

'Dat spijt me,' zei Lourens. Hij hapte de bitterbal doormidden.

'Er is niets om spijt voor te hebben. Het is zoals het is.' De vrouw van Lourens deed alsof ze het allemaal niet hoorde. Ze leunde tegen het hek en keek naar de schapen. Mijn moeder tikte haar op de schouders.

'Wat vind jij?' vroeg ze. 'Zijn deze jongens nog een beetje het aanzien waard?' Ze stak haar borst naar voren. Lourens werd nog roder dan hij al was.

'Dat schaap,' zei de vrouw van Lourens. 'Wat is er met dat schaap?' Mijn moeder zuchtte. Ze vermoedde dat het wicht voor het eerst op het platteland kwam.

'Kunnen we het nu alsjeblieft even over mij hebben?' vroeg ze geërgerd.

'Ik meen het,' zei de vrouw. 'Dat schaap is ziek.'

Mijn moeder keek opzij. De vrouw van Lourens had gelijk. Er was overduidelijk iets aan de hand met een van de schapen. Het dier had zich afgezonderd van de rest van de groep en lag zijdelings op een bedje van hooi. Mijn moeder boog zich voorover om het beter te kunnen zien. Het schaap blaatte gekweld. Dit moest ze weten. Op mijn moeders eindlijst prijkte een 8+ voor diergeneeskunde. 'Het schaap moet bevallen,' was Lourens haar voor. Hij had gelijk. Het dier verkeerde in barensnood.

De andere aanwezigen begonnen nu ook te merken dat er iets aan de hand was. Er verzamelde zich een schare mensen rondom de omheining.

'Kan er iemand helpen?' vroeg mijn moeder. Niemand stak zijn hand op. Zelfs de directeur niet, maar die had zijn zondagse pak aan. Ze zag het schaap afzien. Het viel haar nu pas op dat de vruchtzak er al naast lag, van de pootjes nog geen spoor.

'Wil er iemand helpen?' probeerde ze nogmaals.

Daar stonden ze dan, niet wetend wat te doen. Ze wilden geen vlekken op hun wollen parka's, of ze hadden hun nagels net geknipt. Ondertussen worstelde het lam nog steeds.

Ineens kwamen de pootjes naar buiten. Er ging een zucht van opluchting door het publiek, die al snel plaatsmaakte voor ontsteltenis. Het waren de achterpoten die uit de achterkant van de ooi staken. Iedereen die het vak diergeneeskunde met goed gevolg had afgesloten, wist wat dat betekende. Een stuitligging. Als er niet werd ingegrepen, zou het lam stikken. De rest van de reünisten wist het ook.

'Doe iets!' gilde mijn moeder, en ze wist dat het tevergeefs was. Haar klasgenoten waren het boerenleven eenvoudigweg verleerd. Het enige wat ze na hun vertrek uit Brummelo nog hoorden loeien, waren de sirenes op de eerste maandag van de maand. En waar hun vaders kippen na het derde windei consequent de nek omdraaiden, daar hadden zij thuis een roedel gezelschapsdieren met Disneynamen rondlopen die antidepressiva kregen voorgeschreven wanneer het leven even tegenzat. Van hen hoefde ze geen hulp te verwachten. Dit ging mis.

Plots deed Boy een stap naar voren. Hij plaatste zijn handen op de reling en sprong behendig over het hek. Daar ging hij op zijn knieën achter het schaap zitten. Boy stroopte zijn mouwen op. Zonder aandacht te besteden aan de latex afwashandschoenen die hem door de directeur werden toegeworpen, pakte hij de achterpootjes beet en trok er voorzichtig aan. Het lam gaf mee. Met hernieuwd vertrouwen in zijn verloskundige capaciteiten trok hij nog een keer, harder ditmaal. De verzamelde oud-klasgenoten keken ademloos toe. Het lijfje was nu halverwege. Met een ferme ruk trok Boy het dier naar buiten. Een golf vruchtwater kwam op zijn schoot terecht, alsof hij met een bezemsteel het regenwater van een zonnescherm porde. Het lammetje mekkerde verbaasd. Boy, die het op zijn knieën te drogen legde, leek er zelf ook beduusd van. Besluiteloos aaide hij over de rug, totdat iemand hem een badhanddoek toewierp waarin hij het lam wikkelde.

Lourens stootte mijn moeder aan. 'Wie ís dat?' vroeg hij.

'Dat is mijn zoon,' zei mijn moeder. 'Hij is voorzitter van de studievereniging.'

29

'Ik voel me net Anne Frank, man,' zei Kemal, die sinds een paar dagen bij mij op zolder sliep. Ik vertelde hem dat als hij langer dan twee weken dacht te blijven, hij ook zo zou eindigen. Dit was een noodoplossing, benadrukte ik, een provisorisch onderkomen voor zolang het duurde. Vast stond dat hij niet langer thuis kon blijven. Hij had me verteld wat er gebeurd was. Nadat zijn vader het geld op zijn kamer had gevonden, had Kemal zich uit het raam van de eerste verdieping geworpen. Een daad van onmacht. Hij wist dat hij niet dood zou vallen, maar hij hoopte in ieder geval een botje te breken zodat hij niet door de keuring zou komen. Toen hij de grond raakte, besefte hij dat de dienstplicht tot het achtendertigste jaar vervuld kon worden, en dat hij zijn probleem niet had opgelost, alleen uitgesteld.

De hele familie was door de schuifdeuren de tuin in gelopen, waar Kemal in het natte gras lag te kermen. Ze hielpen hem overeind en duwden hem in de klaarstaande auto. Hij moest vooral niet denken dat hij met zijn aanstellerij deze heuglijke dag mocht overslaan. Onderweg naar de moskee had zijn oom Ersin hem bij de schouder gegrepen en zijn arm weer in de kom geduwd. Een van de vele nuttige dingen die hij in het leger had geleerd, zei hij. Zijn vader dronk Amaretto uit de minibar. Gedurende de hele ceremonie had Kemal op de derde rij zijn pijn zitten verbijten, met zijn witte overhemd onder de grasstrepen en dauwplekken. Tot overmaat van ramp leek zijn neefje Hamza nergens last van te hebben. Geen centje pijn. Zijn voorhuid gleed van het lid als het vel van een geblancheerde tomaat. Pas na afloop mocht Kemal van zijn vader naar het ziekenhuis, waar men constateerde dat hij een gekneusde arm had. Met de taxi ging hij naar huis, niemand informeerde hoe het met hem ging. Zijn vader schreef met een zwarte markeerstift LAFAARD op zijn mitella. Dat hij daarvoor niet het Turkse woord *korkuk* gebruikte, zei alles over de mate van respect, of het gebrek daaraan, dat zijn vader nog voor hem voelde.

Een paar dagen later stond Kemal voor mijn deur, met een weekendtas in zijn hand. Of hij hier een tijdje kon blijven. Ik had met hem te doen, ik kon niet weigeren. Mijn ouders vonden het tot mijn verbazing ook prima, vooral mijn vader. De Turken waren een volk naar zijn hart, ondernemers waren het, niet bang om hun handen uit de mouwen te steken. Hij zei altijd dat als hij ooit een ark mocht vullen, hij sowieso twee Turken mee zou nemen. Naar de rest van de opvarenden vroeg ik niet, maar het zou me niets verbazen als hij het bij die twee Turken liet. Kemal sliep bij mij op zolder. Mijn moeder had een kampeerbed voor hem neergezet. Vanuit zijn slaapzak zei hij: 'Je boft maar met zo'n vader, man.'

We liepen de trappen op van een flat in Kerkelanden. Een eigenaardige wijk: drie grijze torenflats omringd door tuintjes en gezinswoningen. Half Vinex-wijk, half achterstandsbuurt. De drie flats telden ieder zestien verdiepingen, en waren na de zendmast de hoogste gebouwen van Hilversum. Ik wachtte tot halverwege het trappenhuis voordat ik Kemal vertelde waarom we daar waren. De lift was kapot, en ergens hoopte ik dat hij tijdens het trappenlopen geen adem had om te klagen. Hij bewees het tegendeel.

De dag daarvoor had ik het nummer dat Kaiser me in het café van mijn vader had gegeven gebeld. Hij zei dat ik langs mocht komen. Aan Kemal vertelde ik dat het een oriënterend gesprek was. Ik kende Kaiser nog van vroeger, hij hoefde zich nergens druk over te maken. Kaiser viel best mee, zei ik. Bovendien: Kemal had geen keus. Ik deed dit voor hem. Hij had het geld nodig, ik niet. 'Weet je wel met wie je te maken hebt?' hijgde Kemal. Zijn neven kenden Kaiser uit het wereldje, ze noemden hem de meest gevreesde drugsdealer van Hilversum. Ik zei tegen Kemal dat die titel niet veel meer om het lijf had dan nachtburgemeester van Klundert, of stadsdichter van Zierikzee.

Kemal vertelde een verhaal dat hij gehoord had over de vermeende wreedheid van Kaiser. Hij hield er onorthodoxe methoden op na. Andere dealers sloegen met kabels op je voetzolen als je niet betaalde, of ze braken je vingers. Kaiser had een motorboot waarmee hij wanbetalers 's nachts mee de Loosdrechtse Plassen op nam om ze te kielhalen. Bij voorkeur in de zomer, op plekken waar veel blauwalg dreef. Daar was je dan een week goed ziek van. Ik zei tegen Kemal dat hij overdreef. Turken hebben een orale traditie. Wat begint met een glas water in iemands gezicht gooien, eindigt met een verhaal over kielhalen. Kemal sputterde nog wat tegen, maar we waren bijna boven en geen van tweeën hadden we de energie om hier verder over te soebatten. Daarnaast, het feit dat Kemal nog steeds achter me aan liep, bewees dat zijn protest voor de bühne was.

Ik belde aan bij het opgegeven adres. Na een halve minuut deed er iemand open. Het was een van de trawanten die Kaiser in Jungle Fever bij zich had. Hij verontschuldigde zich voor de trappen. Er woonde een probleemgezin een paar deuren verderop. Ze saboteerden de liften om de dame van jeugdzorg te zieken. 'Nu gaan er dagen voorbij zonder dat de bel gaat,' klaagde hij. 'De vorige keer was al een week geleden. Een meisje met rood haar die me foto's van lemuren en pinguïns liet zien. Ze bleek van het Wereld Natuur Fonds.' Hij klonk oprecht teleurgesteld. 'Wie is dat?' vroeg hij, knikkend naar Kemal.

'Een vriend,' zei ik. 'Hij is te vertrouwen.'

Hij gebaarde Kemal dat hij zijn armen en benen moest spreiden en fouilleerde hem. Met zijn handen omhoog werden de vleermuizen onder zijn oksels duidelijk zichtbaar. Kemal onderging het met tegenzin. Langs de handlanger heen keek ik de kamer in. Nooit eerder was ik in een drugspand geweest. Het viel me alleszins mee. Ergens verwachtte ik een bedompt hol, met afbladderend behang, een knipperende tl-buis, een oude matras in de hoek, met een stuiptrekkende junk erop. Het interieur was opgewekt, zo niet truttig. Een bankstel in lila, klikparket op de vloeren, bloemen op tafel, en ingelijste foto's van Kaisers handlangers. Op een van die foto's stonden ze gedrieën voor een reuzenrad. Kaiser stond in het midden, zijn handen vriendschappelijk om hen heen geslagen. Ze lachten, de rechter hield een suikerspin vast. Ook in de onderwereld is de relatie tussen werkgever en werknemer aan jovialisering onderhevig. Ik vroeg me af of ze samen op bedrijfsuitjes gingen. Of ze gingen lasergamen en steengrillen.

Ik zocht oogcontact met Kemal, om te zien of hij de foto ook gezien had. Voordat onze blikken elkaar wisten te vinden, kwam Kaiser de kamer binnen, met de tweede compagnon in zijn kielzog. Hij had een witte badjas aan die openviel bij zijn borst, het verschafte mij een uitzicht op de erbarmelijke staat van zijn bovenlijf. In Jungle Fever zag hij er al niet gezond uit, maar het aanzien van zijn blote torso was gewoonweg akelig. Bijna pervers mager was hij, van meters afstand kon ik zijn hart als een bronzen klok tegen zijn vel zien slaan.

'Ga zitten,' zei hij. 'Welkom.'

We namen plaats op de bank. Hij stelde zijn twee handlangers, zelf sprak hij liever van assistenten, aan ons voor. Pjotr en Tobias heetten ze. Kaiser legde uit dat hij het liefst samenwerkte met mensen die dicht bij hem stonden, die kon hij vertrouwen. Pjotr en Tobias kende hij van jongs af aan. Hij had ze nog net niet met de fles grootgebracht. Hij kende ze al toen ze Huggies droegen, toen hun spreekbeurten op de lagere school over poezen en poffertjes gingen, toen ze hun eerste winkeldiefstal – wat lange jannen en een handje trekdrop – pleegden, toen ze voor het eerst geschorst werden in de brugklas nadat ze gebroederlijk hun passers richting de docent smeten, hij was erbij toen ze hun eerste meisjes probeerden te versieren, tevergeefs, omdat hun gezichten akelig veel weg hadden van Twentse krentenwegge, hij was erbij toen ze erin slaagden om diezelfde meisjes te versieren, omdat hij, Kaiser, zei dat het zo moest gebeuren, dus dan kun je maar beter luisteren, en hoe ze sneller klaar waren dan een Chinees bij de wiskundeolympiade. Hun loyaliteit hoefde hij niet te kopen. Die was vanzelfsprekend.

Kaiser legde uit dat hij door gezondheidsproblemen een aantal taken moest overhevelen. 'Daarom ben jij hier,' zei hij. 'We moeten uitbreiden, maar alleen met mensen die ik kan vertrouwen. Ik zie je wel eens met je broer. Je zorgt goed voor hem. Ik denk dat ik op jou kan bouwen.'

'Bedankt,' zei ik.

'Willen jullie wat te eten?' vroeg hij. En, zonder het antwoord af te wachten: 'Pjotr, maak wat lekkers voor die jongens.'

Niet veel later kwam zijn assistent binnen met een bord vol vissticks. Ik pakte er een, en onmiddellijk legde Pjotr een servetje op mijn schoot. 'Kruimels,' fluisterde hij. Daarna presenteerde hij het bord aan Kemal.

'Nee, bedankt,' zei hij. Kaiser, die zelf ook afsloeg, en van wie ik vermoedde dat hij niet heel veel meer dan knäckebröd en dieetpillen consumeerde, keek verstoord op.

'Wat bedoel je daarmee?' vroeg hij, geagiteerd.

'Ik eet geen vis.'

Kaiser keek me aan, probeerde uit te vinden of hij niet voor de gek werd gehouden. Ik schudde mijn hoofd. Hij richtte zich weer tot Kemal: 'Meneer eet geen vis.'

'Sorry, man. Ik moet dat niet.'

'Geen kibbeling, geen gerookte zalm, geen rode poon, geen tonijn uit blik, geen op de huid gebakken forel, geen haring uit het vuistje?'

Kemal zweeg en sloeg beschaamd zijn ogen neer.

'Wie is deze clown?' lachte hij.

'Het is een culturele kloof,' zei ik zachtjes in een poging de boel te kalmeren.

'Dat heeft er niets mee te maken, man,' viel Kemal me in de rede. 'Het is gewoon vies. Weet je hoeveel shit we in de zee gooien? Te veel, man. Die vissen zwemmen in de troep.'

Kaiser liep rood aan, een ader in zijn hals manifesteerde zich nadrukkelijk. Hij klopte niet eens meer, hij slingerde. Als een losgelaten brandslang.

'En de aminozuren dan?' riep hij. 'De omegavetten?'

Kemal haalde zijn schouders op. Vanuit mijn ooghoek zag ik Tobias steeds verder vooroverbuigen, de kolf van een pistool stak brutaal boven de broekrand uit.

'Vergeef mijn vriend,' bemiddelde ik. 'Hij trekt zich de overbevissing gewoon erg aan.'

Kemal leek het wapen inmiddels ook gezien te hebben en knikte ijverig.

'Dat begrijp ik,' zei Kaiser, 'maar deze vissticks zijn honderd procent duurzaam en dolfijnvriendelijk gevangen. Geen sleepnetten, geen haken, niks.' Hij leek wat gekalmeerd.

'Kunnen we zakendoen?' vroeg ik. 'Het is geen gebrek aan respect, Kemal is gewoon een moeilijke eter. Hij eet geen champignons, geen artisjokken, geen varkensvlees, bijna niets eigenlijk.'

'Het spijt me, maar iemand die geen vis eet kan ik onmogelijk vertrouwen. De oceaan is onze meest gezonde en diverse voedselbron.'

Ik keek naar Kemal, dwingend. Dit was voor zijn eigen bestwil. Hij had het geld harder nodig dan ik. Los daarvan, vissticks smaken amper naar vis. Het is kip met een luchtje.

'Vijftien maanden,' siste ik naar Kemal.

'Eet er een,' zei Kaiser. 'Laat me zien dat ik je kan vertrouwen.'

Toen, in een onverwachte opwelling van rationaliteit, pakte Kemal een visstick met zijn vingertoppen beet, schoof hem langs de rand van het bord, in één beweging alle dipsaus meenemend, duwde hem zijn van afschuw vertrokken gezicht binnen, kauwde als een klappertandend skelet, en slikte hem met tranen in zijn ogen door. Kaiser keek hem strak aan tot hij zeker wist dat alles binnen was. Kemal stak zijn tong naar buiten.

Kaiser kon zich niet langer bedwingen en barstte in lachen uit. Met zijn knokige armen sloeg hij zich op de knieën van de pret. Ik dacht even dat hij erin zou blijven, zijn lichaam was te broos voor vertier. 'Kostelijk,' proestte hij. 'Kostelijk. Ik heb nog wel een klusje voor jullie.'

30

Gedurende mijn puberteit had ik enige tijd de gewoonte om heel hard op de ramen te kloppen van geldtransportwagens. Meer uit verveling dan uit kwaadwillendheid. Het kon me altijd opvrolijken om langs zo'n blauwe truck te sluipen, te hurken in de dode hoek, en dan plotseling flink op de ruiten te bonken. Soms keek de chauffeur alleen verveeld op, maar er waren er ook die als een klein meisje begonnen te gillen en midden in een drukke straat vol op het gas gingen staan, waarbij het winkelende publiek zich gedwongen zag om als zandvlooien opzij te springen. Dat was het meest misdadige dat ik ooit gedaan heb, bedacht ik terwijl Pjotr en Tobias uitlegden welk klusje Kaiser voor ons in petto had. Hij wilde dat we gingen dealen, op het Media Park. Een van zijn drie afzetmarkten in Hilversum: je had de uitgaansgelegenheden, het Media Park, en de thuisbezorging. Maar dat laatste deed hij liever zelf. Zijn assistenten hadden de cocaïne al voor ons verpakt in kleine enveloppen, kabouterbriefjes noemde hij die.

'We verkopen per gram,' zei Tobias. 'Een gram is vijftig euro.'

'Geven we ook korting?' vroeg Kemal. 'De derde gram gratis, of de tweede voor de halve prijs?'

Pjotr zuchtte. 'Ik vraag het maar, man,' zei Kemal. De enige reden dat zijn aanwezigheid gedoogd werd, was dat hij een rijbewijs had en ik niet. We dealden vanuit de auto. Bij de slagbomen van het Media Park moesten we voorwenden eten te bezorgen. Kaiser had ons een enorme sticker gegeven, die we op de zijkant van de

Escort moesten plakken. SEÑOR PIZZA stond erop. Ik geloof dat Kemal tegen zijn tranen vocht toen hij dat ding op zijn auto aanbracht. Kaiser betaalde ons zeshonderd euro per avond. We moesten delen, maar toch. In dat tempo kon Kemal binnen een maand het benodigde bedrag weer bij elkaar ritselen.

Dat was hard nodig. Ze hadden hem ontslagen bij de fondsenwerving. Hij had geprobeerd de boel op te lichten nadat zijn vader hem bestolen had. In de computerzaal van de openbare bibliotheek had hij de donatieformulieren nagemaakt, het rekeningnummer vervangen door dat van hemzelf, tweehonderd exemplaren met verschillende namen ingevuld, ondertekend, en in het postvakje van de manager gekwakt. Hij verwachtte nog promotie ook. Kemal werd nog diezelfde dag op staande voet ontslagen. De enige reden dat men geen aangifte deed, was omdat ik het voor hem opnam. Ik zei dat zijn oma in Turkije ziek was, en dat hij alleen fraudeerde om haar operatie te kunnen betalen. Men zag af van aangifte, maar zette ook mij op straat. Ik moest er immers van geweten hebben.

Tobias overhandigde ons een telefoon. Een oude Nokia 3310. Die waren blijkbaar minder goed te traceren.

'Dit is jullie telefoon,' zei hij. 'Jullie kunnen van zeven tot twee gebeld worden. Gebruik nooit woorden als "coke" of "drugs". Hou het zo algemeen mogelijk.'

'Kunnen we er ook zelf mee bellen?' vroeg Kemal.

'Dat is niet de bedoeling. Is alles duidelijk?'

We knikten allebei, en liepen alle zestien trappen af voor onze eerste ronde.

Ik keek op van de hoeveelheid drugs die ze ons hadden meegegeven. Alleen coke, op pillen zat te weinig marge. Ik dacht dat het proviand voor een week was, misschien wel twee, maar Pjotr en Tobias verwachtten ons de dag erop alweer terug voor bevoorrading. Het zat me niet lekker. Zo veel drugs in het handschoenenkastje van Kemal. Ze zeiden dat we voor de concurrentie niet hoefden te vrezen. Pjotr vertelde dat er in Hilversum maar één andere dealer zat, en die was volkomen ongevaarlijk. Een rijkeluiszoontje was het. Hij woonde op Trompenberg. Zijn vader zat in de scheepsbouw. Zelf produceerde hij muziek in een thuisstudio, die hij een paar jaar terug voor Sinterklaas had gekregen. Muziek, dat was zijn passie. Op het conservatorium wilden ze hem niet, bij de plaatselijke fanfare evenmin, en nu maakte hij zonder al te veel succes reclamejingles op zijn zolderkamer. Een keer hebben ze een compositie van hem gebruikt, in een wervingscampagne voor de marine van Bhutan. Hij is nog steeds niet betaald. Zijn voornaamste inkomstenbron, naast papa, was dan ook de handel in slechte cocaïne. Hij was uitzonderlijk gierig, en versneed zijn spul met fructose, bloem, melkpoeder, en af en toe zelfs met van die aardappelpuree in poedervorm die je met een garde door het kokende water moet kloppen. Het was inmiddels algemeen bekend dat je voor kwaliteit niet bij hem moest zijn.

'Pizza,' zei ik, en de slagboom zwaaide open. Ook van de bewaking zouden we geen last hebben, werd ons verteld. De helft gebruikte ook, de andere helft wist donders goed dat het Media Park niet zonder kon. Alsof je de koffieautomaat weghaalt in een kantoorpand. De technici met de vierkante ogen die de hele nacht moeten monteren, de snelle jongens die het publiek moeten opwarmen bij de grote zaterdagavondshows, de radiopresentatoren op de *graveyard shift*: ze hadden het allemaal even hard nodig. 's Nachts liepen er hondenpatrouilles over het terrein. Maar dat waren de honden die werden afgewezen voor de politieacademie. Die lieten zich al van de wijs brengen door de geur van een oude sok.

De telefoon ging, dat werd tijd. De mannenstem aan de andere kant zei dat hij op de parkeerplaats naast studio 21 op ons wachtte. Ik zei dat we eraan kwamen, en gaf het adres door aan Kemal. Het Media Park is een gigantisch terrein, en hij reed zeker drie keer verkeerd. Na een kleine omzwerving – ik moest nota bene de weg vragen aan een voorbijganger – reden we de parkeerplaats op. Die bevond zich pal naast het afzichtelijke gebouw van Beeld & Geluid, dat vanbinnen helemaal hol is, ik vermoed een metafoor, en er vanbuiten uitziet alsof het schilderwerk is uitbesteed aan een zwerm meeuwen op een dieet van kleurstoffen en laxeermiddel.

'We zijn er,' zei Kemal. Hij zette de motor uit. Het duurde niet lang voordat er iemand naar onze auto kwam lopen. Ik draaide het raampje open.

'Twee gram, alsjeblieft,' zei hij.

Ik herkende onze klant van televisie. Hij was de presentator van een rubriek over achterklap en licht nieuws. Iemand over wie kijkers vol waardering zeggen dat hij zo lekker gewoon is gebleven. Ze moesten eens weten. Deze presentator waakte als een driekoppig monster over zijn eigen imago. Zelfs nadat hij een lucratief contract had getekend bij de commerciëlen ging hij nog ieder jaar op vakantie naar dezelfde camping, waar hij zich op de foto liet zetten terwijl hij met een rol papier onder zijn oksel naar het toiletgebouw liep of vanuit zijn klapstoel aan een viesbruin flesje Frans huisbier lurkte. Zijn collega's spraken er buiten beeld schande van. Dankzij hem zagen ze zich allemaal genoodzaakt om ook een caravan aan te schaffen.

Ik opende het handschoenenkastje en pakte twee envelopjes. 'Dat is dan honderd euro,' zei ik.

De presentator overhandigde me twee briefjes van vijftig, die ik onder het licht hield. Hij moest niet denken dat hij, omdat we nieuw waren, ons zomaar in de maling kon nemen.

Kemal leunde over me heen om de man beter te kunnen zien.

'Bent u het?' vroeg hij opgewonden. 'U bent het, hè?' En tegen mij: 'Hij is het, man.'

De presentator bevestigde opgelaten dat hij het inderdaad was.

'Wacht heel even,' zei Kemal. Hij woelde in zijn handschoenenkastje, tussen de envelopjes, vond pen en papier en overhandigde die aan de presentator.

'Mag ik uw handtekening?' vroeg hij.

De presentator keek Kemal argwanend aan.

'Schrijf maar: Voor Kemal. Wacht, wil jij er ook op?'

Ik schudde mijn hoofd.

'Alleen voor Kemal dan,' bevestigde hij.

De presentator pakte de pen aan, en krabbelde de gedicteerde tekst op het papier.

'Dank u wel, man,' zei Kemal.

De presentator knikte en liep weg richting zijn eigen auto. Ik zag hem om zich heen spieden, zoekend naar de camera's van *Bananasplit*.

Toen we weer reden, zei ik tegen Kemal dat hij dat niet meer moest doen. Ik vertelde hem dat het niet professioneel was, en ordinair bovendien.

'Of wil je worden zoals zij?' Ik wees naar het elektrisch aangedreven treintje dat voor ons reed. Het was de boemel van Hillywood Tours, de organisatie die dagjesmensen voor zeventien euro over het Media Park rondreed. Tegen een bescheiden toeslag konden ze nog een uitzending bijwonen ook. Het treintje was goed gevuld, het was de laatste ronde van de dag. Het ritje werd in de folder als een sterrensafari aangeprezen, met de garantie om BN'ers in het wild te zien. De inzittenden kwamen allemaal van buiten de stad. De meeste Hilversummers zijn nog nooit op het Media Park geweest. Ergens begreep ik die fascinatie wel. Vanaf deze plek werden ze van informatie voorzien, vermaak, een reden om te leven. Dit was het Nederlandse filiaal van de enige echte wereldreligie, met elke dag hoogmis op duizenden kanalen. Als religie de opium van het volk is, dan was dit het *meth lab* van de middenklasse. En wij waren hier om de verslavers in hun verslaving te voorzien.

'Ga er eens naast rijden,' zei ik tegen Kemal. Hij gaf een dot gas en manoeuvreerde langszij het treintje. Ik draaide mijn raampje open.

'En?' riep ik. 'Hebben jullie al wat gezien?'

'Jahaa,' riepen ze terug. De passagiers hielden trots een soort strippenkaart omhoog, die bij de meesten van hen zeker voor de helft gevuld was met de handtekeningen die ze onderweg hadden verzameld. Een man in bodywarmer leunde over het veiligheidshek heen om, al rijdend en met gevaar voor eigen leven, het schermpje van zijn digitale camera te tonen waarop zijn vrouw poseerde met iemand die naar mijn beste weten invalkracht bij het sportjournaal was.

'Wil je hier echt bij horen?' vroeg ik Kemal. Ik wees naar het treintje. Naar de inzittenden, vrouwen met landmachtkapsels en hun arme, arme mannen. 'Bij deze zielenpoten?'

'Je moet niet altijd zo boos zijn, man,' zei Kemal. 'Deze mensen hebben je toch niets misdaan?'

Hij begreep het niet. Hij begreep het oprecht niet.

Deze mensen, het Media Park zo wanhopig afsnuffelend naar sporen van roem, behoorden tot de nieuwe middenklasse. Waar hun ouders en grootouders kort na hun zestiende verjaardag een pikhouweel en een kanarie in de hand gedrukt kregen en de mijnen in werden gestuurd tot hun longen zich vulden met gruis en ploften als een te volle stofzuigerzak, maakten zij nu, voorzien van een fictieve graad in aan ROC's en hogescholen onderwezen cursussen en leergangen, carrière als data-analist, office manager, commercieel medewerker: verzonnen beroepen voor een verzonnen klasse. Ze gingen met wintersport, kochten kekke, zuinige autootjes voor hun vrouwen, kregen iedere kerst een doos vol zongedroogde tomaten en tegoedbonnen voor een verwenmiddag bij de plaatselijke schoonheidsspecialist, en genoten van alle luxe alsof het volstrekt normaal was, alsof het hun toekwam. Ze leidden een leven dat een halve eeuw geleden alleen voor de ultrarijken was weggelegd. En geen van hen leek te beseffen dat er hier iets niet klopte, dat er iets grondig mis was.

Soms dacht ik dat we allemaal deel uitmaakten van een verknipt experiment. Dat deze nieuwe middenklasse het resultaat was van een complot om de bevolking eronder te houden. Ze hadden niets om op terug te vallen, niets om naartoe te werken. Waarom zouden ze? Hun kinderen gingen naar school, de straatlantaarns deden het naar behoren, de supermarkt verkocht voorgekookte aardappelen. Een zelfvoldane kaste, te rijk om te stelen, te arm om te heersen. Voor altijd stationair meedraaiend in de maatschappij. Levend naar het credo dat beschaving een vorm van saaiheid is waar iedereen baat bij heeft.

Dat, Kemal, is wat ze hebben misdaan.

'Blijf naast ze rijden,' zei ik. Ik klikte mijn gordel los en draaide het raampje verder open.

'Wat doe je, man?'

'Hou 'm recht.'

Ik opende de bovenste knoop van mijn spijkerbroek en ritste mijn gulp open. Daarna tilde ik mijn voeten op de stoel, de punten naar Kemal, boog voorover, en trok met één ruk mijn broek en onderkleding naar beneden. Ik stak mijn billen door het raam, richting de onthutste passagiers van Hillywood Tours. 'Blijf rijden,' commandeerde ik. De dagjesmensen kregen meer dan waar ze voor betaald hadden. Ouders bedekten de ogen van hun kinderen, oma maakte een foto voor in het familiealbum. Ik zou ze mores leren. De wind gleed aangenaam over mijn achterste, als een zijden zakdoek. Het uitzicht deed het arbeidende deel van de inzittenden ongetwijfeld denken aan de vezelarme vloerkadetten die ze op werkdagen, rond enen, in hun broodtrommeltje aantroffen. 'Stop weg, man,' zei Kemal, maar ik luisterde niet. Ik schudde mijn kont heen en weer, stak hem als een krolse kat de lucht in, pakte daarna met twee handen de beide billen vast en trok die krachtig uit elkaar, de toeschouwers een exclusief uitzicht op mijn gat verschaffende, waarna ik losliet en met mijn rechterhand op het bollende zitvlak roffelde, dat van protest abrupt rosé zag.

'Lik mijn reet!' riep ik. 'Paupers!'

Ik besloot dat ze genoeg gezien hadden, trok mijn broek op en ging enigszins gekalmeerd weer zitten. Ik gespte mijn gordel om en richtte me tot de bestuurder. 'Werkelijk, Kemal,' zei ik. 'Wil je je nu echt met déze mensen vereenzelvigen?'

31

Onze eerste avond als drugsdealers verliep naar behoren. Kaiser was tevreden over onze recette. Niet slecht voor een eerste keer. Hij bleek een *mystery shopper* te hebben ingezet, een anonieme klant die door Kaiser betaald werd om onze prestatie te beoordelen. Die had gezegd dat onze responstijd in orde was en dat we beleefd en voorkomend waren, maar niet over genoeg wisselgeld beschikten. Maar, zo gaf Kaiser toe, dat was zijn schuld. Al met al was hij erg te spreken over ons eerste rondje Media Park. 'Ik wist wel dat ik jullie kon vertrouwen,' zei hij, en als blijk daarvan stopte hij ons een royaal voorschot voor de week daarop toe. De avond erop verwachtte hij ons weer, we mochten nog eens aan de bak. Kemal kon niet wachten. Hij trok zijn jas al aan om bij de Bruna een notitieboekje te kopen voor alle handtekeningen die hij wilde verzamelen, maar ik wist hem net op tijd weer naar binnen te trekken. Ruim op tijd vertrokken we die avond met het poeder richting Media Park.

'Pizza,' zei ik bij de slagbomen.

'Momentje,' zei de portier. Hij pakte zijn telefoon en belde iemand.

'Het spijt me,' zei hij nadat hij had opgehangen. 'Ik mag u niet doorlaten.'

'Hoe bedoelt u?' vroeg ik.

'U staat gesignaleerd.'

'Hoe bedoel je gesignaleerd? De pizza wordt koud, man,' zei Kemal.

'Het nummerbord van uw voertuig staat op onze zwarte lijst. U bent niet welkom op het Media Park.'

'Er moet sprake zijn van een misverstand,' zei ik. 'Kunt u het niet nog eens proberen?'

De portier pakte zuchtend de hoorn weer op en belde nogmaals naar de beveiliging. Hij dicteerde het nummerbord luid en duidelijk. Daarna schudde hij zijn hoofd en hing op.

'Als u het echt wilt weten,' zei hij. 'De organisator van Hillywood Tours heeft een klacht tegen u ingediend.'

'Ik begrijp eerlijk waar niet waar u het over heeft,' zei ik.

'Een incident met betrekking tot de goede zeden, of het gebrek daaraan?'

Ik deed alsof ik nadacht. 'Geen idee,' zei ik uiteindelijk. 'Kemal?'

'Al sla je me dood, man.'

'Luister,' zei de portier. 'Ik kan u niet binnenlaten. Als u wilt protesteren, mag u een brief sturen. Tot die tijd kan ik niets voor u doen.'

De portier was onvermurwbaar. Nog tien minuten hadden we hem geprobeerd te overreden, zonder succes. Na een tijdje dreigde hij de beveiliging te bellen als we de oprit niet vrijmaakten. Mokkend zette Kemal zijn Escort in de achteruit. We reden rondjes om het Media Park om een andere ingang te vinden, een ingang zonder slagbomen. De telefoon bleef maar rinkelen. Gesprek na gesprek drukte ik weg. Na een tijdje besloot ik de telefoon maar helemaal uit te zetten. We reden kriskras door Hilversum terwijl we probeerden te bepalen wat we nu moesten doen. Die avond zag ik Kemal voor het eerst boos. Ik dacht niet dat hij ertoe in staat was. Hij riep dat het allemaal mijn schuld was, dat we eraan gingen. Ik probeerde hem te kalmeren en zei dat Kaiser een redelijk mens was. Hij zou heus wel begrijpen dat het hier om een ongelukkige samenloop van omstandigheden ging.

'Je hebt aan al die mensen je kont laten zien, man,' tierde Kemal. Dat kon zijn, maar dat was nog geen geldige reden om ons een gebiedsverbod op te leggen. 'Laten we elkaar niet de schuld geven,' zei ik. 'Daar schieten we niets mee op.' Kemal pruttelde nog wat na, maar ook hij zag in dat zijn woede niet constructief was. Zijn nijd verkruimelde als geitenkaas, en nadat hij volledig bedaard was, kwamen we tot een plan. We spraken af om de onverkochte cocaïne bij Kaiser door de brievenbus te gooien. Daarna zouden we hem van een veilige afstand bellen om hem te informeren over dit misverstand. Zo geschiedde.

Anders dan ik hoopte, nam Kaiser het niet sportief op. Dit kostte hem geld. Geld dat hij, zo maakte hij duidelijk, op ons zou komen verhalen. Ik putte me uit in verontschuldigingen en zei dat we de gederfde inkomsten eerlijk zouden terugbetalen. Het was verloren moeite. Kaiser sprak op kalme toon dat er consequenties zouden volgen. Dit kon niet onbestraft blijven. Daarna hing hij op.

'En?' vroeg Kemal. 'Wat zei hij?' Ik vatte het voor hem samen. Kemal was panisch. Hij riep dat we moesten vluchten, dat we een valse identiteit moesten aannemen. En nogmaals: dat het allemaal mijn schuld was. Mooi was dat. Ik probeerde hem te helpen, en dit was mijn dank. Zelf was ik er ook niet gerust op. Kaiser wist alles van me. Waar ik woonde, wie mijn familie was, waar ik mijn boodschappen haalde en op welke avonden ik werkte in het café van mijn vader. Het enige wat ik wist, was dat ik diep in de penarie zat. Maar wegkruipen was niet de oplossing, ik moest me leren verdedigen.

De volgende dag schreef ik me in bij de sportschool. Ik moest toch iets, en € 17,95 per maand leek me een redelijke prijs voor schijnveiligheid. Kemal ging niet mee. Zijn oplossing was om binnen te blijven. Ik kwam mijn eigen kamer niet eens meer in omdat hij de deur gebarricadeerd had. Toen we thuiskwamen, dook hij de heg in nadat een van de kikkers uit mijn vaders vijver het onverhoeds op een brullen had gezet. Mijn moeder was een kwartier bezig om de distels uit zijn gezicht te pulken.

Ik voelde me niet op gemak in de sportschool, het was voor iedereen duidelijk dat ik hier niet thuishoorde. Nadat ik van kleding had gewisseld, liep ik de fitnesszaal binnen. Er kwam direct een jongen in een rood poloshirt op me af.

'Ben je hier voor het eerst?' vroeg hij.

Ik bevestigde.

'Dan zal ik je even een rondleiding geven langs onze apparaten. Welk onderdeel van je lichaam wil je ontwikkelen?'

'Alles,' zei ik. 'Ik wil een vechtmachine worden.'

Hij lachte, beleefd, alsof ik een grapje maakte. Ik sprak alleen de waarheid. Alsof ik deze sportschool voor de lol zou bezoeken. Het was een parallel universum, iedereen was er zo verschrikkelijk *gezond*. De vrouwen die, het haar in een paardenstaart, de hometrainers en loopbanden bevolkten, constant spiedend naar de hartslagmeter om te zien hoe lang het nog duurde voordat ze hun salade niçoise hadden verbrand. De mannen die, handdoekje onder de billen, aan de gewichten stonden te trekken, onderwijl fantaserend over alle complimenten die ze over hun lichaam zouden krijgen, massief en gespierd, uitgesproken omdat niemand ze met hun door anabolen verstoorde hormoonhuishouding durfde te vertellen dat ze er toch vooral onnatuurlijk uitzagen. Een gezonde geest in een gezond lichaam, zeggen ze in het Latijn. Een compulsieve geest in een gekunsteld lichaam, als je het mij vraagt.

Ik wist eerlijk gezegd niet waar ik moest beginnen. De armen leken me de meest logische optie. Ik had nooit eerder gevochten, en eigenlijk hoopte ik dat het er nooit van zou komen. Maar mensen als Kaiser spreken alleen de universele taal van het geweld, Esperanto voor de onderwereld. Een duel leek mij het eerlijkst. Kaiser kon wadlopen zonder voetafdrukken achter te laten, die kreeg ik zelfs omver. Het probleem was dat hij nergens heen ging zonder die twee bloedhonden aan zijn zijde. Hoe dan ook was training vereist.

'Serieus,' zei ik tegen de jongen in het poloshirt. 'Hoe leer ik vechten?'

Hij had zichtbaar moeite zijn lachen in te houden. 'De boksballen,' wees hij. 'Daar in de hoek.'

Ik liep erheen. Er was niemand anders mee bezig. Het pronkstuk was een enorm zwart gevaarte, bijna zo groot als een volwassen man, dat aan het plafond hing. Ik waande me onbespied, nam een korte aanloop en plantte mijn rechtervuist precies in het midden van de zak. 'Au, jezus, godverdomme,' vloekte ik. Een pijnscheut vlamde door mijn vingers. Dat ding leek wel gevuld met zwerfkeien.

'Je moet wel bokshandschoenen meenemen,' zei de jongen, die kennelijk ongemerkt achter me aan was geslopen.

'Weet je wat,' zei hij. 'Zal ik je anders inschrijven voor onze cursus zelfverdediging, morgenavond?'

Ik knikte gedwee.

De avond erop ging ik terug naar de sportschool. Voor het eten had ik mezelf een paar keer opgedrukt, om vast in de stemming te komen. Ik kwam tot twaalf, daarna voelde ik mijn geblesseerde vinger kloppen. 'Doe voorzichtig, man,' zei Kemal voor ik de deur uit ging. Hij omhelsde me. Ik zei dat hij zich geen zorgen hoefde te maken. Van Kaiser en trawanten tot dusver geen spoor. Dat hij ons uiteindelijk zou vinden, daarover bestond geen enkele twijfel. Het ging erom dat we voorbereid waren.

De anticipatie was het ergst. Ik stond onder een deurpost met een emmer derrie op de rand. De sportschool was tien minuten fietsen, maar met mijn sluiproute deed ik er bijna een halfuur over. Ik was iets te laat. Er had zich al een plukje mensen rondom de docent – pardon: sensei – verzameld. Hij zat midden in zijn verhaal. De zaal waar de cursus werd gehouden, was dezelfde waar ook judo- en jiujitsulessen werden gegeven. Op de grond lagen matten om de val te breken, aan de muur hingen Japanse tekens.

'Bent u hier ook voor het vechten?' vroeg ik aan de vrouw naast me. Het viel me toen pas op dat ik de enige mannelijke aanwezige was.

'Voor de weerbaarheidstraining,' knikte ze.

De docent verdeelde de groep in paren. Ik werd gekoppeld aan een oudere vrouw, tegen de zeventig, met een zweetband om haar voorhoofd en een oud voetbalshirt aan. 'Van mijn kleinzoon,' zei ze. De vrouw stelde zich voor als mevrouw Wolfswinkel. De eerste oefening die we moesten doen, heette de schildpad. We lagen op onze rug en moesten vanuit die positie een denkbeeldige aanvaller van ons af houden. De benen moesten altijd richting de aanvaller staan, zo kon hij je niet bespringen. Ik voelde me een epileptische vis op het droge. Ik lag op de grond te trappelen als een vervelend kind, terwijl mevrouw Wolfswinkel op haar gemak rondjes om me heen wandelde. De sensei legde uit dat het verstandig was om hulp te roepen, maar dat je nooit moest gillen dat je gemolesteerd werd. Mensen zitten niet te wachten op ongemakkelijke situaties. Beter kon je roepen dat er brand was, iedereen houdt van een goede fik.

Ik geloof niet dat ik me eerder zo opgelaten heb gevoeld. 'Harder,' zei de instructeur toen hij nog eens langsliep terwijl ik omhoog lag te trappen. 'En wat zeggen we dan?' 'Brand, brand,' antwoordde ik. Hij liep tevreden door.

Bij de volgende oefening had hij een vrijwilliger nodig. 'Jij,' zei hij, en zijn vinger wees mijn kant op. Ik wist dat dit weinig goeds kon betekenen, maar maakte me desondanks breed en liep naar hem toe. Eindelijk actie. De sensei legde uit dat ik moest proberen om hem op de grond te duwen. Dat liet ik me geen twee keer zeggen. Ik nam een korte aanloop, zette mijn handen op zijn borst en duwde met alles wat ik had. Het was of ik een openstaande deur probeerde in te trappen. Voor ik wist wat er gebeurd was, lag ik zelf op de grond. De rest van de cursisten lachte, en boven me stond de instructeur al uit te leggen hoe hij dat voor elkaar had gekregen. Hij vertelde dat wanneer iemand je aanvalt het van cruciaal belang is om zijn eigen gewicht tegen hem te gebruiken. Het is een natuurlijke reflex om te proberen terug te duwen, maar het is beter om je achterover te laten vallen. Zo keert zijn eigen kracht zich tegen hem, en kun je het initiatief overnemen.

Toen hij was uitgesproken, moesten we de oefening zelf nadoen in paren. Ik ben een heer, dus liet ik mevrouw Wolfswinkel eerst. Voorzichtig duwde ik haar, zij greep me vast en trok zonder al te veel overtuiging aan mijn shirt. Ik liet me theatraal vallen. 'Heel goed,' zei de sensei, en hij knipoogde naar me. Mevrouw Wolfswinkel had zelfvertrouwen opgedaan na het succesvol afslaan van mijn aanval, en kwam dreigend op me af. Haar armen recht vooruit, als een zombie. Zodra haar gerimpelde handen mijn borst raakten, deed ik als geïnstrueerd: ik pakte de stof onder haar schouders beet, kromde mijn rug, en liet me achterover vallen. Toen ik voelde hoe mijn achterwerk de grond raakte, plaatste ik mijn knie in haar buik, zette extra kracht en zwaaide mijn armen naar achter alsof ik een bruidsboeket over mijn schouder gooide. Zodra ze mijn handen verliet, en ik haar zag overvliegen alsof ik op de polderbaan lag, wist ik dat het perfect was. Ik sprong op. 'Yes!' riep ik. 'Yes!' Pas toen zag ik waar mevrouw Wolfswinkel lag, twee meter verderop, gekreukt en verbogen als een slecht opgezette tent. Ze krijste en greep naar haar heup. 'Gebroken,' hoorde ik iemand zeggen. 'Ambulance,' hoorde ik iemand anders zeggen.

Dat had ik weer. Zo stil mogelijk liep ik de zaal uit, naar de kleedkamer. Ik trok mijn shirt over mijn hoofd en met ontbloot bovenlijf liep ik naar de spiegel. Met de achterkant van mijn hand veegde ik de condens weg, en ik keek naar mezelf.

'Ik ben een vechtmachine,' zei ik. 'Een krijger. Ik ben er klaar voor.'

32

Kemal rekte de grenzen van mijn gastvrijheid op. Hij bleef langer dan de oorspronkelijk toegezegde paar dagen. Weken, denk ik, maanden. Ik hield het niet meer bij. Mijn ouders leken het niet erg te vinden, integendeel. Ze waren erg op hem gesteld. Logisch: zij hoefden niet met hem op een kamer te slapen. Kemal logeerde bij mij op zolder, op een veldbed. Doe alsof je thuis bent, zei ik de dag dat hij voor de deur stond. Daar kreeg ik al snel spijt van. Het was bijna obsceen zo thuis als hij zich voelde. Alle slechte manieren en onhebbelijkheden die hij bij hem thuis kennelijk al had, werden uitgesteld en geëxposeerd alsof hij een reizende expositie bestierde. Voor hij ging slapen, bezocht hij twee keer de wc: een keer voor hij zijn tanden poetste, een keer erna. Hij snoot constant zijn neus, en had al drie kussenslopen bedorven met zijn nachtelijke bloedneuzen. 'Word wakker, man,' zei hij dan. 'Ik heb een bloedneus.' Ik adviseerde hem om een kommetje water op de verwarming te zetten, tegen de droge lucht. Dat plaatste hij dan op de uiterste rand, omdat op de kachel ook al de onderbroek en sokken hingen die hij van plan was de dag erop te dragen. Lekker warm vond hij dat. Het gevolg was dat het kommetje water 's nachts, wanneer de wasmachine begon te schudden – energie is goedkoper 's nachts, volgens mijn vader sluitend bewijs dat zonne-energie een stompzinnig idee is –, op de grond tuimelde, waarna Kemal van schrik uit bed viel. 'Word wakker, man. Ik ben uit bed gevallen.'

Beperkte zijn aanwezigheid zich maar tot mijn slaapkamer alleen. Wonen met Kemal was als een oude aflevering van *Scooby-Doo*, waarin de titelheld Scooby en zijn mensenvriend Shaggy in een verlaten landhuis verzeild raken, en welke deur ze ook openen, er schuilt altijd een spook achter. Kemal was overal, hij was omnipresent. Wanneer ik een broodje wilde smeren, zat hij aan de keukentafel. Wilde ik televisiekijken, dan had hij zich op de bank genesteld omdat *Lingo* begon. Er was geen ontkomen aan.

Ik bood aan om te bemiddelen. Zijn ouders zouden hem onderhand wel missen, betoogde ik. En zijn zus, wat zou die een spijt hebben van haar klikken. Kemal zei dat ik zijn cultuur niet begreep. Het was niet zijn familie die excuses moest maken, dat was zijn taak. Het ontlopen van je verantwoordelijkheid als man was een ernstige zaak. Hij merkte het wanneer hij door de stad liep. Mensen wisten ervan. Sommige Turken schudden misprijzend het hoofd wanneer ze hem passeerden op straat. In de Döner King werd hij geweigerd. Kemal legde uit dat sterven voor je land een buitenkans is, een niet af te slane mogelijkheid, de ultieme eer. Mensen begrepen het niet wanneer je dat weigerde. Het was onbeleefd. Erger nog dan aan tafel spugen in je servet of de bril omhoog laten. Ik snapte het niet, de achteloosheid waarmee mensen de wens uitspraken te willen sterven voor hun land, hun familie, hun favoriete voetbalclub, een kop koffie. Kemal zei dat ik het niet begreep, maar hij was hier degene die zat ondergedoken om maar niet in de loop van een kalasjnikov te hoeven kijken. Zijn chauvinisme was nog geen doodswens. Wie bereid is om voor iets te sterven, heeft waarschijnlijk niets om voor te leven. Ik vroeg Kemal waarom hij dan niet ging. Met de eerstvolgende Hercules naar Koerdistan. 'Waarom?' vroeg hij. 'Ik zit toch prima hier?'

Na het debacle op het Media Park was Kemal op het idee gekomen om zijn geld op een normale manier te verdienen. Sinds het incident zaten we maar thuis te niksen. Voor mij geen probleem, maar Kemal had het er duidelijk moeilijk mee. Hij kon niet stilzitten. Vaak stapte hij tegen de middag in de auto om te gaan toeren. Ik ging bijna nooit meer met hem mee. Meestal reed hij naar een verlaten bouwput nabij Muiderberg, waar hij over de zandheuvels kon crossen. Dan blies hij een paar uur stoom af, en keerde voor de avondspits weer huiswaarts.

Op een middag kwam Kemal aanzetten met twee sollicitatieformulieren. Ze waren van een nabijgelegen verzorgingstehuis. Hij vertelde dat hij de hele stad was rondgereden om naar werk te informeren. Bij het tankstation hadden ze ook nog iemand nodig, maar die hadden slechts plek voor één. 'Bij het verzorgingstehuis kunnen we samen werken, man,' zei hij. Hij leek er oprecht blij mee. Ik vroeg hem of hij gek was geworden. Of hij wel wist wat dat inhield, in een verzorgingstehuis werken. Bejaarden lauwe pap voeren, de stront van hun reet boenen, van de badkamermuur als het tegenzit, uit de keukenlade als de dementie in een vergevorderd stadium is, en dit alles met een roestvrije glimlach op je gezicht, terwijl je van acht tot vier moet aanhoren hoe hun kleinkinderen het maken, wie de bingo gewonnen heeft, wat er die middag op Radio Oranje te horen was, en dat alles tegen het minimumloon. Amateurtoneel voor een publiek dat er volgend jaar al niet meer is.

'Heb je dan geen zelfrespect?' vroeg ik.

'Mij lijkt het best leuk,' zei Kemal onverminderd positief. 'Iedereen wordt oud, man. Het is dankbaar werk.'

Hij was inderdaad gek geworden. Of hij was aan de drugs. Had hij van Kaiser een partij verlopen malariamedicijnen gekregen. Een andere verklaring was er niet.

Ik zei tegen Kemal dat hij maar moest solliciteren als hij dat graag wilde, maar dat hij mij erbuiten moest laten. Hij kon de volgende dag beginnen.

De aanwezigheid van Kemal had een heilzaam effect op de relatie tussen mijn ouders. Zoals een nieuwgeboren kind de band tussen de vader en moeder kan versterken, zo leek ook de komst van Kemal een lang verloren vlam te hebben aangewakkerd. Zelf vreesde ik voor een postnatale depressie. Mijn ouders vonden elkaar in de waardering voor hun logé. Een troetelkind was het. Hij assisteerde met de afwas en de strijk, hielp mijn moeder aan smakelijke Turkse recepten, en leerde mijn vader in de avonduren af en toe Turkse woordjes. Kemal noemde hem gekscherend *baba*, papa dus. Het was misselijkmakend. Mijn vader kneep zelfs een oogje toe wanneer Kemal zijn scheerapparaat gebruikte en de binnenzijde van de wasbak omtoverde in een dalmatiër met alle plukken dik, zwart snorhaar die hij vergat weg te spoelen. Kemal was beleefd, vriendelijk, en draaide ook als gast volop mee in het huishouden. Belangrijker dan dat, was dat hij een baan had.

Tijdens het eten de volgende dag vertelde hij honderduit over zijn eerste werkdag in het verzorgingstehuis.

'Je had die pan moeten zien, man. Zeker honderd liter Brinta kon erin, ik had geen idee dat ze zulke grote pannen maakten. En die oudjes zijn lachen, man. Ze vergeten alles wat je zegt. De verpleegsters zeggen dat je met één goede anekdote een leven lang in de zorg kunt werken.'

Mijn ouders lachten vertederd om zijn enthousiasme.

'En de verhalen die ze vertellen. De Duitsers, man. Je gelooft je oren niet. Ik heb vandaag meer geleerd dan in vier jaar op school.'

'Wij vinden het fantastisch dat je zulk goed werk doet, Kemal,' zei mijn moeder. 'En daarom hebben wij als gezin besloten om je iets te geven.' Ze pakte een presentje onder haar stoel vandaan.

'Het is maar een kleinigheidje, maar we hopen dat je het mooi vindt,' zei mijn vader.

Kemal scheurde de verpakking los. Het was een stethoscoop.

'We dachten: dat moet wel van pas komen, nu je in de zorg werkt,' zei mijn moeder.

Niet te geloven. Kemal was ingehuurd om de tafels in de ontbijtzaal af te nemen, en mijn ouders verkeerden in de foutieve veronderstelling dat hij een grote toekomst in de geneeskunde tegemoetging. Hij kon nog geen maagzweer van een horrelvoet onderscheiden.

'Dank jullie wel, man,' zei Kemal. 'Dat hadden jullie niet hoeven doen.'

'Inderdaad,' zei ik zacht.

'Wat zeg je?' vroeg mijn vader. 'Weet jij het beter? Zover ik weet heb jij nog steeds geen baan, namelijk. Je zou er goed aan doen om ook bij dat bejaardentehuis te solliciteren. Misschien dat Kemal een goed woordje voor je kan doen.'

'Ik ben overgekwalificeerd,' zei ik.

'Nee, man,' zei Kemal. 'Je kan het best.'

Hij wist niet van ophouden. Dit ging verkeerd.

'Ik vind het erg bijzonder wat je voor die mensen betekent,' zei mijn moeder. 'Daar kunnen velen een voorbeeld aan nemen.' Mijn vader knikte driftig met haar mee. Dat mijn moeder kritiekloos die kul kon aanhoren, tot daar aan toe. Maar in mijn vader was ik teleurgesteld. Die had niets met de zorg. Hij zou nog liever een badhanddoek opvreten dan er een bejaarde mee afdrogen.

'Ik stel voor dat jij na het weekend met Kemal meegaat om te kijken of ze voor jou ook een baantje hebben,' zei mijn vader.

'Ik werk al in jouw café!' protesteerde ik.

'Je hangt twee keer per week jassen op.'

Kemal vroeg of we vandaag ook een toetje kregen.

'Neem een voorbeeld aan hem,' zei mijn vader, zijn vinger als een snaphaan naar Kemal wijzend. 'Hij maakt iets van zijn leven.'

Je moest eens weten, dacht ik.

'Ik heb het gehad met jou,' zei mijn vader. 'Voortaan betaal jij hier gewoon kost en inwoning.'

Bedankt, Kemal.

Die avond ging ik verbolgen als een gepasseerde spits naar boven. Ouders horen trots te zijn op hun kinderen, onvoorwaardelijk. Vroeger op school tijdens het mentoruur hadden ze me er al voor gewaarschuwd. Mijn mentor zei: 'Als je voelt dat je ouders te hoge eisen aan je stellen, moet je dat meteen bij mij melden. Het gaat erom dat je gelukkig bent.' Ik heb het allemaal gezien. Klasgenoten voor wie de havo te hoog gegrepen was, kregen aan het eind van het schooljaar een nieuwe spelcomputer met een briefje erop: 'We zijn trots dat je het geprobeerd hebt.' Hele schatkamers vol poedelprijzen hadden ze thuis staan. Hun ouders aanbaden de

middelmaat, offerden mislukkingen op het altaar van goed-ge-
probeerd. Maar voor mij golden kennelijk andere regels. Van mij
verwachtten ze wonderen. Het zij zo. Soms dacht ik dat Ernst de
enige persoon was die me echt accepteerde. De dag erop kwam hij
weer een weekend naar huis. Het was een van de weinige dingen
waar ik me op kon verheugen.

De volgende ochtend werd ik wakker van een auto die het grind-
pad op reed. Het bed naast me was leeg, Kemal had me voor de
verandering niet wakker gemaakt. Ik liep naar mijn zolderraam
en trok de gordijnen open. Beneden kwam de auto van mijn vader
tot stilstand. Kemal stapte als eerste uit, mijn vader had hem laten
rijden. 'Wat een rit,' hoorde ik mijn vader bulderen. Mijn moeder
zag groen. Ernst was het inmiddels gewend. Ik liep naar beneden
om hem te begroeten.
    'Hé Ernst,' zei ik. Daarna smeerde ik in de keuken drie boter-
hammen. Ik at ze op in de huiskamer, liggend op de bank voor de
televisie. Mijn vader liep ook de woonkamer binnen en liet de
deur openstaan.
    'Het tocht,' zei ik. 'Kun je die deur dichtdoen?'
    'We gaan zo weer weg,' antwoordde hij.
    'Hoe bedoel je?'
    'We gaan een dagje naar de dierentuin.'
    'Waarom weet ik hier niets van?'
    'Ik heb het Kemal gisteravond verteld,' zei mijn vader. 'Heeft
hij niets gezegd?'
    'Wacht even, dan kleed ik me ook aan.'
    'Schiet op,' zei mijn vader. 'We vertrekken over vijf minuten.'
    Vijf minuten? Jezus. Daarin kon ik met moeite mijn broek op
een behoorlijke manier dichtknopen.
    'Geef me een kwartier,' zei ik.
    'Vijf minuten, dan gaan we.'

Mijn vader was geen man van compromissen. Vijf minuten later
stond ik slechts ten dele gedoucht, en met een handdoek om mijn

middel uit het raam te kijken hoe de hele familie zich in de afgetakelde Escort van Kemal wurmde. Ernst mocht op de bijrijdersstoel, naast Kemal. 'Wat kunnen ze het goed vinden samen,' hoorde ik mijn moeder beneden constateren. Kemal startte de motor, draaide de oprit af en trapte luid toeterend het gaspedaal door de vloer heen. Ik zwaaide nog naar Ernst, maar die keek niet op of om. Dit was genoeg. Hier moest een einde aan komen. Wacht maar, dacht ik. Zelfs de meest hardnekkige vlek verdwijnt op zestig graden wassen.

33

'Die,' zei mijn vader, en hij wees een van de apparaten aan. Ik en mijn vader waren bij een bedrijf in Weesp dat schuimmachines verhuurde. Hij was constant op zoek naar manieren om Jungle Fever het populairste café van Hilversum te laten blijven. Dit was zijn nieuwste plan. De week ervoor was hij op een vakbeurs geweest, waar hij kennis had gemaakt met het fenomeen schuimfeest. Een kanon dat aangesloten wordt op een vat met zeepsop spuit de ruimte vol met wit schuim. Het idee komt oorspronkelijk uit Spanje, waar een plaatselijke brandweercommandant aan de Costa Dorada in 1984 de Guardia Civil bij rellen te hulp schoot met zijn schuimkanon, normaliter alleen in te zetten bij chemische branden. Tot zijn verbazing dreef het de menigte niet uiteen, integendeel: omstanders sloten zich aan bij de meute en doken uitgelaten het sop in. De schuimparty was geboren. Al snel werd het fenomeen opgepikt door horecaondernemers, en verspreidde zich vervolgens over de hele wereld. Van Manilla tot La Paz werden dergelijke feesten gehouden, altijd met minimale onrust en maximale omzet. Mijn vader had een ontzagwekkende machine aangewezen. Het ding zag eruit als een noodgenerator waarmee je een veldhospitaal moeiteloos een week van stroom kon voorzien.

'Dat is ons grootste model,' zei de man van het verhuurbedrijf.

'Dan wil ik er twee,' zei mijn vader.

De verhuurder legde uit dat dit formaat alleen gebruikt werd voor feesten in grote discotheken, loodsen en fabriekshallen. Hij raadde het af om dit apparaat in een café te gebruiken. Daarvoor was het simpelweg te groot. 'Voor uw café is een medium meer dan voldoende,' drong hij aan. Maar natuurlijk was een medium niet voldoende voor mijn vader. Hij was onvermurwbaar. Het moest een onvergetelijke avond worden. De man van het verhuurbedrijf zei dat hij akkoord ging met de verhuur van één machine. Meer dan dat zou onverantwoord zijn. Mokkend stemde mijn vader in. De rest van de middag waren we kwijt aan het in de gehuurde blauw-gele boedelbak laden van de machine, en de bijbehorende – al net zo tegen de adviezen in – achthonderd liter schuimvloeistof. Mijn vader neuriede de hele weg terug naar Hilversum.

Toegegeven, er zat een gedachte achter het plan van mijn vader. Voor een stad die een hele natie voorziet van avondlijk vermaak, is er in Hilversum na achten verrassend weinig te doen. Je had de jaarlijkse kermis in mei. Je had Hilversum Alive, en Hilversum on Air. Twee muziekfeesten die in de zomer plaatsvonden. De eerste in juni, de tweede eind augustus. De onbetwiste hoogtepunten van het kalenderjaar. Er werden vier of vijf buitenpodia opgetakeld, en de rest van de beschikbare ruimte in het centrum werd gevuld met biertenten en plaskruizen. Drie dagen lang was het een komen en gaan van volkszangers die iedereen behalve ik leek te kennen, acts die tien jaar daarvoor al op hun retour waren, kwartfinalisten van talentenjachten, en de onvermijdelijke coverbands, die om wat voor reden dan ook altijd 'I Will Survive' in hun repertoire opnamen, en altijd als ik zo'n hese koe dat muzikale kadaver hoorde aanheffen, dacht ik: ja, en ik dan?

Mijn vader voelde haarfijn aan dat deze festivals op hun laatste benen liepen. De afgelopen jaren liepen de bezoekersaantallen terug, de deelnemende artiesten overlapten voor driekwart die van de voorgaande edities, en de gemeente had besloten om de kosten voor politie-inzet van de subsidie af te trekken. Hij besloot de definitieve ondergang niet af te wachten, en zelf een handje te helpen. Zijn schuimfeest programmeerde hij op de eerste vrijdagavond van Hilversum Alive. Het was een geniale ingeving, een meesterzet. Hij zou in één klap de meest innovatieve horecaondernemer van het Gooi zijn. Hij liet duizenden flyers drukken, die hij door zijn barpersoneel in het centrum liet uitdelen. Mijn vader gaf een interview aan *De Gooi- en Eemlander* waarin hij verklaarde dat dit het eerste schuimfeest in Hilversum was. Hij wist het tot pagina drie van de bijlage Regionaal te schoppen. Met een kleurenfoto erbij, en een citaat: 'Dit wordt een historische avond.'

Daarin kreeg hij gelijk.

De avond van het schuimfeest opende mijn vader om negen uur zijn deuren. Ik had 's middags geholpen met stopcontacten afplakken. Mijn vader had een vlammende speech afgestoken voor zijn personeel. Dit was de avond waar alles van afhing, het was erop of eronder. Nigel had luid geapplaudisseerd, de barmeisjes hadden zich na zijn verhaal zwijgend weer van hun taken gekweten. Om kwart voor negen kwam ik aan bij Jungle Fever. Er stond een rij tot voorbij de snackbar. Op de ruit had mijn vader een briefje geplakt: 'Vanaf hier nog een kwartier'. Het was hem gelukt. Hij had het geflikt. Ik liep om de rij heen naar binnen, en voor het eerst deed ik dat met een soort trots. Daarna vervolgde ik mijn weg naar de garderobe. Ik legde mijn bonnetjes vast klaar en opende een extra doos kledinghangers. Het zou hectisch worden.

Mijn vader had het schot van de garderobe verhoogd met een extra plank zodat het sop daar niet binnen zou komen. Ook de rest was uitstekend voorbereid. Nigel had wielerhandschoenen aan, zodat eventuele oproerkraaiers niet uit zijn handen zouden glippen wanneer hij ze in het schuim moest beetpakken. De barmeiden hadden een nieuw tenue, witte dunne stof. Daar was over nagedacht. Mijn vader stond op een verhoging met de schuimmachine. Die hadden we er 's middags met acht man op moeten tillen. Vanaf daar zou hij hoogstpersoonlijk de menigte onder het schuim bedelven. Na vanavond zou niemand meer spreken over de concurrentie: over de Doelen, de Flater en het Kakelhuis – voorheen geen onverdienstelijk kiprestaurant. Dit was zijn kroning. Hij was er klaar voor. De mensen waren er klaar voor, Hilversum was er klaar voor. De deuren gingen open.

Vanuit mijn hok zag ik hoe de massa zich naar binnen worstelde. Na tien minuten zat de tent vol, en was de rij buiten nog lang niet verdwenen. Mijn vader stond soeverein op zijn podium. Hij wilde per se zelf het schuimkanon bedienen. Dit was zijn triomf, hij wilde voor elke zeepbel zelf verantwoordelijk zijn. Ik zag hoe hij de brandslang op de machine aansloot. Per liter schuimvloeistof was een liter water nodig, stond in de bijgeleverde gebruiksaanwijzing die hij de hele ochtend had zitten lezen. Hij trok een hendel naar achteren, en uit de machine steeg een diepe bariton op. Er gebeurde nog niets. Het ronken werd zwaarder, en daar waren de eerste vlokken. Aanvankelijk kwamen ze niet ver. De loop van het schuimkanon zag er vanaf mijn positie uit als een pan overkokende melk. Na een halve minuut kwam er schot in de zaak. Het sop spoot krachtig uit het apparaat. Vier, vijf meter ver. Een krachtige straal. Mijn vader glunderde, gebaarde naar de dj dat hij het volume moest opvoeren. Het ronken kwam boven de muziek uit. Maar het resultaat was ernaar. Mijn vader richtte de loop in een hoek van vijfenveertig graden naar boven en liet een dikke straal wit schuim over de bezoekers neerdalen. Het sneeuwde. De mensen hieven hun handen ten hemel en lieten het als een welkome zomerbui over zich heen komen. Het was welhaast een religieuze ervaring, met mijn vader als hogepriester. Hij was euforisch. Terwijl de ruimte zich vulde met schuim, leek ook zijn binnenste zich te vullen met zachte witte massa. Met elke liter die mijn vader op de dansvloer deed neerkomen, bedekte hij ook al zijn eerdere falen, zijn missers en mislukkingen, onder een dikke laag schuim. Hij deed ze doven.

Mijn vader hield het kanon met beide handen vast en bleef spuiten. Het geluid dat de machine maakte werd steeds scheller, feller. Het schuim kwam over de rand van mijn hok. Ik gebaarde naar mijn vader dat het wel goed was zo, de hele ruimte was gevuld. Hij zag me niet. Mijn vader leek in een trance te verkeren. Ik keek richting de bar en zag dat zij hetzelfde probleem hadden. De hele toog stond inmiddels blank, ze hadden grote moeilijkheden om nog bestellingen op te nemen. Maar vanavond ging het niet om de omzet, het ging om hem. Om mijn vader. Hij merkte simpelweg niet op dat het fout ging.

Ik zag het gebeuren. Eerst verlieten de korte mensen het café. Hun ogen begonnen te prikken. Daarna de dj, die zijn mengpaneel voor waterschade probeerde te behoeden. De muziek viel uit, het enige wat je nog hoorde was het ronken van de schuimmachine, het knarsen van de speakers en de in sop gesmoorde kreten van hen die naar buiten probeerden te vluchten. Ik verliet mijn post en liep naar mijn vader. Ik schudde hem door elkaar. Geen reactie. Hij stond daar met ogen als squashballen en lachend als een hyena de resterende voorraad schuim met niet-aflatende begeestering over de inmiddels verlaten dansvloer heen te spuiten. Ik rende naar buiten en zei tegen Nigel wat er aan de hand was. Die was met een paar stappen door de witte laag heen, zwierde mijn vader over zijn schouder en snelde naar buiten. Mijn vader verkeerde in een roes. Hij had er helemaal niets van meegekregen. Niet dat de dj was gestopt met spelen, niet dat zijn publiek paars aangelopen en naar adem happend naar buiten was gevlucht, niet dat het blauwe zwaailicht van buiten kwam, en niet van zijn eigen discolampen.

Nigel zou later op het bureau verklaren dat hier winti in het spel was geweest. Dit was het werk van kwade geesten. Zelf denk ik dat het succes mijn vader tot waanzin gedreven heeft. Hij was er niet op gebouwd. Pas buiten op de stoep drong het tot hem door. Er waren brandweerwagens, politiewagens, ambulances. Naast hem lagen tieners die zuurstof kregen toegediend. Een deel van het personeel praatte met de politie en wees in zijn richting. Vanbuiten gezien leek zijn café op een aquarium gevuld met watten, het sop reikte tot aan het plafond. Hij hoorde amper wat er allemaal tegen hem gezegd werd: gewonden, overlevenden, wonder, vergunning, aangifte, criminele nalatigheid – het kwam niet binnen. Alleen dat laatste woord, dat verstond hij luid en duidelijk. Sluiting. Een zeepbel zweefde voorbij en spatte uiteen.

Niet eerder had ik mijn vader zien huilen. Ik kwam een halfuur later thuis dan hij. De politie wilde eerst mijn verklaring opnemen. Over mijn vader zeiden ze: 'Hij is in shock. Dat komt morgen wel.' Hij zat met zijn rug tegen de verwarming met naast zich een geopende pot mosterd. Zijn ogen waren rood, er kwam vocht uit. Mijn moeder vertelde me ooit dat hij één keer eerder heeft gehuild, toen Freddie Mercury was overleden. Ik ging naast hem zitten. 'Het is niet jouw schuld,' zei ik. 'Trek het je niet aan.' Er zijn weinig dingen die meer troost bieden dan leugens. Misschien was het ergens ook wel waar wat ik zei. Mijn vader was zichzelf niet op dat platform. Het was alsof de machine het overnam, als in een verhaal van Stephen King. 'Waarom?' vroeg hij. 'Waarom ik?' Op die vraag wist zelfs ik het antwoord niet. Wat moest ik hem vertellen? Dat er morgen weer een dag was? Dat er na regen zonneschijn komt? Na regen komen de wormen. Mijn vader stak zijn vuist in de mosterd en bracht die naar zijn mond. Hij bedacht zich, draaide zijn gezicht naar me toe, en door de tranen heen stelde hij resoluut: 'Ik ben de koning van Hilversum.'

'Ja, pap,' zei ik. 'Jij bent de koning van Hilversum.'

34

Ik zat achter het stuur van de Escort van Kemal en reed rondjes over het uitgestrekte parkeerterrein van een bouwmarkt nabij Maarssen. Dit was de derde rijles die ik van hem kreeg, maar mijn eerste volledige. De eerdere lessen hadden we voortijdig moeten afbreken omdat de aarzelende rondjes die ik reed door overige chauffeurs als een teken van seksuele beschikbaarheid werden geïnterpreteerd. Deze parkeerplaats was de enige in de wijde omgeving die niet als ontmoetingsplek gebruikt werd. De straatlantaarns die door de bouwmarkt waren neergezet, waren vele malen sterker dan die op de openbare weg. Zelfs de donkerste hoeken en kieren van de parkeerplaats gaven je het gevoel onder een supernova door te rijden.

'Laat die koppeling rustig opkomen,' zei Kemal. 'Pas het gas intrappen als je in de versnelling zit.' Hij had een onwaarschijnlijk geduld met mijn geklungel. Ik had hem gevraagd mij te onderwijzen in het autorijden. Per slot van rekening woonde hij al een hele tijd kosteloos bij mij in. 'Hoezo?' vroeg hij. 'Heb je nog geen rijbewijs dan?' De schok had niet groter kunnen zijn als ik hem verteld had geen tepels te hebben. Kemal wilde het me graag leren, hij was vereerd. Sindsdien reden we een keer per week 's avonds naar een verlaten parkeerplaats als deze, waar Kemal met oranje pionnen een parcours voor me uitzette. Meestal nam Kemal niet de moeite om zich om te kleden, en gaf hij zijn instructies in hetzelfde babyblauwe verplegersuniform waarin hij de hele dag door de steriele gangen gesloft had. De auto kwam hikkend in beweging, van een afstandje moest het eruitzien alsof hij een toeval kreeg. 'Nee, man,' zei Kemal. 'Je bent te gretig. Wacht tot je de koppeling vóelt, daarna pas schakelen.'

Dit was schadelijk voor mijn relatie met Ernst. Voor aanvang van de rijlessen haalden we hem op bij Villa Zonneschijn, waar ze inmiddels gewend begonnen te raken aan onze onaangekondigde, avondlijke bezoekjes. Bij sommige leidsters hoefde ik niet meer voor hem te tekenen. Hij zat achter in de auto en gaapte ongegeneerd. Kemal mocht dan over een engelengeduld beschikken, wat Ernst betreft kon deze les niet gauw genoeg voorbij zijn. Wanneer ik en Kemal van stoel wisselden, wist hij al hoe laat het was. Dan keek hij me minachtend aan, in de wetenschap dat ik op het punt stond zijn wekelijkse uitje te reduceren tot een aaneenschakeling van stuurfouten en misschakelingen.

Kemal was inmiddels wat hersteld van de schrikachtigheid waarmee hij de eerste weken na het incident worstelde. Van Kaiser hadden we sindsdien niets gehoord. Natuurlijk was hij het niet vergeten. Ik denk dat medelijden hem ertoe noopte zijn vergelding op te schorten. De lokale pers had uitgebreid verslag gedaan van de schuimtragedie in het café van mijn vader. Ook Kaiser moet erover gelezen hebben. Mijn vader was het lachertje van Hilversum. Opeens had iedereen zijn woordje klaar. De Vietnamezen van de snackbar, die mijn vader ervan beschuldigden aan minderjarigen te schenken. Bezoekers die een boekje opendeden over zijn deurbeleid, personeel dat hem verweet een tiran te zijn.

Wat hem nog het meeste stak, was het verraad van Nigel. Die werd gehuldigd als een lokale held. Naast mijn vader had hij nog zes mensen uit de schuimzee weten te redden. Van alle keren dat hij geïnterviewd werd over dit huzarenstukje, heeft hij niet één keer de mogelijkheid benut om mijn vader te beschermen. Integendeel: hij zei in al zijn jaren als uitsmijter nog nooit zulke misstanden te hebben aangetroffen. Het was een onsmakelijke kruistocht. Voor zijn hart kan ik niet spreken, maar de ballen van mijn vader zaten op de juiste plek. Hij heeft er nooit in geloofd dat je leven geslaagd is als je *gelukkig* bent. Hij geloofde dat je leven geslaagd was wanneer je leven geslaagd was. Mijn vader faalde, maar hij had het tenminste geprobeerd. En dat was meer dan de meeste mensen konden zeggen.

'Moet je horen,' zei Kemal. 'Er liggen twee eieren in de koelkast. Zegt het ene ei tegen het andere: je moet je scheren, man. Zegt het andere ei: ik ben een kiwi.'

Hij keek me geamuseerd aan, wachtend op een glimlach. 'Je moet je leren ontspannen, man,' zei hij toen een reactie uitbleef. 'Anders leer je nooit rijden.' Hij begon onverminderd enthousiast aan de vertelling van een tweede mop. De eerste rijles was hij begonnen met de mantra dat je de auto als een vrouw moest behandelen. Een lesmethode die hij snel voor gezien hield, nadat ik bijkans zijn versnellingsbak gesloopt had. Ik schakelde de auto in de derde versnelling en maakte met dertig kilometer per uur een bocht om de eerste pion heen.

'Ik ben blij dat je mijn vriend bent, man,' zei Kemal. 'Bij jullie thuis voel ik me echt onderdeel van een gezin. Het betekent heel veel voor me.' Ik zette de radio wat harder. Vanuit mijn ooghoek zag ik hoe Kemal een verfomfaaid papiertje uit zijn borstzak haalde. 'Misschien is dit niet het moment,' zei hij, 'maar ik dacht laatst: ik moet mijn dankbaarheid onder woorden brengen. Ik moet het opschrijven.' Hij schraapte zijn keel. 'Dankjewel, man,' las hij op, 'dat je me hebt opgenomen in je liefdevolle huis, en dat je er voor me was terwijl mijn echte familie me liet stikken, en dat alles vanuit de goedheid van jouw hart.' In de achteruitkijkspiegel zag ik dat Ernst op het punt stond weg te dommelen. Dan hoefde hij dit gezever tenminste niet te doorstaan. Ik wist niet wat ik moest zeggen. 'Bedankt, maar wordt het niet eens tijd dat je opkrast?' Al dat gepraat over liefde, hoop, vriendschap en al die andere onzin waar mensen zo vol van zijn; het deed me niks.

Ik moest denken aan het verhaal van een Indiase knuffelgoeroe. Ze reisde de hele aardbol over, vulde congreszalen, stadions zelfs, met mensen die, al was het maar één keer, de wereldberoemde warmte en genegenheid in haar aanraking wilden ervaren. Na haar dood bleek dat het wasmiddel waarmee de knuffelgoeroe haar gewaden waste in Nederland streng verboden was vanwege alle schadelijke stoffen die erin zaten. Het effect dat zij op mensen had, was niet ingebeeld. Integendeel. Maar de gelukzalige gloed die de mensen aan haar knuffels overhielden, was in wezen hetzelfde gevoel dat ze zouden ervaren na het bijwonen van een chemiebrand, of een volledig verzorgde vakantie in een uraniummijn. Kemal maakte aanstalten om zijn verhaal te vervolgen, maar ik onderbrak hem. 'Laat maar zitten,' zei ik. 'Het is al goed.'

Er reed een tweede auto de parkeerplaats op. Hopelijk om te keren, en anders zouden we de bestuurder op niet mis te verstane wijze te kennen geven dat we niet van die kant waren. Ik reed geconcentreerd verder over het parcours dat Kemal had uitgezet. De andere auto kwam achter ons rijden. Hij seinde ons met zijn koplampen.

'Niet weer, man,' kreunde Kemal.

'Misschien moet je voortaan dat verplegerspak thuislaten,' zei ik. 'Je geeft het verkeerde signaal af.'

Ik reed inmiddels vijftig. 'Schakelen,' zei Kemal. Dat lukte. Het ging steeds beter. Nog even en we konden oefenen op de openbare weg, vond Kemal. De auto kleefde nog steeds aan onze bumper. Ik gaf gas bij, de achterligger ook. 'Ik denk dat hij verliefd is,' zei ik. Kemal grinnikte en keek om. Hij verstarde. Ik keek in de spiegel en zag het ook. De auto achter ons herbergde geen seksrecreanten, maar oude bekenden. Achter het stuur zat Tobias. Naast hem Pjotr. Achterin Kaiser. 'Rijden man,' gilde Kemal. Ik maakte een scherpe bocht naar links, richting de uitgang van de parkeerplaats. Daarna trapte ik het gaspedaal in, maar van paniek ook de koppeling, waarna de motor een schelle, gierende toon voortbracht, alsof ik een astmapatiënt in de maagstreek had gestompt. Ik schakelde naar de vierde versnelling, maar liet het pedaal veel te snel omhoogkomen. De auto kwam schokkend tot stilstand. Tobias zette zijn auto overdwars voor de onze en stapte uit.

'Wie hebben we hier?' vroeg Pjotr en hij opende mijn portier. Ik stapte uit. Er was niets wat ik kon doen. Aan de andere kant hielp Tobias Kemal uit de auto. Kaiser zag het van een afstandje aan. Hij leunde tegen de zijkant van zijn auto en kauwde op een eierkoek die hij in zijn rechterhand geklemd hield. Hij verslikte zich bijna toen Kemal in zijn broekzak graaide en er een bus deodorant uithaalde die hij op zijn belager richtte. 'Achteruit, man,' zei hij. 'Ik meen het.' Tobias deinsde terug. 'Jij ook,' zei hij tegen Pjotr. Die stak zijn handen de lucht in en deed eveneens een stap achteruit. Plotseling begon Kaiser te lachen. 'Kijk dan,' zei hij. Zijn assistenten zagen het ook. Kemal had een deodorantroller in zijn handen. Gedrieën barstten ze in lachen uit. 'Geloven jullie deze vent?' zei Kaiser. 'Eerst die vis, en nu dit.'

Bespot of niet, Kemal was allerminst van plan om op te geven. Hij hield de roller als een sabel voor zich uit, deed een paar schijnaanvallen, en deed toen plotseling een snelle stap naar voren waarbij hij Tobias vol in het gezicht prikte. Hij miste de ogen net, maar liet een slakkenspoor achter op zijn wang. Het was gedaan met de pret. Tobias pakte de pols van Kemal beet en sloeg hem met de andere hand tegen de grond. Kemal spuugde een tand uit. Hij keek me smekend aan. En opeens besefte ik dat Kemal me *respecteerde*, dat hij tegen me opkeek, en, tegelijkertijd, hoe belachelijk dat was. Dit was het uitgelezen moment om mijn weerbaarheidstraining in de praktijk te brengen. Maar wie hield ik voor de gek? Ik was geen krijger, ik was geen vechtmachine. Tijdens de werkweek in havo vier gingen we naar de Ardennen. Ik durfde er niet eens te abseilen. De hele klas ging, behalve ik. Een leraar zei dat het zo dapper was om nee te zeggen terwijl iedereen ging. Maar als dat al dapper is, wat is dan in godsnaam laf?

'Jullie hebben me in de steek gelaten, jongens,' zei Kaiser. 'Ik heb jullie mijn vertrouwen gegeven, en dat hebben jullie beschaamd. Ik kan dat niet over mijn kant laten gaan, anders blijft er van mijn reputatie niets over. Daar hebben jullie vast alle begrip voor.'

'Alsjeblieft, man. Dat was vroeger,' zei Kemal.

'Wraak wordt koud opgediend,' zei Kaiser. 'Als gazpacho.'

Ik voelde me ontzettend dom. We hadden ons veilig gewaand omdat represailles uitbleven. Maar natuurlijk was hij het niet vergeten. Kaiser was geen priester. Dit kon niet worden afgedaan met tien Weesgegroetjes.

'Op jullie knieën,' zei hij. Kaiser knikte naar Pjotr, die een pistool tevoorschijn haalde. Hij zette de koude loop in mijn nek. Het kietelt, dacht ik nog. Dus dit was het dan. Ik wist nu dat ik geacht werd om het leven aan me voorbij te laten flitsen, om de stop eruit te trekken en mijn herinneringen als vuil badwater te laten weglopen, maar ik kon werkelijk niets bedenken. Misschien was het de bedoeling om te denken aan de dingen die ik nog had moeten doen, aan het onvoltooide. Ik dacht aan Bente, die ik nooit meer zou zien. Ernst, natuurlijk. En voor het eerst voelde ik spijt dat ik niet gewoon een studie had uitgekozen, net als de rest. Voornamelijk vanwege de studentenkorting die mijn ouders op de begrafenis zouden mislopen. Ik kan niet anders zeggen dan dat ik er vrede mee had. Naast me zat Kemal. Zijn deodorantroller lag in een regenplas naast hem op de grond. Ik sloot mijn ogen en wachtte af. Met een klik hoorde ik Tobias de haan spannen. Hij duwde de loop harder in mijn nek. Ik ademde nog één keer diep in. Eindstation: Praxis Maarssen.

'Stop,' hoorde ik plots. Ik deed mijn ogen weer open. Kaiser hield zijn hand omhoog in een gebaar van genade. Naast hem stond Ernst.

Ik probeerde na te gaan of ik vergeten was zijn gordel om te doen, of dat hij die zélf had losgekregen. Het was irrelevant. Wat telde was dat Ernst uit de auto was gestapt en nu pontificaal naast Kaiser stond, vanwaar hij begerig naar de eierkoek in zijn handen keek. Hij was het niet vergeten. Alle keren dat we naar het pleintje waren gelopen, en Kaiser en zijn vrienden hem koek, snoep, en friet hadden toegestopt. Bij het zien van Kaiser had de etensbel gerinkeld. Ernst herkende Kaiser. Belangrijker dan dat: Kaiser herkende Ernst. Hij scheurde een stuk van zijn eierkoek af en overhandigde dat aan Ernst. Die begon met smaak te kauwen. Pjotr keek vragend naar zijn baas.

'Laat maar,' zei die. 'Ik kan het niet met hem erbij.'

Pjotr stopte het wapen terug in zijn riem.

'Jullie hebben geluk gehad,' zei Kaiser. 'Ik hoop dat jullie dat begrijpen. Maar laat het duidelijk zijn: als ik jullie nog een keer zie, gaan jullie er allebei aan. *Capice*?' We knikten gedwee. Kaiser en gevolg stapten in hun auto en reden weg. Kemal raapte zijn deodorant op. 'Je hebt in je broek gepist, man,' zei hij.

35

Mijn moeder vond het een vreemd idee om naar een studenten-feestje te gaan. Zelfs het gebouw waarin het gehouden werd, was jonger dan zij. Ze had twee keer beleefd afgeslagen voordat ze uit-eindelijk toezegde. Boy zei dat het zonder haar geen feestje was, meer een bijeenkomst. Ze voelde zich gevleid door zijn aandrin-gen. Het feest vond plaats in een studentenhuis aan het Bijltjespad. Daar woonde Boy, samen met tien anderen. Een paar keer per jaar gaven ze een groot feest. Van mijn vader hoefde mijn moeder geen verzet te verwachten. Hij had niet eens opgekeken toen mijn moe-der verklaarde dat ze naar een feestje ging. 'Voor studenten,' zei ze er nog bij. Niets. Nul reactie. Ze hadden de vergunning voor zijn café ingetrokken, er werd nog onderzocht of strafrechtelijke ver-volging mogelijk was. Sinds het schuimfeest verkeerde hij in een catatonische staat. Dag en nacht zat hij op de bank, hij at en dronk amper. De woonkamer voelde aan als een natuurhistorisch muse-um, met daarin een fraai opgezet exemplaar van mijn vader. Mijn moeder vond het wel fijn zo. Ze hoefde alleen nog zijn benen op te tillen bij het stofzuigen. Voor de rest had ze geen last van hem.

Ze zette haar fiets buiten op slot en liep naar de deur. Het kostte haar geen moeite het juiste adres te vinden: een toren van bier-kratten op het balkon verried in welk pand en op welke verdieping de fuif plaatsvond. De muziek was vanaf beneden te horen. De deur stond open, en ze liep naar binnen. Ze was zenuwachtig.

Mijn moeder was al twintig jaar niet naar een feestje geweest. Die middag had ze speciaal een nieuwe jurk gekocht. De verkoopster verzekerde haar dat die helemaal van deze tijd was.

Ze volgde het geluid en opende een klapdeur op de derde verdieping. Een piraat kwam haar tegemoet en zei: 'Mag ik uw jas aannemen?' Voor het toilet stond een rij met onder meer een hippiemeisje, een Pruisische voetsoldaat, een weerwolf en een vogelaar of ontdekkingsreiziger – dat was niet helemaal duidelijk. Mijn moeder wilde onder het tapijt kruipen, in de muur verdwijnen. Ze bevond zich op een themafeestje. Daarover had Boy niets gezegd. Mijn moeder zag er prima uit, maar binnen de grenzen van het alledaagse. Dit was een vergissing, ze had niet moeten komen. Wat had ze gedacht? Dat het niemand zou opvallen dat ze drie decennia ouder was dan de rest van de aanwezigen? Ze wilde al rechtsomkeert maken, toen Boy haar uit de woonkamer tegemoet kwam lopen.

'Ik vroeg me al af waar u bleef. Bent u niet verkleed?'

'Het spijt me, ik –'

'Maakt u zich niet dik,' zei Boy. 'We vinden er wel wat op.'

Hij gaf haar drie zoenen op de wang. Ze rook de drank.

'Kom,' zei hij, en ze volgde hem naar zijn kamer. Boy had zich verkleed als piccolo. Hij droeg een fraai rood kostuum met glimmende knopen en een taartvormig hoedje. Gehuurd bij de feestwinkel, zei hij. De kamer van Boy was klein en bedompt, het zou wel wat lucht kunnen gebruiken. Hij pakte een zwarte marker van zijn bureau en tekende een dun snorretje onder haar neus. Uit zijn kledingkast haalde hij een zakdoek die hij om haar hoofd bond. 'Zo,' zei hij. 'U bent er helemaal klaar voor.'

De woonkamer werd gevuld met muziek van vroeger, Frankie Goes to Hollywood. Mijn moeder vroeg zich af of ze dat speciaal voor haar gedaan hadden. Boy haalde een flesje bier voor haar en opende dat met behulp van een aansteker die op tafel lag. Ze keek de ruimte rond. Veel onbekenden. Een paar mensen die ze herkende uit werkgroepen. Die keken verbaasd haar kant op. Sommige mensen kwamen zeggen hoe leuk ze het vonden dat zij er ook was. Boy zat naast haar en schreeuwde vragen haar oor in. Hij kwam amper boven de muziek uit. De hele kamer was bezaaid met lege flessen. Mensen schreven met stift op de muur, die als provisorisch gastenboek werd gebruikt. Boy zei dat het een huistraditie was: alle gasten moesten iets op de muur schrijven, voor aanvang van het volgende feestje werd die dan opnieuw gewit zodat hij die avond wederom volgekladderd kon worden.

'U moet ook wat schrijven,' zei Boy. Mijn moeder twijfelde. Ze vocht al de hele avond tegen de aandrang om met een vaatdoekje de kringen van tafel te poetsen, om servetjes uit te delen aan de mensen die chips aten. 'Jullie maken er een janboel van,' wilde ze zeggen. 'Niemand gaat weg voor alles is opgeruimd.' Ze wilde als Luther een corveerooster op de keukendeur spijkeren. En nu vroeg Boy haar om mee te doen aan deze waanzin, om medeplichtig te worden. 'Ik weet het niet,' zei ze. 'Hier ben ik te oud voor.'

'Onzin,' zei Boy. Mijn moeder keek naar de andere gasten, die zonder gêne sigarettenpeuken op de grond uitdrukten en stoelen omvergooiden. Ze kon het niet helpen, maar ergens voelde ze een diepe bewondering voor de manier waarop deze studenten in het leven stonden. Zij leidde haar leven als een vakantiebungalow die, wil je de borg terugkrijgen, de volgende ochtend om tien uur stipt volledig opgeruimd moet worden achtergelaten. Deze mensen behandelden hun lichaam, het leven, de wereld zelf, alsof het een in goedkoop papier verpakt cadeau was van iemand die ze toch al niet mochten. Ze stonden in het leven met een brutale achteloosheid waarvoor mijn moeder alleen ontzag kon voelen. Niet denken dat de wereld om jou draait, er absoluut zeker van zijn. Dat was de les die ze moest leren.

Boy overhandigde haar een stift. Mijn moeder pakte hem met gespeelde aarzeling aan. Ze zocht een plekje uit op de lange zijde van de muur. Vlak naast een gat in het behang, daar kon het minder kwaad. Ze nam haar tijd, dacht na, haalde diep adem, en schreef ten slotte, bescheiden en nauwelijks zichtbaar voor het blote oog: 'Bedankt voor een gezellige avond. Groetjes van Bertien.'

Het voelde als een bevrijding.

Mijn moeder wist niet hoeveel ze al had gedronken. Genoeg om zich op haar gemak te voelen in ieder geval. Iedereen was zo vriendelijk, zo beleefd. Ze laafde zich aan hun jeugd. De schaamte die ze aanvankelijk voelde, was helemaal verdwenen. Boy stelde haar voor aan zijn vriend Reinier. Hij had zich verkleed als arts, volgens Boy omdat hij geneeskunde studeerde en geen fantasie had. Reinier voerde het tempo stevig op. Elke zoveel minuten haalde hij een receptenboekje uit zijn borstzak, en zei plechtig: 'Ik schrijf jullie allemaal tequila voor.' Een mededeling die ook na de zoveelste keer met gejuich onthaald werd. Ze klokten het naar binnen als bronwater. Mijn moeder voelde zich alsof ze zich achter een waterval bevond. Alles kwam wazig en onverstaanbaar binnen.

'Ik moet naar huis,' zei ze. 'Mijn trein vertrekt zo.'

'U moet toch naar Hilversum?' vroeg Boy.

Ze knikte.

'Die is al lang vertrokken. Het is al twee uur geweest.'

Mijn moeder schrok. Ze keek op haar horloge. Met moeite ontcijferde ze de stand van de wijzers. Boy had gelijk. Het was echt al zo laat.

'Kan iemand een taxi bellen?' vroeg ze.

'U kunt toch nog niet weg?' zei Reinier. 'Boy verheugt zich hier al heel lang op.'

Boy porde zijn huisgenoot in de maag.

'Wat bedoel je?'

'Hij bedoelt,' zei Boy, 'dat we willen dat u een fijne studententijd heeft. Een feestje hoort daar gewoon bij. U moet plezier leren maken.'

Mijn moeder dacht aan mijn vader, die ongetwijfeld nog in exact dezelfde houding op de bank zat. Morgen had ze geen college, het was vakantie. Boy en Reinier hadden gelijk. Waarom zou ze niet eens voor zichzelf kiezen. 'Vooruit,' zei ze. 'Ik blijf.'

Reinier schreeuwde dat daarop gedronken moest worden.

Mijn moeder zwalkte naar het toilet om over te geven. Door het badkamerraam kon ze de vogels al horen. Een meisje hield haar haren naar achteren, mijn moeder meende haar te herkennen uit de werkgroep academisch schrijven. 'Tot volgend semester,' zei ze. Daarna liep ze terug naar de woonkamer. De drank putte haar meer uit dan de anderen. Het lichaam wilde meer, de oogleden niet. Ze moest even gaan liggen. Boy zei dat ze wel op zijn kamer kon slapen. Hij had nog wel een tandenborstel en een pyjama, als ze er behoefte aan had. Ze liep achter hem aan naar zijn slaapkamer.

'Neemt u het bed maar,' zei Boy. 'Ik slaap wel op het bureau.'

Mijn moeder moest lachen, hij was erg grappig. Ze liet zich vallen op het bed.

'Krijg ik geen nachtkusje?' vroeg Boy. Hij hield zijn wang demonstratief voor haar lippen. Met enige moeite richtte ze zich op en gaf hem een zoen.

'Je bent lief,' lalde ze. 'Bedankt dat je zo goed voor me zorgt. Ik wou dat mijn man zoals jij was.' Hij glimlachte terwijl ze sprak. De woorden kwamen met moeite haar mond uit, elke lettergreep voelde gezwollen en pafferig aan.

'Uw man verdient u niet,' zei Boy. 'Zo'n ambitieuze, intelligente vrouw. En u ruikt zo lekker. Weet hij dat wel? Is hij daarvan op de hoogte, dat u zo lekker ruikt?'

Hij aaide met zijn hand over haar kruin.

'Ik wil u bedanken. Het is ontzettend fijn dat u bent gekomen.'

Mijn moeder schopte haar halfhoge laarsjes uit en sloot haar ogen. Het matras zakte in aan haar linkerkant, ze voelde dat Boy op de bedrand was komen zitten.

'Niet iedereen bij de studievereniging houdt van herintredende studenten,' zei hij. 'Ik zeg het u eerlijk. Er zijn mensen die van u af willen. Ze vinden dat mensen van uw leeftijd niets op een universiteit te zoeken hebben. Maar ik ben voorzitter van alle studenten, begrijpt u dat? Ik heb ze allemaal even lief.'

Boy was naast haar gaan liggen, hij vlijde zich tegen haar achterkant aan. Ze voelde zijn aanwezigheid tegen haar billen. Hij wreef haar op als tafelzilver.

'We hebben mensen als u nodig,' hijgde hij in haar oor. 'Over een paar jaar moeten we concurreren met China, India en Brazilië. Dan kunnen we iedereen gebruiken. Jong en oud. Wat zegt u me daarvan?'

Mijn moeder probeerde zich dood te houden.

Boy liet zich niet ontmoedigen. 'Ik weet dat u niet slaapt,' fluisterde hij. 'De voorzitter weet dat u niet slaapt.'

Boy bewoog zijn handen naar beneden en pakte haar jurkje beet. Hij trok het omhoog, helemaal tot aan haar nek. Daar bleef de stof steken als een hondenkraag. Hij omvatte haar rechterborst en begon te kneden, hij zoende haar nek.

'Niet doen,' zei ze zacht.

Hij ging onverstoorbaar verder en stak zijn hand in haar onderbroek. 'Studeren is meer dan alleen met je neus in de boeken,' zei hij. 'Het is de mooiste tijd van je leven.' Boy streek met gekromde hand over haar lippen.

'Niet doen,' zei ze, harder deze keer. 'Alsjeblieft.'

'Niet zo flauw nu,' zei hij. 'U moet er wat meer van genieten. Anders vinden de mensen u maar een zeurpiet. Dat wilt u toch niet?'

Mijn moeder probeerde zich los te worstelen, maar zodra ze wilde opstaan drukte Boy haar terug. Ze opende haar ogen en zag dat hij zijn broek al had losgeknoopt. Zijn geslacht wees haar aan als een kroongetuige. Ergens koesterde ze de hoop dat ze droomde. Dat de drank slecht was gevallen, en ze ongemerkt al kort na twaalven in slaap was gevallen. Maar ze voelde zijn handen, ze waren overal. Op haar billen, rond haar borsten, om haar dijen, in haar binnenste. Mijn moeder probeerde ze weg te duwen, maar Boy pakte haar polsen beet en hield haar krachtig tegen het matras gedrukt.

'Een leven lang leren,' zei hij. 'Daar is de samenleving bij gebaat.'

Hij drong haar binnen. Ze voelde hem bewegen. Verzetten had geen zin, dit moest ze ondergaan. Mijn moeder perste haar ogen dicht en hoopte dat het zo snel mogelijk voorbij was. Ze telde tot tien. Ze telde tot twintig. Ze raakte de tel kwijt. Toen voelde ze hoe Boy zich uit haar terugtrok en zich ontlaadde op haar blote dijen. Zo stil mogelijk bleef ze liggen en hoopte, smeekte, bad dat hij het daarbij zou laten. Ze hoorde het rinkelen van een riem, en opende voorzichtig een oog. Boy stond met zijn rug naar haar toe. Hij hees zijn rode piccolobroek omhoog, opende de deur, en keerde weer terug naar de festiviteiten in de woonkamer. Vanuit de gang hoorde ze gedempt de muziek. *We. Are. Your. Friends* klonk het uit de speakers. *You'll never be alone again.*

36

'Ik weet niet zo goed hoe ik dit moet vertellen,' zei ze. Ik stond met mijn vader in de kamer van Ernst, terwijl een van de leidsters haperend haar verhaal deed naast zijn lege bed. Hij was verdwenen. Ernst was verdwenen. Die ochtend, rond tienen, was de telefoon gegaan. Of we zo snel mogelijk naar Villa Zonneschijn konden komen. Er was iets aan de hand, en aan de toon te horen was dat meer dan alleen een ontstoken nagelriem. Een halfuur later waren we ter plaatse. Althans: ik en mijn vader. Mijn moeder was nergens te bekennen. Ik belde haar vanuit de auto en zei dat er mogelijk iets met Ernst was. Ze klonk gedesoriënteerd, alsof ik haar wakker belde. Ik zei dat ze moest opschieten. Ze zei dat ze zo snel mogelijk naar Villa Zonneschijn kwam.

Ondertussen kregen ik en mijn vader te horen dat ze Ernst nergens konden vinden.

'Wij begrijpen ook niet zo goed hoe dit heeft kunnen gebeuren,' zei de leidster. 'Sorry.'

Om acht uur die morgen had ze hem uit bed willen halen. Maar daar lag hij niet. Sterker nog: hij was niet eens in zijn kamer. 'Ik dacht dat iemand anders hem al had helpen opstaan,' zei ze. 'Toen ben ik nog een halfuurtje gaan liggen.' Na het ontbijt, waar hij ook ontbrak, en Ernst slaat niet graag maaltijden over, was ze hem gaan zoeken. Om tien uur stond hij ingeroosterd voor de sauna, vaste prik op de zondag.

'Toen ik hem niet kon vinden, dacht ik dat hij bij jullie was dit weekend. Stom hè?' zei ze met een schuldbewust lachje. Pas nadat het haar was opgevallen dat zijn bed wel degelijk beslapen was, kwam ze tot het besef dat er iets goed mis was. De Zweedse band lag er verweesd bij op zijn ledikant.

'Hij kan niet ver zijn,' zei de leidster. 'Ik ben eerlijk gezegd al verbaasd dat hij zijn band zelfstandig heeft kunnen losknopen.' De domme hoer. De ongelooflijk domme hoer. Ernst is geen Houdini. Dit was mensenwerk.

'Is de politie al gebeld?' vroeg mijn vader.

Ze zei: 'Ik heb alle oproepkrachten gebeld, ze zijn al onderweg. Na de lunch gaan we met z'n allen zoeken in het bos.' Alsof het Pasen was. Alsof het *fucking* Pasen was. Ze vervolgde doodleuk dat hij waarschijnlijk nog op het terrein was, want hij hield niet van lange wandelingen. Binnen was hij zeker niet, verklaarde ze trots. Ze had hoogstpersoonlijk alle kamers doorzocht. Ik pakte haar bij de arm, sleepte haar naar het raam, en wees op de splintervorming bij de scharnieren. Braaksporen, er was iemand binnen geweest. Mijn vader belde de politie.

Mijn moeder kwam gelijktijdig met de eerste politiewagens aan. Ze stapte uit een taxi en betaalde de chauffeur. Ik besloot het haar zelf te vertellen, dit hoefde ze niet van een leidster te horen. Mijn vader was er niet toe in staat. Nadat ik verteld had wat er gebeurd was, ging mijn moeder op haar hurken zitten in de vegetatie naast de oprit en keek glazig voor zich uit. Ze leek het niet te kunnen bevatten.

'Ernst is weg,' zei ik. 'Hoor je me?'

Mijn moeder knikte afwezig. Plotseling wendde ze het hoofd af, steunde op haar hand en gaf over op de bodem naast haar. Het viel me nu pas op hoe ze eruitzag. Ze was een wrak. Er zaten vlekken op haar jurk. Een dellerige jurk, die geen pas gaf voor een vrouw van haar leeftijd. Ze rook naar zweet, een aroma dat snel werd verdreven door de gedestilleerde waas die van haar maaginhoud af sloeg. Mijn ogen prikten van de dranklucht.

'Moet je kijken hoe je eruitziet,' zei ik. 'Hoe je erbij loopt.'

'Ik wilde gewoon leven,' zei ze zacht.

Ik zweeg. Zij zweeg. Daarna richtte ze zich nogmaals tot de bosgrond en kokhalsde. Ik draaide me uit beleefdheid om, maar hoorde dat er niets meer uit kwam. Ze was op. Enkel speeksel en zuur, gulzig opgezogen door het mos waarop ze rustte.

'Het spijt me,' zei ze mat.

Ik legde mijn hand op haar schouder. 'Het geeft niet,' zei ik. 'Ernst is weg.'

De recherche nam zijn verdwijning hoog op. De vuistregel is dat als een vermist kind (of iemand met het verstand van) niet binnen achtenveertig uur wordt teruggevonden, hij hoogstwaarschijnlijk overleden is. Dat vertelde de dienstdoende agent aan mijn ouders. En, erachteraan: 'Maar maakt u zich vooral geen zorgen. Wij doen erg ons best.' Mijn moeder begon te gillen. Mijn vader zat met zijn hoofd tussen zijn knieën op het bed van Ernst. De agent zei dat ze nog naar DNA moesten zoeken, en dat hij beter ergens anders kon gaan zitten.

We gingen naar de woonkamer. Op tafel lagen kleurplaten, ontbijtspullen en speelgoed dat te groot was om door te slikken. De aanwezigheid van de politie had voor een oploopje gezorgd. De bewoners stonden in een cirkel om ons heen. 'Ernst,' zei er een, en hij wees op mij. Ik had me nooit gerealiseerd dat ik op hem leek. De agent die ons verhoorde liet ze met tegenzin staan. Het was niet zijn gewoonte om voor een publiek te verhoren, maar hier konden ze de forensische recherche tenminste niet hinderen. Gehandicapten hebben maling aan afzetlinten. De politie ging grondig te werk. Ze volgden het spoor van Ernst tot aan de omheining, waar een ontzaglijk silhouet in was geknipt, en verder, tot aan de provinciale weg, waar het doodliep. Daar was hij waarschijnlijk in een gereedstaande auto gestapt. Van een vers bandenspoor in de berm maakten ze een gipsafdruk. Bij het raamkozijn haalden ze kleine kwastjes over de verf om vingerafdrukken bloot te leggen. Precies werk. Ik vermoedde dat de betrokken agenten in hun vrije tijd allemaal scheepsmodellen bouwden op zolder. De recherche beschouwde de verdwijning van Ernst als een ontvoering, maar kon erger niet uitsluiten.

Na twee uur reden er busjes van de Mobiele Eenheid voor. De inzittenden vormden een lint, en schuifelden behoedzaam door het bos terwijl ze met stokken in de grond voor hen prikten. Van een afstand zag het eruit als een leger van blinden. Alle vijvers, meren en vaarten in een straal van twintig kilometer kregen bezoek van politieduikers. Er werd zelfs een helikopter met sonarapparatuur ingezet, die alleen bij hoge uitzondering op zondag mocht vliegen. Ze vonden geen lichaam.

De politie vermoedde een *inside job*. Ze waren er al snel uit dat er geen worsteling had plaatsgevonden. Het tegendeel was waar: de voetstappen van Ernst (daarover bestond vanwege het formaat geen enkele twijfel) werden voorafgegaan door een ander spoor, maat 42. Hij was nietsvermoedend achter zijn ontvoerder aangelopen. Iedereen die ten tijde van de ontvoering in Villa Zonneschijn was geweest, werd aan een verhoor onderworpen. Men draaide de duimschroeven aan. Voor de bewoners werd een speciaal team opgeroepen, dat normaal de verhoren deed bij gevallen van kindermisbruik. De helft ging nog diezelfde middag overspannen naar huis. Geen zinnig woord kregen ze eruit. Na een uur hadden ze al zes bekentenissen, toen stopten ze er maar mee.

Het volledige personeelsbestand van Villa Zonneschijn werd doorgelicht. Het was frappant wat ze allemaal boven water kregen. Twee leidsters fraudeerden met het zorgbudget. Ze speelden onder één hoedje met de muziekdocent en de fysiotherapeut, die stelselmatig te hoge bedragen in rekening hadden gebracht. Alex bekende snotterend dat hij af en toe spullen jatte van de bewoners en die verkocht op de bazaar in Beverwijk. Ik kon het hem niet eens kwalijk nemen. Bij hun vertrek naar Villa Zonneschijn kregen de bewoners meer overbodige geschenken mee dan Mayapriesters in het graf. De ouders kochten hun schuldgevoel weg. Spelcomputers, iPods, polshorloges, designerboxershorts. 'Ik vond het gewoon zo zonde,' jammerde Alex. 'Ik ben geen slecht mens.' De enige werknemer bij wie ze niets konden vinden, was Nebraska. Maar alle ontslagen ten spijt, toen de zon die avond onderging was Ernst nog steeds spoorloos.

Mijn vader sliep die nacht thuis in de hal, met zijn hoofd naar de deur. Voor het geval dat Ernst als een weggelopen kat de weg naar huis zou weten te vinden. Kemal zei steeds: 'Ik kan het gewoon niet geloven, man.' Hij wilde de politie helpen zoeken, maar ze zeiden dat hij dat aan de professionals moest overlaten. Mijn moeder sliep op de bank. Naast de telefoon. Ik voelde me schuldig dat ik haar zo terecht had gewezen. Ze had sindsdien niet meer tegen me gesproken, tegen niemand eigenlijk.

Ik ging vroeg naar bed die avond. De volgende ochtend werd ik op het bureau verwacht. Mijn ouders waren niet in staat om de politie te helpen. Ze konden zichzelf al niet helpen. Ik had die avond aangeboden om de volgende dag met de recherche te gaan praten. 'Blijven jullie hier,' zei ik. 'De rest regel ik wel. Ik laat jullie niet in de steek.' Mijn ouders waren te verslagen om nog in discussie te gaan. De dag erop had ik om negen uur een afspraak met de rechercheur die het onderzoek leidde.

We hadden nog minder dan vierentwintig uur. Uit de reconstructie was gebleken dat Ernst tussen halftwaalf 's avonds, toen de laatste begeleider naar bed ging, en halfzeven 's morgens, toen de eerste opstond, ontvreemd moest zijn. Dat had ik ook nog wel kunnen bedenken. De rechercheur overhandigde me een daderprofiel, niet meer dan twee kantjes, waar de politiepsycholoog de hele avond aan gewerkt had. De ontvoerder was een ziek individu, stond erin. Waarschijnlijk een man met een normaal postuur, en iemand die meer dan gemiddeld moeite had om zich in te leven in andere mensen. Zelfs de rechercheur moest toegeven dat het karig was.

'Heb jij nog ideeën?' vroeg hij. 'Alles is welkom.'

Ik had er goed aan gedaan mijn ouders thuis te laten. Dan hoefde mijn moeder dit amateurisme niet aan te horen. Het beangstigde me dat ik als eerste *het nieuws* zou krijgen. De gedachte eraan probeerde ik te verdringen. Dat ik het ze moest vertellen, mijn ouders. Ik kon slecht nieuws niet eens aanhoren, laat staan vertellen. Op de basisschool zat een jongetje wiens moeder was overleden in de zomervakantie. 'Mijn ouders zijn ook dood,' zei ik hem. 'Dat kan de beste overkomen.' Gedeelde smart is halve smart. Ik wilde deze verantwoordelijkheid niet, ik wilde naar huis. Maar ik moest sterk blijven, voor Ernst.

Na de koffie schoof er een vrouwelijke agent aan, van de afdeling voorlichting. Ze wilde die avond na het journaal een politiebericht uitzenden. Een middel dat zeker niet lichtzinnig moest worden gebruikt, vertelde ze, maar het gebeurde ook niet elke dag dat er een verstandelijk beperkte kolos verdween. Ik hielp ze aan een recente foto, vertelde ze over opvallende kenmerken ('hij is twee meter tien, wat wilt u nog meer weten?') en eigenschappen ('een vrolijke jongen, niet zo spraakzaam').

De uitzending was een groot succes. Zelf heb ik niet gekeken, ik hoorde het de volgende ochtend van de rechercheur. Na het verhoor was ik naar huis gegaan. Eerst maakte ik een tussenstop bij de videotheek. Mijn ouders hoefden het niet te zien. Ik wilde ze geen valse hoop geven. De media pikten het verhaal massaal op. Uit het hele land kwamen tips en aanwijzingen binnen. Mensen zeiden hem gezien te hebben in de mergelgrotten bij Valkenburg, met een pruik en een zonnebril op de ferry naar Harwich, een boetiekhouder in Amersfoort belde door dat enkele weken terug iemand broeken en truien had gekocht die zeker twee maten te groot waren. Hij beschikte over de camerabeelden. De rechercheur zei dat ik mijn verwachtingen moest temperen. Hij vertelde dat het altijd zo ging. Mensen vonden het spannend, zo'n onderzoek. Ze wilden graag meedoen. Voor hen was het net een prijsvraag, als het deze week niet werd opgelost, belden ze volgende week gewoon nog een keer.

'Wist je dat de meeste zware misdaden door familieleden gepleegd worden?' vroeg de rechercheur. Ik luisterde.

'Tasjesroof, winkeldiefstal, wildplassen, dat doen alleen vreemden. Maar hoe erger het misdrijf, hoe groter de kans dat er een familielid bij betrokken is. Het is wetenschappelijk bewezen. Moord: bijna altijd door de partner, verkrachting: negentig procent binnen het huwelijk, ontvoering…' Hij keek me aan, kennelijk in de veronderstelling dat ik op zijn insinuaties in zou gaan.

'Alleen psychopaten kunnen een vreemde zoiets aandoen,' vervolgde hij. 'Ik denk niet dat de ontvoering van je broer het werk van een psychopaat is.'

'Wat suggereert u?'

'Wat weet je van je vader?'

'Dat hij een psychopaat is.'

'Denk je dat dit een grapje is?' vroeg hij. 'Statistisch gezien is je broer al de pijp uit.'

'Luister,' zei ik. 'Mijn vader heeft dit niet gedaan. Zo zit hij niet in elkaar.'

'Waarom is hij hier niet?'

'Hij is er kapot van. Zijn zaak is gesloten, zijn zoon is verdwenen. Het groeit hem allemaal een beetje boven het hoofd.'

'Over die zaak van hem. Wat kun je daarover vertellen?'

Godverdomme.

'We weten dat zijn café onlangs op last van de burgemeester gesloten is. Er werden door de brandweer tientallen gebreken aangetroffen. Daarnaast hebben verschillende mensen claims ingediend na een', hij keek op zijn blaadje, 'noodlottig verlopen schuimparty. Je vader gaat voor tienduizenden euro's het schip in.'

Stilte.

'Waar was hij zaterdagavond?'

'Thuis.'

'En jij?'

'Ook.'

'Herken je dit handschrift?' vroeg de rechercheur. Hij schoof een vel papier over het tafelblad naar voren. Ik las de tekst twee, drie keer voordat ik kon geloven wat er stond.

'Dit kwam vanmiddag binnen bij Villa Zonneschijn. We denken dat het authentiek is.'

De afzender van de brief schreef dat hij Ernst in zijn bezitting (sic) had. Hij eiste vijfentwintigduizend euro los geld (sic). Dat bedrag moest de vrijdag daarop in een blauwe sporttas in een vuilcontainer op de Liebergerweg worden achtergelaten. Wanneer het geldbedrag klopte en er geen politie werd ingeschakeld, zou hij de locatie van Ernst telefonisch bekendmaken.

'Wij denken dat dit het werk van je vader is,' zei de rechercheur, plots meelevend. 'Ik weet dat het moeilijk is, maar het gaat om het welzijn van je broer. Je hebt mijn woord dat we ook voor je vader hulp zoeken.'

Hij had het mis. Mijn vader was een dorpsgek, geen monster. Hij zou liever duizend keer failliet gaan dan Ernst ook maar één haar op zijn hoofd te krenken. En opeens wist ik het. De slecht geformuleerde brief, de wanhopige behoefte aan snel geld, het feit dat Ernst achter zijn kidnapper was aangelopen. Het was overduidelijk.

'Ik denk dat ik weet wie u moet hebben,' zei ik.

37

Ik wachtte in bed tot Kemal begon te snurken. Dat duurde gewoonlijk niet lang, hij werkte hard. Ik liep naar beneden, haalde de sleutels van de Escort uit zijn jaszak en reed zo recht mogelijk naar Villa Zonneschijn. Kemal had me goed onderwezen. Ik pakte geen enkele berm mee. Zo'n honderd meter van Villa Zonneschijn zette ik de auto aan de kant van de weg en pakte een meegebrachte heggenschaar uit de kofferbak. Daarmee knipte ik een gat in de omheining, waarna ik met besliste doch geruisloze tred naar het slaapkamerraam van Ernst liep. Ik had de schoenen van Kemal aangetrokken. Met een koevoet wrikte ik zijn raam open en klom naar binnen. Daar lag Ernst, plat op zijn rug gedrukt door de ketenen van zijn Zweedse band. Het was voor het eerst dat ik hem zo zag. Vastgebonden als een dolleman, als een beest. Ik moest me bedwingen om niet door te lopen naar de slaapvertrekken van de begeleiders en mijn woede op hen te koelen. Ernst had zijn ogen open. Natuurlijk had hij zijn ogen nog open, hier had hij al die tijd op gewacht.

Ik ging aan de slag. Mijn problemen met beha's ten spijt, ik was dankbaar dat de meeste vrouwen een bustier dragen en geen Zweedse band. Zeker tien minuten friemelen gingen voorbij voordat ik Ernst wist te bevrijden. Hij stond direct op en stapte uit bed. Uit mijn rugzak haalde ik een warme trui die ik over zijn hoofd trok. Ik klom uit het raam, Ernst volgde. Hij stapte soepel, sierlijk bijna, op de vensterbank en sprong naar buiten. Daar waar de leidsters met hun medelijden, hun regels en hun bemoeienis niets meer over hem te zeggen hadden. Dit was geen ontvoering, dit was een uitbraak.

Het zou nog zo'n vierentwintig uur duren voordat de recherche doorkreeg dat Kemal het onmogelijk gedaan kon hebben. Een ruwe schatting. Ze aten uit mijn hand op het politiebureau. Zodra ik ze op het spoor van Kemal had gezet, was er een arrestatieteam naar mijn huis gereden. Hij was net aan het koken voor mijn ouders. 'Dat is hem,' zei ik. Ze gooiden hem op de grond en doorzochten zijn zakken. Het was zijn verdiende loon. Bovendien, het was maar voor even. Na een tijdje zou ook de recherche doorkrijgen dat ze erin waren geluisd. Kemal paste niet in het daderprofiel, al zou hij zijn buik erbij inhouden. Maar voor nu vonden ze het een gedane zaak. 'Zeg ze dat ik het niet gedaan heb, man,' smeekte Kemal terwijl ze hem afvoerden. Ik sloot zachtjes de voordeur. Mijn plan werkte zoals voorzien. De leidsters verklaarden Kemal altijd al een vreemde snuiter te hebben gevonden, de bandensporen en voetafdrukken op het plaats delict kwamen overeen met de auto en zijn schoenen. Ze ontdekten dat hij een frauduleus verleden had bij het wervingsbureau, hij had gelegenheid en motief. Zo duidelijk zagen ze het maar zelden, zei de rechercheur die het onderzoek leidde. Kemal zou de volgende dag met een grote rode strik bij het openbaar ministerie worden afgeleverd. Zelf deed ik er nog een schepje bovenop door te verklaren dat Kemal niet op bed lag toen ik de nacht van de ontvoering wakker was geworden. Ik was de boor waarmee de tunnelvisie werd uitgehouwen.

Direct nadat Kemal was afgevoerd, stapte ik in de auto van mijn vader. Ik reed naar de rand van het Corversbos, waarna ik gewapend met een zaklantaarn – de schemer was inmiddels in een vergevorderd stadium – richting mijn oude school liep. Daar, honderd meter van de poort, lag de hut waar ik zo veel ochtenden had doorgebracht. Toen ik een paar weken daarvoor was gaan kijken, leek er niets veranderd. Er lagen zelfs wat gedateerde schoolboeken. Nat en beschimmeld, maar toch. Ze lagen er nog. Ik liep snel want ik maakte me zorgen over Ernst. De temperatuur was niet onder de vijftien graden gekomen in de nachten dat ik hem daar gestald had, maar voor hetzelfde geld lag hij daar nu aangevreten door eekhoorns en met zwammen uit zijn romp groeiend te verrekken.

Mijn vrees was ongegrond. Ernst zat op exact dezelfde plek waar ik hem had achtergelaten. Zijn benen had ik met tape aan elkaar gebonden. Ik voelde me daar schuldig over, maar ik had geen keus. We konden het ons niet veroorloven dat hij ging dolen. Voor hem op de grond stond een wereldbol op batterijen. Een lege verpakking sponscakejes met jam erin, twee geopende flessen vruchtenzuivel. Allemaal op, waarschijnlijk al voor het ochtendkrieken van de eerste dag. 'Het spijt me, Ernst,' zei ik terwijl ik zijn benen losknipte. Hij deed me aan vroeger denken, aan mijn oma. Die was ervan overtuigd dat Ernst later filosoof zou worden omdat hij urenlang voor zich uit kon staren zonder dat iets zijn concentratie wist te breken. Ik hielp hem overeind. Hij wankelde. Zijn benen waren stram geworden. Ik hurkte en wreef met beide handen over zijn kuiten om de doorbloeding weer op gang te helpen. Daarna liep ik voor hem uit, door het verlaten bos, naar de auto. Er wachtte ons een lange reis.

Vlak voor Arnhem ging mijn mobiel. Ik keek op het schermpje. Het nummer was dat van het politiebureau in Hilversum. Ondanks het risico langs de kant te worden gezet voor bellen achter het stuur nam ik op.

'Hallo?' zei ik.

'Goed nieuws,' zei de rechercheur. 'Hij heeft bekend.'

Ik slikte mijn verbazing weg. Het was een onvoorziene meevaller. Ik had er wel eens over gelezen, verdachten die na een marathonverhoor instorten en snotterend alles opbiechten. Een blik op mijn horloge leerde mij dat er amper zes uur voorbij waren sinds de arrestatie van Kemal. Dit moest een record zijn.

Ik had met hem te doen. Kemal hoefde hier niet voor op te draaien. Zijn wil om te behagen werd zijn ondergang. Ik bedankte de rechercheur en zei dat hij contact moest opnemen zodra hij meer wist over de locatie van Ernst. 'Geen zorgen,' zei hij. 'Dat krijgen we er wel uit.' Ik hing op.

38

'Zwei grosse Cola, bitte,' zei ik.

'Small, medium oder large?' vroeg de kassadame.

'Large,' zei ik.

We waren de grens over. Ik zat met Ernst in een Raststätte nabij Bonn. Het was na drieën en we dronken cola uit een kartonnen beker. Voor ons stonden twee uitsmijters, die van Ernst sneed ik voor hem in stukken. Nadat hij de hele maaltijd met gele vingers zijn mond in had gedirigeerd, schoof ik hem ook wat restte van mijn uitsmijter toe, die hij eveneens zonder tijd te verliezen verorberde. Er waren weinig andere klanten. Naast de kassajuffrouw, een struise verschijning met een haarnetje, was er alleen nog een vrachtwagen-chauffeur die even daarvoor zijn dienblad had volgeladen met worstenbroodjes en cafeïne. Hij zocht een tafeltje aan de andere kant van de eetgelegenheid uit, sloeg een krant open en keek verveeld naar de klok. Deze man had gekozen voor het meest vrije beroep ter wereld, maar het was de overheid die bepaalde wanneer en hoe lang hij moest rusten. Daar zat hij dan. Misschien niet meer dan tien minuten verwijderd van zijn bestemming, maar de komende drie kwartier was hij veroordeeld tot dit wegrestaurant. Onwillekeurig keek ik naar zijn krant, het was een Duitse. Ernst had ik een wollen muts over zijn hoofd getrokken en een oude leesbril opgezet. Je wist nooit of er een Nederlander binnenkwam die hem herkende van televisie. 'Dit is het dan,' zei ik tegen Ernst. 'Jij en ik, twee vrije vogels.' Hij nam een slok en stak een vinger in zijn mond.

Nog een paar uur en we zouden alles achter ons laten. We waren onderweg naar Flughafen Frankfurt, van waaruit we op de vroege vlucht naar San José zouden stappen. Costa Rica had geen uitleveringsverdrag met Nederland, er kon niets meer misgaan. Ernst was een menselijke passe-partout. Straks zouden we probleemloos de douane passeren, boarden, en de beste stoelen krijgen toegewezen. De stewardess zou te pas en te onpas langslopen om Ernst te amuseren met warme doekjes, om te informeren of ze allicht een hoedje voor hem kon vouwen van een overgebleven *Süddeutsche Zeitung*. Het zou kortom verlopen als iedere andere excursie met Ernst.

Zijn paspoort had ik thuis in een bureaulade gevonden. De politie had er niet eens naar gevraagd. Blijkbaar vermoedden ze in hem geen avonturier. Over een uur of vijf zouden de wolken als natte proppen keukenpapier onder ons zweven. Kaiser, Kemal, Tobias, Pjotr, Villa Zonneschijn, Bente, Lizzy, Pascale, Hilversum. Ze lagen voorgoed in het verleden. In Costa Rica zouden we opnieuw beginnen. Ik als ober, animator of marktkoopman. Ernst als mijn trouwe compagnon. Misschien dat ik mijn ouders een kaartje zou sturen, om ze te laten weten dat alles in orde was.

Ik keek naar Ernst aan de overzijde van het tafeltje. Hij keek onverzadigd naar het lege bord voor hem. Daarna keek hij me aan en lachte. En voor het eerst, echt, voor het allereerst, geloofde ik dat ik wist wat er nu in hem omging. Hij, het prinsje, het zondagskind, was eindelijk vrij. Waar we ook heen zouden gaan, de mensen zouden van hem houden, ze zouden hem koesteren, op handen dragen, beleefd de andere kant op kijken wanneer hij over de salade nieste, en al zijn misstappen met de mantel der liefde bedekken. Niet om wie hij was, maar om wie hij niet was: een van hen. Ja, zoiets moest hij nu denken. Of: hap, hap, slurp. Dat kon natuurlijk ook.

Nadat Ernst had bijgegeten – na zijn eigen uitsmijter en de mijne had ik ook nog een derde en een vierde voor hem gehaald – liepen we terug naar de auto. Het telefoontje van de recherche had me bijzonder ontspannen gestemd. Ik voelde de aandrang om er een sigaar bij op te steken, er een bel cognac bij in te schenken. Het voelde alsof we er al bijna waren. Ik zette Ernst op de achterbank en leunde over hem heen om zijn gordel om te doen. Ik rook iets. Het was onaangenaam. Rondom Ernst hing de rotte geur van defecatie. Hij keek me met misplaatste tevredenheid aan. Ik had het niet eerder geroken. Kennelijk had hij gewacht tot na de maaltijd. Ernst had een wispelturige stoelgang. Geen probleem, dacht ik. Hier had ik rekening mee gehouden. Ik liet Ernst weer uit de auto en opende de kofferbak. Daaruit pakte ik een broek – een paar weken ervoor was ik speciaal naar Amersfoort gegaan om nieuwe kleren in zijn maat te kopen – en een verse luier.

We liepen het lege toiletgebouw in. Ze hadden ook een invaliden-toilet, maar daarvoor moest je binnen de sleutel vragen. Een risico dat ik niet wilde lopen. Daarnaast: Ernst was niet invalide. Het licht was fel binnen, hard. Ik kon mijn reflectie zien in een condoomautomaat. Er gaapten diepe wallen onder mijn ogen. Ik probeerde door mijn mond te ademen, maar zelfs dan voelde ik de doordringende pislucht smeulen op mijn tong. Er was geen ontkomen aan. Ik sprak mezelf moed in. Dit moest ik kunnen, mijn moeder had ik het zo vaak zien doen. Mijn moeder die ik, zo bedacht ik, nooit meer zou zien. Toen ik vertrok zaten mijn ouders zwijgend naast elkaar op de bank. De televisie stond aan, mijn moeder lepelde werktuiglijk een blik kidneybonen leeg. De ananas en kapucijners waren al op.

'Ik ga,' zei ik. 'Hou jullie taai.'

Ze keken niet op. Mijn vader droeg de bodywarmer die hij ooit van de burgemeester had gekregen. BEHEERDER stond erop. Allebei verkeerden ze in diezelfde, onomkeerbare staat van lethargie. Vreemd, ik had ze nog nooit zo goed bij elkaar vinden passen. Terwijl ik mijn jas aantrok, besefte ik dat dit was wat ze al die jaren van mij verlangd hadden. Ik nam mijn verantwoordelijkheid. De waarheid was dat Ernst in deze toestand niets aan ze had. Ze moesten van hun taken ontheven worden. Mijn ouders reageerden niet eens meer toen Kemal werd afgevoerd. Ze namen het voor kennisgeving aan. Hun leed zat aan het maximum, er kon niets meer bij. Ergens vond ik het een vreemde gedachte ze nooit meer te zien. Maar ik had een tas vol schone sokken, en ik had Ernst. Ik had alles wat ik nodig had.

Ik knoopte de spijkerbroek van Ernst los en trok die naar beneden. Het was een ravage. Zijn luier hing laag als de broek van een Amerikaanse rapper, en was op sommige plekken al onder de druk bezweken. Wat restte hing als een geknapte zak tuinaarde om zijn lendenen. Ik maakte de sluiting los, kokhalsde, en mikte de luier met een boog in de vuilnisemmer. Zijn broek verkeerde in zo'n erbarmelijke staat dat ik ook die besloot weg te gooien. We hadden toch een nieuwe.

Eerst moest ik zijn billen zien te reinigen. Uit een van de hokjes haalde ik een vuistvol toiletpapier, maakte die nat onder de koude kraan, bracht royaal zeep uit de handpomp aan, en haalde het geheel in cirkels over de derrière van Ernst. Met meer papier maakte ik het droog. Ik vroeg me af hoe Ernst vond dat ik het ervan afbracht. Hij had het direct door als er met huishoudelijke taken werd geschoven. Wanneer mijn vader hem waste, of mijn moeder het vlees sneed, doorzag hij dat meteen. Dan staakte hij zijn medewerking. Zelf was ik tevreden. Zonder noemenswaardige problemen wist ik hem een nieuwe luier aan te meten. Nu moest ik hem alleen nog een schone broek zien aan te krijgen.

Ik zette hem tegen de wasbak aan. Met één hand pakte ik zijn linkerbeen en tilde het omhoog. Met de andere hand hield ik de broekspijp onder zijn been. Hij zette zijn voet erin. Ik begon aan het volgende been, Ernst gaf makkelijk mee. Hij leunde naar achteren en ging in de wasbak zitten. Zijn benen bungelden over de rand. Ik pakte de tweede broekspijp vast en wilde zijn voet erdoorheen steken toen ik het hoorde: een geluid dat begon als een subtiel knisperen, maar binnen enkele seconden het wilde geraas van een afbrekende gletsjer overtrof. Met een hels gekraak kwam de wasbak naar beneden.

Net op tijd wist ik opzij te springen. Voor Ernst was het te laat.

Hij zat midden in een berg gebroken porselein. Er liep een diepe snee onder zijn knie. Ernst keek me verwijtend aan, alsof ík hier schuld aan had. Ik trok hem overeind en veegde met de achterkant van mijn hand het bloed van zijn been. Niets aan de hand, hij was alleen geschrokken. We hadden genoeg tijd om onderweg te stoppen voor jodium en een gaasje. Ik hurkte en inspecteerde de wond. Het was een opvallend rechte snee. Een chirurgische incisie. Het bleef bloeden, een rode streep liep van zijn knie tot aan de wortel van zijn voet, de schoen in.

'Brauchen Sie Hilfe?' vroeg iemand.

Ik schrok op. Via de spiegel die voor de gebroken wasbak hing, zag ik hem in de deuropening staan: de vrachtwagenchauffeur uit het wegrestaurant. Hij herhaalde zijn vraag, en ik wist niet wat te antwoorden. Ik was me bewust van de indruk die dit moest geven. Een openbaar toilet met daarin een gehandicapte reus zonder broek, herrezen uit een lawine van scherven, die, gewond of niet, nog steeds krampachtig een wegwerpbeker cola in zijn rechterhand geklemd hield. En voor het eerst twijfelde ik. Misschien had ik een fout gemaakt. Dit was slechts het begin. Ik kon niet eens een luier verwisselen, laat staan dat ik wist wat te doen als het echt ingewikkeld werd. Zijn veters moesten gestrikt worden, zijn kin geschoren, zijn gebit geflost. Wanneer hij ziek was moest ik zijn temperatuur meten, wanneer hij honger had moest ik voor hem koken. En plotseling besefte ik dat ik niet wist waar de specialistische schoenwinkel in San José zich bevond, dat Ernst in zijn geheel niet van rijst en bonen hield. Hij was aan mij overgeleverd, alles hing van mij af. Het was een besef dat me vulde met hopeloosheid. Ik wilde rennen, vluchten, verdwijnen, maar we konden niet meer terug.

'Nein,' zei ik tegen de chauffeur. 'Alles unter Kontrolle.'